SPACE ODDITIES

TORRE DI CONTROLLO A MAGGIORE SEXY

SARA L HUDSON

traduzione di Barbara Dalla Villa @ Triskell Translation

A Leslie, perché mi offre così tante opportunità di avere ragione.
Baci e abbracci, cuore mio.

UNO
NON ESISTE

Trish

È UNA FOLLIA.

Sento il freddo metallo dell'esterno della mia roulotte mentre Ian mi si avvicina.

Che sciocchezza.

Le sue labbra mi percorrono il collo mentre mi prende le mani e me le blocca sopra la testa. Sono prigioniera.

È *fantastico.*

Per mesi ho tenuto Ian distanza di sicurezza. Ignorando il suo corteggiamento, fingendo di essere impegnata o non interessata ogni volta che mi chiedeva di uscire. Questa sera però, al Big Texas, mentre guardavo Jackie tra le braccia di Flynn, e Jules e Holt che ballavano e rinviavano ciò che ormai tutti sappiamo essere inevitabile, Ian si è insinuato tra le mie difese.

C'è voluto solo un drink e un ballo, e ho capito che me lo sarei portato a casa.

È il mio test finale.

Ian è ricco. I suoi abiti, la sua auto, persino il suo atteggiamento urlano denaro. Saremmo potuti andare a casa sua, che sarà il tipico attico da scapolo. Invece l'ho portato alla mia roulotte.

Uno scorcio della vera me. Non gli posso dire tutto. Non posso far sapere tutto a chiunque, però questo glielo posso mostrare. Non sono elegante, per quanto abbia curato il mio accento nel corso degli anni. Non sono una signora, per quanto perfetto sia il mio rossetto, o quanto alti siano i miei tacchi.

Io sono un rifiuto umano che vive in una roulotte.

«Trish.» Con la lingua mi sfiora il retro dell'orecchio, provocandomi la pelle d'oca lungo il collo e facendomi indurire i capezzoli al punto che quasi mi fanno male.

Le orecchie sono il mio punto debole. «Mmm?»

«Andiamo da me.»

Mi ci vuole un attimo prima che le sue parole si facciano strada tra questa nebbia piena di desiderio nella quale mi trovo. «Scusa?» Cioè, è vero che si è irrigidito quando gli ho detto di entrare nel parcheggio per le roulotte, però speravo che fosse perché non voleva sporcare la macchina sul vialetto polveroso.

«A casa mia.» Mi sussurra, soffiandomi sul punto dove mi ha appena leccato.

Oh, buon Dio. Sento una morsa al pavimento pelvico, e se lo fa di nuovo giuro che potrei venire.

Ma non lo fa, così io riesco a trovare la forza per tirarmi indietro. «No.» I miei anonimi occhi scuri incontrano i suoi, di un azzurro penetrante. «Se mi vuoi, puoi prendermi. Ma qui.»

Sto facendo la testarda, lo so. Ma questo posto, la mia casa, è l'unica cosa che mi rimane della *vera* me. È importante.

Lui dilata le narici, ma a parte quello non riesco a decifrare la sua espressione. Infastidito? Determinato? «Okay.» Annuisce una volta, così serio che sembra stia facendo un patto con il demonio.

È offensivo. Dovrei recuperare un po' di orgoglio e dirgli di andare a quel paese, se crede di essere così superiore da non volere nemmeno mettere piede nella mia casa mobile. Invece gli metto la mano sul davanti dei pantaloni e la struscio sulla sua erezione.

Perché è da così *tanto*.

E perché è Ian.

Con un gemito mi afferra la mano e mi tira verso la porta. Sgancio in fretta le serrature e, non appena apro la porta, lui mi trascina dentro, spingendomi di nuovo all'indietro, questa volta addosso al bancone della piccola cucina.

Prima che me ne possa rendere conto, ho il sedere appoggiato sul freddo top laminato, dato che la gonna si è gonfiata quando mi ha sollevata. Mi bacia in modo rude, quasi disperato. Ma non ho molto tempo per analizzare il tutto, il mio corpo ha preso il sopravvento. Usando i muscoli delle gambe, allenati dallo stare costantemente su tacchi da otto centimetri, lo attiro verso di me e la fibbia della sua cintura si appoggia al piccolo lembo di stoffa del mio perizoma. Lui solleva la testa e appoggia le mani sui pensili alle mie spalle, intrappolandomi.

«Sì...» Stringo i glutei, poi li rilasso, ripetutamente, strusciandomi su di lui.

Sono così persa nelle mie sensazioni, che mi ci vuole un attimo prima di capire che si è bloccato. «Ian?»

Ha il respiro irregolare e uno sguardo agitato. Una goccia di sudore gli scivola lungo la tempia.

«Ian?» ripeto, prendendogli il viso tra le mani e costringendolo a guardarmi. Ma lui non c'è. Lo sguardo vacuo e fisso mi dice che è molto lontano da qui. «Ian!» Lo scuoto leggermente, abbastanza da richiamarlo alla realtà, e lui sbatte rapidamente le palpebre. «Tutto bene? Cosa c'è che non va?»

Indietreggia barcollando, e con un passo arriva alla parete opposta. Il contatto lo fa sobbalzare e per poco non sbatte la testa sul soffitto.

«Non posso.» Si volta, afferrando la maniglia della porta, cercando di aprirla prima di togliere il chiavistello. Poi di nuovo. E ancora. Gira e spinge, fino a quando la roulotte sobbalza tutta, ma per il motivo sbagliato. «Devo uscire da qui.»

La disperazione nella sua voce mi costringe a fare qualcosa, e salto giù dal top. Nella fretta, cado male e un dolore lancinante mi percorre la gamba. «Ian, aspetta.» Zoppico verso di lui, lo voglio rassicurare. Ma ho paura a toccarlo. «Dammi un attimo.»

«No!» Il suo grido riecheggia così forte nello spazio minuscolo, che mi toglie il respiro. «Fammi uscire da questo buco infernale!» All'ultima parola riesce finalmente ad aprire la porta, e si precipita fuori nel buio della notte.

Quando riesco a riprendermi e ad arrivare alla porta, sono costretta a fare un salto indietro per schivare la sventagliata di sassi che colpisce la fiancata della mia roulotte, sollevati dalle ruote della macchina di Ian che sgomma sul vialetto di ghiaia.

I fanalini posteriori della sua auto sportiva di lusso sono tutto quello che vedo mentre se ne va a tutta velocità. E scappa da me.

Nonostante si tratti di un momento diverso e di un posto diverso, e di un uomo diverso, il mio passato si ripresenta di nuovo, ancora una volta. E fa male.

Per qualche ragione questa volta fa più male.

Ian

Merda. Cazzo. Merda.

Perché Trish deve vivere in una roulotte?

Uscendo dal parcheggio pigio sull'acceleratore, mentre il

vento che soffia dai finestrini aperti mi ricorda che non sono in trappola.

Tutte le volte che Jules nominava il razzo argentato di Trish, io pensavo parlasse del suo vibratore. Preferirei competere quotidianamente con un fidanzato ricaricabile, piuttosto che entrare in un sarcofago su ruote.

Ed entrare nell'Airstream di Trish mi ha dato esattamente questa sensazione. Anche con lei tra le braccia, con le sue unghie che mi graffiavano la schiena e le sue labbra sulle mie, poco alla volta le pareti mi si sono chiuse addosso. Tipo *Indiana Jones e il Tempio Maledetto*. È durato meno di cinque minuti.

E mio padre ancora si chiede perché mai non riesco a superare il mio "problemino" e a diventare un astronauta.

Sono più preoccupato del fatto che a causa del mio "problemino" alla fine perderò Trish.

Il cruscotto si illumina per una chiamata in arrivo. Quando parli del diavolo.

Mi fermo a un semaforo rosso e accetto la chiamata pigiando un pulsante sul volante. «Papà.»

«Sei in macchina? Perché sei alla guida così tardi di sabato sera?»

Sussultando per la sua voce tonante, abbasso il volume. «Io...»

«Non puoi andare in giro a fare lo scemo con quel macchinone. Spero tu non abbia bevuto.»

«Non sono...»

«Non mi posso permettere altri guai. Le ri-elezioni sono alle porte. Non essere egoista.»

È ridicolo che *lui* dia a *me* dell'egoista. «Volevi qualcosa?» Mai penserei a un'interazione con mio padre come a una cosa positiva, però almeno la telefonata mi ha distratto dall'attacco di panico, che ora mi sta passando.

Mio padre brontola qualcosa, forse più sconvolto di me per

il fatto che non cerco di litigare. L'unica cosa che odia più del mio "problemino" è la mia abilità di schivare gli scontri frontali con lui. Un ulteriore esempio della mia debolezza, dice lui.

«Tra poche settimane sarò a Houston.»

Merda.

«Per una raccolta fondi per la prossima campagna.»

«Capisco.» Il semaforo diventa verde e io accelero, preparandomi mentalmente al noioso evento al quale vorrà che partecipi.

«Parleremo dei piani sui tuoi prossimi step per la raccolta fondi.»

Svolto a destra su NASA Road. «Io... ehi, un attimo. Quali prossimi step?»

Emette un sospiro sofferente. «Penso sia abbastanza ovvio che non sarai mai un astronauta.» Sbuffa. «Non hai le palle per farlo.» Dal Bluetooth, il suo commento borbottato mi arriva chiaro come il giorno. «Quindi questo è il momento perfetto per entrare in politica.»

Stringo il volante tanto da far sbiancare le nocche delle dita, e la macchina sbanda. 'Fanculo.

Poi continua: «Qualche tempo fa ti sei fatto conoscere con la faccenda di quella sciocchina e della Stazione Spaziale Internazionale, e ora la popolarità della NASA sta aumentando. Gli americani hanno ripreso ad amare lo spazio.»

Non posso fare a meno di sorridere, vedendo quanto sia fuori strada. «Stai dando della sciocchina alla dottoressa Jackie Darling Lee, una donna con varie lauree, che ha praticamente salvato la Stazione Spaziale da sola, e che è stata recentemente promossa astronauta?»

«Non lo farei, se tu la sposassi.» Come se il valore di una donna dipendesse da quanto può portarsi in matrimonio. Mi vengono in mente le espressioni pallide e stoiche di mia madre. «Quello batte tutto il resto.»

Con lui, tutto si riduce all'apparenza. «Cristo, papà. È fidanzata.»

«Ancora una volta sei arrivato in ritardo.»

La frecciatina colpisce nel segno. Non so perché. Non è che queste cose non le abbia già sentite un milione di volte. Avrei sperato di non essere più così vulnerabile. Forse è perché c'è stato un brevissimo momento in cui avevo pensato di chiedere a Jackie di uscire. Però era prima di Trish.

«Ma io ti chiamo proprio per il matrimonio.»

Per poco non perdo l'ingresso dello Space Center Boulevard. «Cosa?»

«Il matrimonio. Ora che entrerai in politica, ti serve qualcuno al tuo fianco che conosca il gioco, qualcuno che possa aiutarti ad avere successo.»

Per evitare di andare a sbattere, accosto nel parcheggio del Gilruth Center, la palestra della NASA.

«Non ho mai detto che sarei entrato in politica.»

«Ma io sì.»

Odio quel tono. È il tono che arriva quando mi deve portare via qualcosa di importante. E continuerà a insistere fino a quando non rinuncerò a tutto ciò che vuole. È da una vita che succede. Giocattoli, animali, opportunità, mia madre. Per quest'uomo nulla è sacro.

«L'altro giorno ho avuto il piacere di pranzare con Donald Hightower. Mi sono assicurato che sapesse che avevo un interesse personale nella direzione che sta prendendo la NASA.»

Donald Hightower, vicedirettore della NASA, nominato dal Presidente degli Stati Uniti.

La rabbia cresce dentro di me. Lenta ma inesorabile, fino a quando sento che potrei strappare il volante con un solo strattone. Anni di pratica mi permettono di avere un'aria distaccata. «Ah sì?»

«Sì. Quindi, se vuoi lasciare la NASA facendo la figura

dell'eroe, invece di riportare un altro fallimento a tuo carico, ti incontrerai con chi dico io e inizierai a preparare i tuoi discorsi di accettazione delle elezioni.»

Il cruscotto si spegne.

Come è possibile che una serata iniziata così bene sia finita in modo così orribile?

DUE
FORZA DI ADESIONE

Trish

«Porca pupazza!» Saltello in giro tenendomi il piede nudo che ho appena sbattuto contro l'armadietto. Me lo strofino fino a quando il dolore non si trasforma in una pulsazione sorda e posso tornare ad appoggiarlo sul pavimento con cautela. Ogni passo zoppicante che faccio in direzione del divano è accompagnato da un "merda" detto a bassa voce. Per fortuna bastano pochi saltelli per arrivarci, dato che sono nella roulotte.

Mi devo calmare. Se perdo la testa inizio a fare errori.

Ma qui non si scherza: gli ultimi tre mesi sono stati un susseguirsi di sbagli. Mi sono rilassata troppo. Ho abbassato la guardia quando sarei dovuta rimanere vigile. Mi sono fatta degli amici a cui non voglio rinunciare.

E adesso mi hanno trovata.

Non so cosa avrei fatto se non fosse stato per Jules, che stava nella mia roulotte la notte in cui è arrivato quell'investigatore privato. È riuscita a fargli prendere una bella paura ma non sono così stupida da pensare che non tornerà. Solo perché non mi ha vista di persona, non significa che non abbia visto il mio pick-up. Un altro errore. Sono stata troppo sentimentale. Avrei dovuto venderlo non appena me ne sono andata dalla Georgia. Il modello vintage si nota troppo facilmente.

Ho già avvertito la direzione del parcheggio che interromperò il contratto di affitto. Mi rompe dovere pagare fino alla fine se non sarò qui, però posso permettermelo. Sono fortunata che quella che un tempo era la mia attività secondaria si sia trasformata in un lavoro a tempo pieno, pagato molto bene.

Probabilmente dovrei cambiare Stato. Saltello su e giù sul piede sano come un coniglio, i miei nervi hanno bisogno di calmarsi.

Forse dovrei cercarmi un campeggio in mezzo a un parco? Niente contratti, niente documenti per tracciarmi. Mi prenderò una pausa dal lavoro al bar.

Non ho bisogno dei soldi che guadagno facendo la cameriera o la barista, anche se è una soluzione ottima per osservare le persone. Mi dà delle idee.

Ricordando la sera in cui ho incontrato Jackie al Big Texas Saloon, sorrido. Avevo passato una buona decina di minuti inventandomi una storia su quella ragazza con gli occhiali e una T-shirt a tema scientifico. Non ricordo molto di cosa mi fossi inventata, tranne il fatto che avevo esagerato un po'. Comunque sia, pochi minuti dopo che l'avevo salutata e avevo preso la sua ordinazione, Jackie aveva rovinato le mie fantasie spiegandomi che era un ingegnere della NASA, e facendo piccoli commenti qua e là su questioni di statica e codici binari. Come si dice, la verità sa essere più incredibile della fantasia.

Poi ho conosciuto Rose. Poi Jules.

Continuo a sorridere, ma la vista mi si annebbia per le lacrime.

Non avevo mai avuto delle buone amiche, nemmeno da ragazzina. Soprattutto mai donne intelligenti, sicure di sé, che si supportano a vicenda. Le amicizie come queste dovrebbero essere sacre.

Ma ci devo rinunciare.

Faccio un respiro profondo, togliendomi il bruciore dagli occhi, poi scorgo un pezzo di cartoncino dieci per quindici, appuntato sulla bacheca nella parete più lontana della roulotte. Un invito di matrimonio.

Cavoli. Il matrimonio di Jackie.

Andarci sarebbe un errore. Un errore stupido. Se l'investigatore privato mi ha trovata qui, potrebbe chiedere di me al bar. Scoprire chi frequento. Non è difficile trovare informazioni sulla famosa dottoressa Jackie Darling Lee e il suo fidanzato, il magnate texano del petrolio.

Ma non posso. Non posso non andare al matrimonio.

Mentre ci penso la mia gamba riprende ad agitarsi.

Magari mi sistemo da qualche parte nel Parco nazionale di Somerville. Sarà una scocciatura, ma è abbastanza vicino perché possa guidare fin qua per fare le prove dell'abito e della cena. Poi potrei partire subito dopo il matrimonio.

Oppure potrei...

Toc. Toc.

Sposto rapida lo sguardo sulla porta, e l'attimo dopo stringo in mano il mio fidato fucile.

Ian

«Chi è?» L'accento meridionale di Trish risuona da dietro la porta metallica della roulotte, seguita dal chiaro suono di un fucile che viene caricato.

Il cuore mi batte all'impazzata mentre studio la sua casa

mobile. «Ian.» Faccio un passo indietro, anche se non so se questo diminuirà o aumenterà il rischio di venire colpito.

«Ian?» Prima che io possa rispondere, le tendine alla finestra sulla sinistra della porta si spalancano e il viso da folletto di Trish appare dietro il piccolo pannello di vetro.

La saluto goffo. Ora mi sento goffo in tutto. Non è una sensazione a cui sono abituato. E nemmeno mi piace.

Lo sguardo sorpreso sui suoi lineamenti delicati si trasforma subito in una smorfia accigliata. Le tende tornano al loro posto e poi una miriade di lucchetti iniziano ad aprirsi.

Jules ha ragione: per qualche motivo Trish ha paura. Non avevo creduto del tutto al discorsetto serio della mia amica su come Trish abbia bisogno di avermi appiccicato addosso come brillantini su una spogliarellista (parole sue, non mie), ma ora è ovvio che c'è *qualcosa*. Io capisco che una donna che vive da sola debba stare in guardia, ma il parcheggio per roulotte dove sta Trish è in una delle parti migliori della città, dove il tasso di criminalità è basso. Non si tratta del tipico parcheggio da roulotte malandato che si potrebbe vedere in qualche sit-com televisiva. Le ampie piazzole nell'area tutto intorno ospitano case mobili da mezzo milione di dollari e pensionati benestanti che mettono in pausa loro vita on-the-road. Sinceramente, mi sorprende che una cameriera si possa permettere un affitto qui. L'Airstream di Trish, per quanto tenuto bene e di bell'aspetto, è il più piccolo e il più economico. Non sembra esserci motivo di un'accoglienza armata.

La porta si spalanca con una tale forza che faccio un salto all'indietro, lasciando che vada a sbattere contro la fiancata. «Che ci fai qui?» Non guarda me, ma sposta lo sguardo a destra e sinistra oltre la mia testa mentre ispeziona l'area.

Io mi guardo alle spalle, cercando di capire cosa la possa spaventare così tanto. «Mi ha mandato Jules.»

Questo le fa fare un lungo e pesante sospiro. «Avevo detto a quella ficcanaso che stavo bene.» Nonostante la sua affermazione, gli occhi continuano a spaziare avanti e indietro lungo la strada. «Non c'è bisogno di preoccuparsi.»

«È per questo che stai scrutando l'orizzonte con un fucile carico in mano?»

Lei abbassa lo sguardo, quasi spaventata dall'arma. «Ah. Questo.» Lo sblocca con facilità, un movimento fluido, che solo una persona abituata a maneggiare armi di grandi dimensioni può fare. «Una donna che vive da sola non è mai abbastanza attenta. Tutto qui.»

«A-ah.»

Le dita perfettamente curate estraggono il proiettile prima di richiudere l'arma e appoggiarla al bancone della cucina. Lo stesso bancone su cui l'ho fatta sedere l'ultima volta, mentre ci divoravamo a vicenda.

Deglutisco con fatica. «Sono venuto a prendere la borsa che Jules ha lasciato qui quando si è fermata a dormire.»

Arricciando le labbra, annuisce. «Bene.» Un altro sospiro. «L'avrei fatto io, ma dato che sei qui...» Esita, incerta su ciò che vuole dire. «Ti va qualcosa da bere? Tè freddo? Limonata?»

«Un tè freddo andrà bene.» Non è che abbia sete, ma se la donna che ha bloccato il mio numero e ha ignorato tutti i miei tentativi di spiegarle quello che ho fatto l'ultima volta che ci siamo visti vuole fare la carina con me, non rifiuterò di certo.

Vedo che dilata le narici e immagino che forse sperava che io declinassi.

Dio benedica l'ospitalità del sud.

«Allora entra.» Si gira, e con un solo passo arriva il frigorifero e lo apre.

Merda. Il problema sta proprio qui.

Faccio un respiro profondo e mi infilo a metà dentro la porta da cui si è appena allontanata, lasciandola aperta.

Con movimenti rapidi e disinvolti, Trish riempie un

bicchiere di ghiaccio e poi versa il tè. Me lo porge, accigliata. «Chiudi la porta, dolcezza. Mi stai facendo uscire tutto il fresco.»

Afferro il bicchiere ma non mi sposto, metà dentro e metà fuori. «Già, a proposito.»

Il suo sguardo assume un che di ribelle. «Mi stai dicendo che non ti puoi abbassare nemmeno per il tempo che serve per bere un bicchiere di tè? Ti credi davvero così superiore a me e alla mia roulotte?»

Abbassare? «No, non è quello. Io...»

«Stronzate.» Mi strappa il bicchiere dalle mani, rovesciandone un po'. «Sparisci. Gliela porto io la borsa a Jules.»

Mi asciugo la mano sui jeans. «Trish, lascia solo che...»

«Trish, cara! Trish!»

Ci giriamo entrambi e vediamo una donna anziana che si avvicina al camper camminando ad andatura sostenuta. Le mani di Trish scattano per un attimo verso il fucile, ma poi la riconosce.

«Myra.» Sbuffa e sorride. «Come va?»

«Alla grande, ragazza. Alla grande.» La donna, che sembra sulla sessantina ed è vestita con una tuta da ginnastica rosa e azzurra e una fascia per capelli abbinata, continua a marciare sul posto una volta che è vicino alla roulotte. «Sarai contenta di sapere che ho trovato una persona interessata a subentrare al tuo affitto, quindi non dovrai continuare a pagare quando te ne vai alla fine della settimana.» Sorride, con il rossetto della stessa tonalità rosa acceso del suo abbigliamento. «Non è fantastico, cara?»

Trish mi guarda un attimo prima di spostare lo sguardo. «Ah, sì, assolutamente. Grazie Myra.»

«Certo, cara, certo.» Inizia a marciare all'indietro verso la strada. «Noi ragazze single dobbiamo aiutarci a vicenda, no?» Ruotando sulle sue sneaker bianche dalla suola alta, Myra si allontana a passo di marcia. «Ma non andartene senza salutarmi!» le dice da sopra la spalla. «A dopo!» E con questo se ne va agitando in aria le dita di una mano.

Osservo i pantaloni larghi di Myra che oscillano come un metronomo veloce. Devo sbattere gli occhi per smettere di guardare. Lo sguardo di Trish è ancora sul fondoschiena magnetico di Myra.

«Te ne vai?» chiedo, con la voce più dura di quanto volessi.

Sbattendo le palpebre, Trish si acciglia di nuovo, prima di rintanarsi nella roulotte. «Non sono fatti tuoi.» Mi fa cenno con la mano di andarmene. «Ora sparisci.»

Ah beh, non penso proprio.

Mi allungo oltre la soglia e con una mano la sollevo di peso e la porto giù dagli scalini, aspettando che la porta si chiuda dietro di lei prima di appoggiarla con i piedi sull'erba.

Scalza, mi arriva alle spalle. Non avevo mai visto Trish senza tacchi. È anche senza trucco, completamente priva della sua solita armatura. Con il viso fresco e pulito, sembra davvero giovane e, mentre scruta di nuovo il parcheggio, vedo per la prima volta che non è solo nervosa, è terrorizzata.

«Che succede, Trish?» Lei si rifiuta ancora di incrociare il mio sguardo. Afferrandola per le spalle, la volto fino a quando non ha altra scelta se non fissarmi il petto o sollevare il capo per guardarmi in faccia.

Sceglie il petto. «Niente.»

«Davvero?» Il cielo mi protegga dalle donne testarde. Negli ultimi tempi sembro esserne circondato. «E allora che storia è questa? Jules insiste che io non ti lasci da sola. Perché hai risposto alla porta con un fucile carico? Perché continui a guardarti intorno in cerca di qualcosa di brutto che sembri sicura stia per arrivare?»

Lei si stringe nelle spalle, sollevandole con così tanta forza che solleva anche il peso delle mie grandi mani.

«D'accordo, non dirmelo. Vedremo cosa pensa Jackie del fatto che scappi via due settimane prima del suo matrimonio.»

Questo le fa sollevare il capo di scatto. «Non *osare* dirlo a Jackie.» Si conficca le unghie nei palmi delle mani e si irrigidisce. «Sul serio, Ian. Non una parola.»

«Davvero? Pensi che sia meglio lasciare che Jackie si prepari a entrare in chiesa per poi scoprire con delusione che la sua amica non si presenta?»

«Non ho detto che non verrò al matrimonio.» Abbassa lo sguardo e si morde il labbro. «Devo solo spostare la roulotte, tutto qui.»

Sono abbastanza sicuro che stia mentendo. Sono cresciuto in mezzo alla politica; so individuare un bugiardo a un miglio di distanza. Ma so anche quando insistere per avere delle informazioni e quando ritirarmi con tatto.

«Capisco.» Le tolgo le mani dalle spalle. «E fino ad allora dove starai?»

«Non ti interessa.» Incrocia le braccia. Ha un broncio che potrebbe fare a gara con quello di un bambinetto capriccioso. «Mi troverò un posto.»

Deve avere preso in fretta la decisione di muoversi se non ha ancora un piano. «Ti rendi conto che se non vuoi che i tuoi amici lo sappiano, non puoi stare da loro? Vorranno sapere perché ti sei portata dietro la roulotte.»

Dilatando le narici, si morde di nuovo il labbro. È così carina.

«Immagino che potresti parcheggiare da me,» la provoco.

«Davvero?» Abbassa le braccia e i suoi occhi scuri incrociano i miei. «Potrei?»

«Certo.» La mia mente inizia vorticare, valutando diversi scenari, paragonando tra di loro i possibili risultati. Nel nostro gruppo di amicizie quella che sa ricattare gli altri per ottenere quello che vuole è sempre stata Jules. Ma ciò che nessuno degli altri ha capito è che anche io ho questa abilità. Dove sono nato la chiamavamo negoziazione. Una caratteristica di ogni bravo politico.

Per poco non mi sciolgo mentre guardo lo sguardo pieno di speranza di Trish, ma poi mi ricordo che ho preso un impegno. Se sta cercando di alzare la posta in gioco, è ora di giocare sporco.

«Chiaro che puoi parcheggiare la roulotte a casa mia.» Esibisco il sorriso che di solito riservo per le occasioni formali in famiglia e le rare apparizioni in pubblico che faccio per conto di mio padre.

Trish sbatte le palpebre.

Funziona sempre. «A *una* condizione.»

TRE
A BASSA ORBITA

Trish

Tutto quello che possiedo sta dentro la rimessa per la barca di Ian.

Se questo non mette le cose nella giusta prospettiva, non so che altro lo può fare.

Non riesco a credere che Ian abbia veramente un garage per la barca: non sapevo nemmeno esistessero. Sono davvero fortunata che abbia lo spazio ma non la barca. E così diventa la nuova casa per la mia roulotte.

Mentre seguivo la sua fantastica auto sportiva con il mio catorcio di pick-up lungo un viale fiancheggiato da alti alberi, con tutti i miei beni terreni a rimorchio al gancio di traino, pensavo mi stesse portando in un parco. Invece scopro che lui vive qui. In questa zona di Houston la terra è un bene primario, destinata a uno dei migliori distretti scolastici dello Stato. Ian ha costruito la sua enorme e lussuosa casa in un enorme lotto doppio proprio nel cuore del distretto.

«Dannazione.» Tiro con forza il perno di sicurezza che

aggancia il rimorchio al pick-up. Negli ultimi dieci minuti ho sfogato tutta la mia rabbia e la mia irritazione sugli oggetti. Forse per questo, il maledetto perno non si muove. «Stai dicendo che come pagamento per lasciarmi stare nel tuo garage vuoi che ti accompagni a una festa di beneficenza da ricchi?» Appoggio i piedi sul pavimento e tiro di nuovo. Niente.

«Sì.» Ian è appoggiato al mio rimorchio, la roulotte che ha chiamato "buco infernale", e vestito in polo e jeans sembra un modello Ralph Lauren.

Sospirando, mi raddrizzo e mi allungo più che posso. Appoggio le mani sulle cosce e mi metto a fissare il gancio. «È troppo facile. Dove sta la trappola?» Osservo il rimorchio, dentro al quale c'è la mia cassetta degli attrezzi. Se prendo il martello di gomma forse riesco a sbloccare questo affare a martellate.

Ian mi si avvicina da dietro, arrivandomi abbastanza vicino perché riesca sentire il profumo della deliziosa colonia che indossa sempre. *Aqua di Gio. Forse* lo so perché durante una recente sessione di shopping con Rose, *forse,* sono andata da un banco dei profumi all'altro fino a trovare l'essenza esatta che a quanto pare mi cattura i sensi e mi fa agire come una gatta in calore.

Buffo. Il profumo della bottiglia non era neanche lontanamente potente quanto lo è su Ian.

«Serve aiuto?»

Schiarendomi la voce e respirando dalla bocca faccio un passo di lato e tiro verso di me la corda elastica che tiene bloccata la cassetta degli attrezzi. «No. Ce la faccio.» Riesco a sganciare una estremità della corda e tiro la pesante cassetta di metallo. I cardini arrugginiti cigolano mentre apro il coperchio.

«Ecco.» Ian stende un braccio verso di me, tendendomi il blocco di sicurezza.

Arricciando le labbra lo afferro. «Grazie.» Lo butto nel secchio insieme al lucchetto e alla pesante catena di metallo che uso per agganciare il rimorchio al furgone e inizio a riporre la cassetta.

«Posso fare...»

«No.» Alzo una mano, notando che devo farmi di nuovo la manicure. «Ce la faccio.»

Ian si dondola sui tacchi e annuisce. I pochi minuti che seguono, mentre mi guarda riporre tutto al suo posto, sono imbarazzanti. Una cosa che si impara quando si vive in una roulotte è come organizzare le cose. Sono abituata a dover riporre ogni cosa al suo posto non appena ho finito di usarla per risparmiare spazio, ma è sicuramente estenuante.

«Dovrai anche fare finta di essere la mia ragazza.»

Mi blocco mentre sto richiudendo il portellone, ripetendomi nella mente quello che ha appena detto. Non posso aver capito bene. Sbatto il portellone e mi giro verso di lui. «Come?»

Lui fa una smorfia, guardando fuori dalla porta del garage verso il suo vialetto perfettamente lastricato, circondato da un doppio lotto ben curato in un quartiere residenziale dell'alta borghesia. «Hai sentito.»

«Beh, sì che ho sentito. Ma questo non significa che abbia capito.» Per quella che sembra essere la milionesima volta oggi i miei occhi scrutano il suo corpo. «Perché mai dovresti avere bisogno di una finta fidanzata?» Centottanta centimetri di muscoli asciutti avvolti in abiti di marca, costosi e che gli stanno perfettamente. E come se non bastasse, ciò che c'è sotto è ancora più impressionante. I miei occhi vanno al suo cavallo.

Intendo al cervello. Al suo cervello.

Pensi sempre a quello, Patty.

Ripenso a come l'arrivo della ex ragazza di Flynn abbia causato problemi di ogni tipo tra lui e Jackie, compreso l'arrivo dei poliziotti. «Non ha niente a che fare con una ex, vero?» Mi passo le mani sul retro dei miei pantaloncini di jeans. «Credo davvero che non potrei sopportare una scenata.»

«No, non si tratta di una ex. C'entra la mia famiglia.»

Quest'uomo mi fa inceppare il cervello. «Quindi non solo devo fare finta di essere la tua ragazza, devo anche *mentire* alla tua famiglia.» Deglutisco, sentendomi improvvisamente nauseata. «Non credo che...»

«Ehilà!» Un gruppo di donne in camminata veloce percorre il lungo viale d'accesso di Ian. A differenza di Myra, la direttrice del parcheggio dei camper, queste donne sono vestite in abiti attillati in tessuto tecnico, reggiseni sportivi senza un vero e proprio top, e diamanti autentici. Mentre agitano la loro mercanzia lungo il vialetto, nel sole texano brillano braccialetti tennis, enormi anelli di fidanzamento e fedi nuziali, nonché piercing di diamanti.

«Ian caro, è così raro vederti in giro in questi giorni,» dice la bionda più alta, evidentemente la leader del gruppo, mentre si avvicinano all'estremità del garage.

«Ciao Veronica.» Fa un cenno con la testa alle altre. «Meghan, Kate, Melissa.»

«Ciao,» dicono all'unisono, prima che le loro teste si voltino verso di me. Quattro paia di ciglia finte sbattono mentre mi danno una rapida occhiata.

È come se fossi entrata in un episodio di *Desperate Housewives*.

«E la tua amica chi è?» La casalinga alfa, Veronica, si avvicina a Ian. È alta, anche con le sneaker e non mi piace che più si avvicina più devo alzare la testa per guardarla negli occhi.

Perché non potevo indossare tacchi e trucco? O in questo caso, potrei anche dire pittura di guerra, perché dovrei essere stupida per non capire che questa donna mi sta gettando il guanto di sfida. Magari non voglio vincere la guerra, ma questo non significa che non voglia vincere questa battaglia.

«Mi chiamo Trish, piacere.» Le faccio un sorriso dolce e le porgo la mano.

Lei esita, ma poi cede alla pressione sociale, e mi tende la mano. La sua stretta è moscia, forse appesantita da tutti i diamanti che indossa.

«Oh, un'Airstream!» esclama Melissa, con un sorriso sincero sul volto. «Le adoro da sempre.» Si rivolge a Ian. «Posso vedere com'è dentro?»

Con un'espressione mansueta lui inclina la testa verso di me. «Non è mia, è di Trish.»

«Oh.» Tutte le donne colgono al volo il significato di quell'affermazione. La mia Airstream nel garage di Ian equivale a una rivendicazione di territorio.

«Ma pensa.» Veronica fa una faccia come se le avessi pisciato nei cereali della colazione. «Vacanze in roulotte, eh? Io e il mio Henry stavamo pensando di prendercene una, giusto per giocarci un po' i fine settimana, credo.» Esibisce i perfetti denti bianchi in una specie di sorriso. «Ma sono così anguste che non sono sicura di potercela fare.»

La genuina Kate ridacchia ed estrae il telefono dal reggiseno.

«Questa,» indico la Airstream, «è la mia casa. Ci vivo. Stabilmente.»

«Ma dai!» Veronica fa un sorriso di intesa alle sue amiche. «La casa di Ian deve essere una piccola vacanza dalla tua realtà.»

Melissa ha la grazia di apparire imbarazzata. «Ehm, ho sentito che è difficile trovarle. Le Airstream, voglio dire. Ci sono un sacco di persone che le stanno restaurando.» Rabbrividisce un po' all'occhiata che Veronica le lancia, e si stringe nelle spalle. «Lo vedo su Pinterest.»

Sorridendo a Melissa, perché so bene cosa vuol dire farsi avanti quando gli altri ti stanno giudicando, annuisco. «Anche io ci ho fatto un po' di lavoretti quando l'ho presa. Adesso è un po' sottosopra perché l'ho appena spostata, ma quando sarà sistemata sarete più che benvenute se mi venite a trovare.»

Senza guardare Veronica e Kate, Melissa annuisce con un sorrisetto sul viso carino. «Grazie.»

Veronica lancia un'occhiata acida a Melissa. «Sì, a tutte noi piacerebbe dare un'occhiata alla tua piccola buffa roulotte, vero, Kate?»

«Già.» Kate fissa il telefono mentre ci passa sopra rapida i pollici.

«Vi serve qualcosa, signore?» La voce di Ian taglia la tensione.

Io lo guardo, stupita. Non l'ho mai sentito usare un tono così duro prima d'ora.

A quanto pare, tanto basta per scioccare perfino Veronica nella sua evidente animosità. Scalpita inquieta nelle sue Nike immacolate. «Oh no, era solo una visita di buon vicinato.»

Quando Ian non ricambia con un sorriso, lei fa un passo indietro. «Ma adesso dobbiamo andare. Calorie da bruciare!» Tocca il suo Apple Watch. «Forza, signore.» Fa un gesto con la mano, si gira e le sue compagne riprendono a camminare a passo sostenuto dietro di lei. Io che sono una donna, riesco facilmente a notare come sculetta in modo esagerato mentre si allontana lungo il viale.

Ma quando mi volto verso Ian, lui non sta guardando il culo di Veronica. Il suo sguardo è su di me. «Io...» Sembra imbarazzato. E non so perché, ma questo mi fa salire una vampata di rabbia. E mi metto a sudare.

Facendo leva sulla mia rabbia sollevo il pesante generatore dal retro del furgone.

Ian si avvicina rapido al mio fianco e cerca di spostarmi dalla macchina. «Che stai facendo?»

Lo allontano con una spinta, in modo da poter appoggiare a terra il generatore. Quando mi piego mi fa male la schiena.

Dannazione. Mentre mi rimetto in piedi sbuffo e mi sventolo per sottolineare le mie parole. «Beh, dolcezza, è decisamente troppo caldo per stare senza aria condizionata, anche se siamo verso la fine dell'estate.»

«Ma...» Lui dà un'occhiata al generatore prima di guardarmi accigliato. «Ho un sacco di spazio in casa.»

«Non ti preoccupare.» Srotolo i cavi di collegamento. «Sono a posto così.»

«Un generatore fa un sacco di rumore, i vicini potrebbero lamentarsi.»

Sorrido al suo tono scontroso. «Oh, dolcezza, questo non lo sente nessuno.» Inclino il generatore sulle ruote e lo sposto come fosse un carrello, facendolo uscire dal garage e poi sul vialetto.

Ian mi segue, ancora confuso.

«Questo affarino qui è un Honda EU2200i, ed è silenzioso come un vibratore sotto le coperte.» Lo accarezzo sulla parte superiore, e molto probabilmente sembro un venditore di auto usate.

Ian apre e richiude la bocca un po' di volte ma non dice nulla. Penso che la mia scelta di rimanere nella roulotte, invece di trasferirmi nella sua dimora gli abbia inceppato il cervello.

Mentre lui continua a guardarmi a bocca spalancata, io afferro la tanica del carburante e riempio il generatore prima di accenderlo. Dopo l'avvio, il motore Honda ronza sommessamente. «Visto?» dico con orgoglio. «Nessuno si accorgerà che sono qui.»

Ritrovando la voce, Ian mi segue all'interno. «Hai davvero intenzione di rimanere nella roulotte? Nel mio garage?» L'incredulità nella sua voce è al contempo divertente e offensiva.

Appoggio la tanica del carburante sul pavimento, proprio vicino all'ingresso. «Sì.»

Mi risponde scuotendo la testa e lanciandomi un altro sguardo perso.

È così carino che non posso fare a meno di canzonarlo mentre spalanco la porta della roulotte. «Ma Ian caro, ogni volta che hai voglia di venirmi a trovare sei più che benvenuto.» Facendogli l'occhiolino entro e mi chiudo la porta alle spalle.

È vero, stare nella mia roulotte quando mi viene offerta una casa di più di quattrocentocinquanta metri quadri è sciocco. Comunque, qui la mia mente può stare tranquilla perché sono protetta dal mio passato, e al tempo stesso la roulotte mi tiene il cuore al riparo da Ian Kincaid.

«Sembra un costume di Halloween.»

Rose guarda l'abito color corallo che la avvolge. Rimirandosi davanti allo specchio esamina ogni angolazione possibile. «Come è possibile che un vestito da damigella d'onore di chiffon color pastello possa sembrare un costume di Halloween?»

«Lo sai che Halloween è diventata una ridicola gara per chi sa trasformare dei vestiti normali in costumi da zoccola?» chiedo.

«Gatta zoccola, poliziotta zoccola,» aggiunge Jules, appoggiandosi allo schienale del sofà antico nel negozio di vestiti. «L'anno scorso ho persino visto un costume da orsacchiotta zoccola.» Scuote la testa con aria triste. «Tutto questo finirà per creare ricordi d'infanzia distorti.»

«Che diavolo ha a che fare un costume da orsacchiotta zoccola con l'abito che ho scelto io?» chiede Rose.

Sollevando il capo, faccio la mia migliore imitazione di Rhett Butler in Via col Vento. «Perché tu, mia cara, sembri la versione zoccola di una damigella d'onore.»

Jules ridacchia.

Giro intorno a Rose, in piedi sul rialzo davanti ha uno specchio a tre ante. «Non avresti potuto scegliere qualcosa di più corto o più stretto?»

Con le mani sui fianchi, Rose è proprio una peperina del sud. «Ehi, io ho delle *risorse.*» Si passa le mani lungo le cuciture laterali del vestito. «Risorse che voglio sfruttare. Per i single, andare a un matrimonio è come andare alla fiera.» Butta in fuori un fianco, tirando al limite la stoffa leggera e liscia. «Non pensare che non abbia intenzione di trarre il massimo da questa occasione.»

«Il mio matrimonio non sarà una fiera per nessuno,» interviene Jackie, tornata con i piedi per terra, qualsiasi fosse il problema su cui la sua mente geniale stava rimuginando mentre fissava il vuoto. Sul divanetto bianco vicina a Jules, che ha le gambe spalancate in una posa decisamente poco femminile, Jackie appare oltremodo austera, seduta con la schiena dritta nella sua T-shirt da nerd e le scarpe da ginnastica Converse.

Siamo qui da un'ora, a bere Mimosa e a guardare abiti. Siamo venute tutte con un Uber, sapendo bene che avremmo approfittato fino in fondo di tutti i drink gratis che il negozio ci avrebbe offerto. Poco fa i venditori hanno rinunciato a servirci e ci hanno lasciato un po' di bottiglie e la caraffa di succo d'arancia. O forse è merito della banconota da cento dollari che Rose ha allungato al direttore.

«Ho detto che avreste potuto scegliere il vostro modello preferito.» Mentre si spinge gli occhiali sul naso, lo sguardo brillo di Jackie passa dal seno di Rose che straborda dalla scollatura a cuore dell'abito senza spalline, al bordo che le si stringe appena sotto il sedere. «Però ho ancora potere di veto.»

«Ha parlato la nerd,» dice Jules piegandosi in avanti e appoggiando i gomiti sulle ginocchia spalancate, con il telefono in mano.

«Stai ancora cercando informazioni su come allevare bestie in modo umano?» le chiedo. È buffo vedere un'astronauta normalmente così tosta tutta preoccupata a curare una mucca. Mi sono quasi quasi strozzata quando ha comperato un collare di strass per la sua mucca domestica, Biscottina.

Jules scuote la testa. «Già... solo che tutti quegli stronzi di agricoltori pensano che non sia giusto e fantastico lasciare che la propria mucca domestica se ne vada a spasso per i campi come se niente fosse.» Sbuffa, disgustata. «No dai, sul serio, non hanno un minimo di cuore.» Solleva il telefono e fa una foto a Rose prima di appoggiarsi all'indietro e di scorrere rapidamente i pollici sullo schermo. «Mando un messaggio alla wedding planner.» Sta prendendo molto seriamente il suo ruolo di damigella d'onore.

Appena le dita di Jules smettono di scorrere, riceve subito una notifica.

«Ecco, abbiamo un "assolutamente no" da parte di Rebecca.» Si rimette il telefono nella tasca posteriore dei jeans. «Bocciato, Barbie Rodeo. Scegline un altro.»

Rovesciando gli occhi come sa fare solo una sorellina ben allenata, Rose si avvicina tutta rigida all'appendiabiti, costretta dal vestito stretto a muoversi con passi minuscoli. «D'accordo,» dice, facendo scorrere le grucce sull'asta di metallo e passando in rassegna gli abiti pre-selezionati. «Però non ho intenzione di indossare un abito in stile contadino. Niente svolazzamenti. Non sono una hippy del cazzo.»

«Caspita, no, dolcezza!» Le faccio l'occhiolino. «Nessuna vera texana dal sangue focoso lo è.»

Rose si blocca nella sua ricerca. «A meno che non arrivi da Austin.»

«Proprio così,» aggiunge Jules.

«Ian non è di Austin?» chiede Jules prima di prendere un altro sorso del suo drink.

«No, Dallas,» rispondo senza pensarci.

Tutte e tre hanno un'espressione soddisfatta.

«Ah sì, vero.» Il sorriso di Jackie tradisce la sua innocenza.

Non sono sicura che siamo l'influenza migliore sulla nostra amica, un tempo ingenua e dal cuore puro.

Jules ride. «Bel colpo, Jackie.»

Rose prende un appendiabiti dallo stand, per studiare più da vicino il vestito. Anche questo è senza spalline, ma almeno è lungo. «Non so perché non ti limiti a legare quell'uomo e a saltarci sopra: via, verso il tramonto.»

Quando mi guarda in attesa, mi rendo conto che sta parlando con me. «Chi, io?»

«Ehm, sì. Tu e Ian.»

«Io non lego nessuno,» dico, cercando di svicolare. «Mica sono una groupie dei fratelli West, come loro.» Indico Jules e Jackie. «Io vengo dalla Georgia.» Studio la stoffa color corallo che mi sono drappeggiata sulle spalle, non particolarmente felice di come il modello con una sola spallina mi faccia sembrare sbilenche le tette. «Inoltre,» aggiungo spazzolandomi via della forfora invisibile sulla spessa spallina, «il soggetto non mi interessa.»

Nessuna riesce a trattenere le risate.

Io sbatto a terra il piede e il sottile tacco a spillo che colpisce la moquette mi provoca una fitta al polpaccio. «Dannazione.»

«Occhio, Nanerottola.» Jules non riesce a smettere di ridere. «Va a finire che ti rompi un tacco, e poi come fai?»

«Finirà nella terra dei Munchkin, insieme ai nani da giardino,» borbotta Rose provocando un altro scoppio di risate.

Le guardo socchiudendo gli occhi. «Vi odio tutte.» Cercando di camminare con dignità senza zoppicare, prendo due vestiti dallo stand e mi ritiro in un camerino.

Con il tempo si stanno divertendo sempre di più alle spalle mie e di Ian. Jules è l'unica che sa che sto da lui. È incredibilmente brava a tenere un segreto. Solo il cielo sa cosa direbbero le altre due se sapessero che la mia roulotte è parcheggiata nella sua rimessa. Non la smetterebbero più.

A dire il vero, potrei anche fregarmene. Jules sta già mettendo su casa con il suo ragazzo, Holt, e la loro mucca domestica, tra poco Jackie sarà sistemata, e Rose... beh, sono abbastanza sicura che Rose sia a buon punto per conquistare il mondo.

E allora io sarò.... Da qualche parte. Da qualche parte che non è qui. Nemmeno Jules sa che ho intenzione di andarmene dopo il matrimonio.

Mi scrollo di dosso il mio temporaneo malumore ed esco dal camerino, con un sorriso stampato in faccia e un altro terribile vestito addosso, che minaccia di farmi inciampare. Dopo cinque Mimosa e senza avere fatto un passo verso una decisione sulla scelta del vestito da damigelle, siamo distese sul pavimento in una nuvola di chiffon di varie sfumature corallo. Beh, tutte tranne Jackie, ancora nei suoi jeans strappati e nella t-shirt d'ordinanza. Dopo il secondo Mimosa ha calciato via le scarpe, e sono sicura che i commessi sarebbero sconvolti se non fosse per il nome dei West che ci aleggia intorno.

«Amo i miei fratelli,» dice Rose, «ma vi scambierei con loro in qualsiasi momento.»

Jackie, coricata con braccia e gambe spalancate, sorride. «Tra poche settimane io sarò tua sorella acquisita. Quindi, ecco fatto.»

«Già, figo!» annuisce Rose, con gli occhi chiusi. «Ho sempre voluto una sorella.»

«Io sono figlia unica,» aggiunge Jules, con le braccia dietro la testa. «Non so neanche cosa voglia dire avere un fratello.»

«Io ho sempre voluto una famiglia.» *Cavoli.* Perché l'ho detto?

«Davvero?» Rose si appoggia ai gomiti. «Vuoi dire che anche tu sei figlia unica?»

Annuisco. «E non ho genitori.» Mi stringo nelle spalle, trascinandole sul tappeto morbido sul quale sono distesa.

«Capisco niente fratelli, ma come fai a non avere genitori?» Jackie si spinge gli occhiali sul naso. «Ah, sei cresciuta da un uovo fertilizzato in laboratorio?»

«Cosa? Tipo bambina in provetta?» chiede Rose, un po' confusa.

Sbuffo, apprezzando il modo in cui funziona la testa di Jackie, mentre Rose non ha proprio filtri. «Non biologicamente.» Con un calcio mi tolgo le scarpe. «Voglio dire che dopo che sono nata mia mamma mi ha lasciato con i miei nonni. Mi hanno cresciuta, e poi sono morti entrambi, quando avevo appena finito la scuola.»

Nel silenzio che segue, osservo il tessuto di chiffon che si gonfia leggermente al getto dell'aria condizionata sopra le nostre teste.

«Ehi, questo sì che è alquanto deprimente,» osserva piatta Jules alla fine. «Cioè, io non vado d'accordo con i miei genitori, ma almeno so dove si trovano, in qualsiasi momento. La prima regola in guerra è sapere dove stanno i nemici.»

«E tuo papà?» insiste Rose, senza togliermi gli occhi di dosso.

Non sono sicura di sapere di cosa si tratti. Forse lo champagne, questo rapporto tutto femminile, o il ronzio che mi scorre sotto la pelle ricordandomi che momenti come questo, con donne che ho imparato ad amare, finiranno presto. Ma per una volta non cambio argomento. Invece, rispondo sincera. «La mamma non mi ha mai detto chi era. E da quando è scappata, lei non ha più avuto contatti né con il nonno né con la nonna.»

«Oh.» Rose ha occhi e bocca spalancati.

«Ci servono altri alcolici,» dichiara Jules, facendomi sorridere. «E, per tua informazione, sei la vincitrice per la peggiore infanzia. Dato che ci siamo, diamo alla tua infanzia anche la colpa per il tuo essere diversamente alta. Disegniamola cattiva a tutto tondo.»

Ridendo, la butto a terra prima di strappare dalla mano di Rose la bottiglia di champagne.

«L'hai mai cercata?» mi chiede Jackie a voce bassa.

Riempendomi il bicchiere cerco di assumere un tono indifferente. «No.»

Rose si riprende la bottiglia. «Peggio per lei.»

«Meglio per noi,» aggiunge Jules lanciando lontano il tappo.

Sul pavimento Jackie mi stringe al suo fianco con un gesto impacciato.

Queste ragazze mi mancheranno.

QUATTRO
NADIR

*I*AN

«PRONTO?»

«Ian, sono Gale. Ho tuo padre in linea.» Con un click la segretaria ci mette in comunicazione.

A piedi scalzi appoggio la fronte all'armadietto davanti a me. Non avrei dovuto rispondere. Ho poco tempo prima di andare a prendere Trish al negozio di abiti. Volevo approfittarne per un allenamento in piscina per sfogare un po' della frustrazione che Trish mi ha provocato.

«Alla raccolta fondi porto una persona.» La voce di mio padre gracchia sulla linea. Non perde tempo in convenevoli. «Fai in modo di fare buona impressione.»

«Ti sei dovuto trovare qualcuna con cui uscire? La mamma ti ha finalmente lasciato?» Anche se so che non è possibile, posso sempre sperare.

«Non fare l'idiota. È per te.»

Lo immaginavo. «Non ti preoccupare, vengo già accompagnato.»

Un attimo di silenzio, seguito da: «In che senso, vieni accompagnato?» A mio padre non piace che si interferisca con i suoi piani. Ma nello stesso modo in cui lui pianifica la sua vita politica come fosse una partita a scacchi, anche io ho imparato a fare lo stesso con la mia vita. Il miglior attacco inizia con la miglior difesa.

«Dopo la nostra ultima conversazione ho pensato che saresti stato felice se ti avessi presentato la donna con cui sto uscendo.» Quando entra nello spogliatoio Ricky, uno dei sommozzatori del Laboratorio di Galleggiamento Neutro della NASA, gli faccio un cenno di saluto.

«E chi sarebbe questa donna? Da che famiglia viene? Da dove viene? Cosa fa?» Io rimango in silenzio, non per dispetto, ma perché non so le risposte. Fare incazzare mio padre è solo un bonus extra.

«Non puoi uscire con chiunque, figlio. Abbiamo una reputazione da mantenere.»

Ignorando il suo uso del plurale maiestatis, cambio argomento. «A che ora devo essere all'evento?»

«Gale ci ha organizzato un servizio fotografico nella sala da ballo alle sei, prima della cena.»

Gale. La capo di gabinetto storica di mio padre, nonché scopamica occasionale. Quest'ultimo dettaglio l'ho saputo nel modo peggiore quando nel mezzo della battaglia di spade laser durante la festa per il mio quindicesimo compleanno li ho scoperti nell'ufficio di lui, mentre si davano da fare.

Un compleanno a dir poco memorabile.

«Ci saremo.» Prima che mi possa fare altre domande, alle quali probabilmente non saprei rispondere, riaggancio.

«Ehi amico, sei pronto per una nuotatina?» mi chiede Ricky mentre metto il telefono nell'armadietto e lo chiudo sbattendolo.

Il nervosismo mi si raccoglie nei muscoli e scuoto le braccia prima di sollevarle sopra la testa. Non vedo l'ora di bruciare un po' di questa energia. «Sei pronto a perdere di nuovo?»

«Oh, amico.» Ricky scuote il capo. «Continua a dire stupidaggini e ti revocherò il permesso di usare la piscina.»

«Non ci credo.» Gli sorrido.

Ridacchiando, chiude la porta del suo armadietto. «Già, hai ragione. Non lo farò.»

Ricky è un sommozzatore davvero bravo: è per questo che è diventato specialista di immersioni alla NASA ed è anche un nuotatore piuttosto bravo. Ma non mi ha mai battuto.

Tutte le volte che ho tempo vengo al laboratorio e faccio un po' di vasche. È stato qui che ho iniziato il mio primo anno alla NASA, quando ero l'ultima ruota del carro, e qui ho imparato le basi durante un addestramento per l'EVA, l'attività extraveicolare.

Solo il personale selezionato è ammesso in vasca. Principalmente astronauti e specialisti, o istruttori di immersioni. Tuttavia, grazie a qualche chiacchiera qua e là e al fatto che Ricky mi conosce da quando nuotavo, sono diventato uno dei pochi a poter mettere i piedi a bagno nella piscina del laboratorio.

Pochi minuti dopo, ho le mani che tagliano l'acqua con le dita distanziate di otto millimetri l'una dall'altra per aumentare il coefficiente di resistenza. Indosso le pinne, come sempre. Non è una cosa obbligatoria nel laboratorio, però a me piace usarle perché riducono del quaranta percento il movimento delle gambe. Meno movimenti significano meno schizzi. Meno schizzi significano una migliore visione dell'affascinante spettacolo sottostante.

E lo spettacolo è un modello in scala uno a uno della Stazione Spaziale Internazionale, appoggiata sul fondo della piscina, a dodici metri.

Con i miei occhialetti, se inclino la testa a un angolo di quarantacinque gradi, posso passare sopra la Stazione Spaziale

Internazionale fingendo di essere un astronauta che fluttua nell'infinita vastità dello spazio mentre faccio la mia parte per portare avanti le conoscenze umane sulla nostra posizione nel mondo.

È il culmine della mia settimana.

O almeno lo era fino a prima che Trish si trasferisse nel mio garage.

Arrivato al fondo della vasca mi volto e tornando indietro incrocio Ricky. Mi fa il dito medio sott'acqua e per un attimo sorrido prima che Trish mi riempia di nuovo la mente.

Quella donna vive ancora nella roulotte. Non è che la veda molto. Vedo solo la sua mano mentre mi saluta dalla finestra quando alla mattina parto per andare al lavoro.

Ho una casa enorme con un sacco di spazio, servizi e comodità moderne e lei decide di vivere nel mio garage.

Solo alla svolta successiva, quando sotto di me la visione si increspa, mi rendo conto che Ricky mi ha raggiunto. Ora non c'è nemmeno bisogno che Trish sia fisicamente presente per distrarmi: basta solo il pensiero.

Ripensando alla conversazione con mio padre e al prossimo evento formale nel quale dovrò vedermela con lui, metto più forza nei piedi e la spinta mi fa guadagnare sempre più metri su Ricky, fino a quando non arrivo a fondo vasca.

«Dannazione, Kincaid,» sbuffa, con le braccia incrociate sul bordo. «Pensavo proprio di avertela fatta.»

Rido. «Continua a sognare.» Alcuni dei miei colleghi ufficiali dell'EVA si stanno avvicinando alla vasca, spingendo un carrello di tute spaziali. «A chi tocca oggi?» Che sia per la preparazione di una passeggiata specifica, oppure di un allenamento standard per i voli nello spazio, il laboratorio di solito viene usato ogni giorno dalla NASA per almeno sei ore.

Con una manovra fluida Ricky si solleva dall'acqua e si gira per sedersi sul bordo con le gambe a penzoloni nella vasca.

«Qualcuno dei nuovi. Non mi ricordo chi. Io non entro con loro.»

Seguo il suo esempio e mi sgancio le pinne.

«Kincaid!» Io e Ricky solleviamo lo sguardo per vedere Vance Bodaway che arriva di corsa. «Che ci fate qui?»

«Lo sto facendo morire.» Con una pinna colpisco Ricky su una spalla.

Bodie guarda Ricky. «Già, mi sembra giusto.»

«Anche no, ah-ah.» Ricky si alza e si scuote l'acqua dalle orecchie. «Ci si becca dopo, stronzi.»

Gli faccio un cenno con la testa prima che si giri dall'altra parte. «Ci vediamo amico.» Inclinando la testa, torno a concentrarmi su Bodie. «Che succede?»

Mi tende la mano per aiutarmi ad alzarmi. «Ho una domanda per te.»

«Spara.» Inizio a ripassare mentalmente tutte le diverse procedure per la passeggiata spaziale Sphinx, la EVA che sto conducendo per portare all'interno tutti i rimanenti cavi esterni della Stazione Spaziale. Una misura preventiva che ho ritenuto necessaria dopo che alcuni mesi fa la ISS è stata colpita da detriti spaziali. Bodie sarà il capitano di quella EVA.

«Ci vai con qualcuno al matrimonio di Jackie?»

«Amico, sono onorato che un uomo del tuo prestigio pensi a me, ma dovrò gentilmente declinare.» Mi faccio passare una mano avanti e indietro tra i capelli spruzzando acqua tutto intorno. «Sei un bravo ragazzo, ma...»

«Che caspita stai dicendo?»

Sorrido alla sua espressione confusa... «Ah, *non mi stavi* chiedendo di venire con te al matrimonio di Jackie?»

Scoppia in una risata. «Cristo, no.» Scuote la testa ancora divertito. «In un rapporto a due mi piace essere l'unico portatore di cromosoma Y.»

Lasciate fare a un ingegnere della NASA, quando si tratta di trasformare in scienza le banali conversazioni di ogni giorno.

«E comunque se stessi cercando un accompagnatore uomo,» continua, mentre incrocia le braccia e mi squadra da capo a piedi, «potrei trovare qualcosa di decisamente migliore di te.»

Rido. «Stronzo.»

Si stringe nelle spalle fingendo indifferenza. «Te lo chiedevo solo perché mi hanno detto che posso portare una persona e volevo sapere se gli invitati ci portano i loro partner o no.»

Mi volto e mi avvio verso lo spogliatoio. «Io no.» L'immagine di Trish, con il fucile in mano, mi balena nella mente. Il che è un problema quando si indossa solo un sottile strato di tessuto tecnico sulle parti intime. «Ho messo gli occhi su una delle damigelle.»

«Ah sì?» Bodie mi affianca. «Dimmi di più.»

Trish

«Sono arrivati.» Jules salta in piedi, con il telefono in mano, in apparenza non provata nonostante le sei bottiglie di champagne vuote sparse sul pavimento.

Come obbedendo a un comando, anche se dovevano essere vicine alla porta a origliare, entrano tre commesse, puntando dritte al porta abiti dove sono appesi i vestiti che non abbiamo scelto.

«Non è corto o super-scollato, però sembro scopabile, quindi andrà bene.» Rose sculetta avanti e indietro di fronte allo specchio con il tessuto che le si gonfia intorno alle gambe. Anche se Jackie aveva detto che ognuna di noi avrebbe potuto scegliere un abito di stile diverso, dopo molte discussioni e dopo avere provato la maggior parte dei vestiti del negozio, compresi quelli che non avevano nulla a che fare con lo chiffon o il color corallo, Rose e io abbiamo finalmente deciso per un abito lungo, senza maniche, svasato e incrociato sul davanti, con un'ampia scollatura sulla schiena, di classe, che stava bene a entrambe.

Jules ha detto che lei sta bene con tutto, il che è abbastanza vero vista la sua figura, così ora per il matrimonio abbiamo tutte e tre lo stesso vestito.

«Conosci la maggior parte delle persone che verranno alla cerimonia,» dice Jackie a Rose cercando di raddrizzarsi gli occhiali ma mettendoli ancora più storti. Mentre fa per mettersi in piedi inciampa leggermente. «Non sono sicura che avrai molte possibilità per una cosa da una botta e via.»

Senza preoccuparsi di andare ai camerini per cambiarsi, Rose inizia a spogliarsi in mezzo alla stanza mentre osserva Jackie. «Genio, non ti mettere a fare calcoli ed equazioni. I numeri non definiscono quello che ho in mente io.» Si sfila il resto del vestito scuotendoselo di dosso. Una delle commesse lo raccoglie e se lo drappeggia sul braccio prima di appenderlo di nuovo.

Jackie si acciglia. «Ma i numeri fanno proprio questo: definiscono...»

«Non si discute con una donna del sud quando sta puntando a fare sesso da urlo.» Cerco di dare qualche colpetto sulla spalla di Jackie ma sbaglio la mira e finisco per darle una palpatina. «Ops, scusami dolcezza.»

«Vi ho viste.» Rose sta entrando a fatica nei jeans super attillati. Solo una donna molto sicura di sé può infilarsi un paio di pantaloni attillati in pubblico facendo piegamenti e flessioni per entrarci. «Non farti delle idee, bocconcino. Se al matrimonio ci saranno pochi uomini, mi butterò sulla donna più sexy.» Si allaccia i jeans e si asciuga la fronte con il retro della mano. «Uff.»

«Sei sicura di non essere lesbica?» chiede Jules, appoggiandosi alla parete ricoperta di carta luccicante. Con la T-shirt da concerto strappata e gli anfibi sembra una biker nella stanza in stile casa di bambola di una bambinetta. «Non c'è niente di cui vergognarsi a fare cose tra ragazze.»

Jackie scuote il capo verso Jules. «C'è qualcosa che non funziona qui.»

«Vorrei mi piacessero le donne.» Rose afferra la sua camicetta senza maniche lasciando sbottonati gli ultimi due bottoni, così da poter annodare le estremità. «Il cazzo sta diventando una faccenda complicata.»

Mi va di traverso l'ultimo sorso di Mimosa. Che poi è praticamente champagne puro.

«Davvero,» dice Rose, con le mani sui fianchi. «Ora gli uomini si impegnano sul serio. Ed è come se si preoccupassero di trovarti il clitoride prima ancora di provare a conquistarti, avete presente?» Si scompiglia i capelli. «Voglio dire: sarà meglio se vi fate un curriculum, prima di sperare di essere assunte dai pezzi grossi.»

«No, aspetta. Sono un po' confusa,» dice Jackie. «Tu saresti un pezzo grosso?»

«Io no. Loro sì,» dice Rose puntando entrambi i pollici alle sue tette.

«Vorrei davvero aver aspettato in macchina.»

Ci voltiamo e vediamo Holt sulla porta che si passa una mano sul viso. Dietro di lui c'è Flynn. I fratelli West sono davvero belli, anche in questo negozio di vestiti, circondati da brillantini, chiffon e mobili vittoriani.

«Ehi, tesoro.» Jules gli salta addosso e Holt la prende al volo mettendole le mani sotto il sedere. Lei gli si aggrappa ai fianchi con le gambe e fa schioccare le labbra contro le sue. «Portami a casa, cowboy!»

«Buon Dio.» Holt alza gli occhi al cielo, ma sta sorridendo.

Di solito più riservato, sorride molto di più da quando è riuscito a parlare con Jules. «Lo farò, una volta che avremo saldato il conto.»

Mi aspetto che Jackie controbatta, dato che aveva insistito per pagare lei i vestiti quando ci ha chiesto di fare da damigelle, ma invece la trovo di fronte a Flynn con le gambe leggermente piegate e alla larghezza delle spalle, con le braccia che oscillano.

«Jackie?» Flynn dilata le narici e si vede che sta cercando di non ridere della sua fidanzata ubriaca.

«Lo voglio fare anche io.» Si alza un po' di volte sulle punte dei piedi, ma inciampa all'indietro. «Però a quanto pare non riesco a trovare l'equilibrio perché la mia massa centrale raggiunga la velocità verticale necessaria.»

«Oh, caspita,» commento, incapace di non mostrarmi divertita.

Flynn fa i due passi necessari per mettersi esattamente di fronte a Jackie. «E se ti aiuto io, tesoro?» Piegandosi sulle ginocchia la solleva tra le braccia come fosse una bambina.

Lei, invece di avvolgergli le gambe intorno ai fianchi si lascia penzolare semplicemente e gli appoggia la testa sulla spalla con gli occhiali tutti storti. «Sei il migliore, Flynn.»

Rose si avvicina e le toglie gli occhiali.

«Attenta a quelli.» Flynn osserva Rose mentre li chiude e li ripone nella sua borsa enorme.

«Amico,» dice Rose scuotendo la testa. «Sei davvero strano quando ci sono di mezzo i suoi occhiali.»

«Gli piace quando li indosso mentre facciamo sesso,» borbotta Jackie strofinando il naso sul collo di Flynn.

Io spalanco la bocca. Flynn arrossisce, facendo ridere tutti.

«Davvero sexy, puttanella,» dice Jules, scendendo da Holt, «Lo sapevo che prima o poi avresti tirato fuori questo tuo lato.»

«Bleah.» Rose rovescia gli occhi. «E poi pensano che la pervertita tra i West sia *io*.»

Ancora rosso in faccia Flynn balbetta: «Io... non è...» ci rinuncia e chiude la bocca, caricandosi Jackie sulla spalla in modalità pompiere. Ruotando sui tacchi dei suoi stivali da cowboy Flynn esce dalla stanza a passo deciso.

«Una vera regina della tragedia, parola mia.» Con un sorrisino Rose si infila i sandali e li segue. «A dopo, zoccole,» ci dice mentre esce sventolando una mano.

«Voi West siete davvero divertenti.» Mi sono già rivestita e mi piego per afferrare le mie scarpe alte. Poi guardo il vestito bianco pieno di lustrini che avevo provato prima. Lo voglio. Prendo la borsa dal divano e ne estraggo il portafoglio, pronta a fare il colpo di testa. Mi serve un vestito per andare all'evento che mi ha imposto Ian. Tanto vale farlo con stile.

«Ferma lì, Nanerottola. Mica lo paghi tu il vestito da damigella!» Jules si infila la sua giacca di pelle. «Ricordati che Holt ha dei soldi da parte per i matrimoni dei suoi fratelli.» Fa una risatina e bacia Holt sulla guancia. Lui arrossisce.

«Lo so.» Sorrido con gentilezza alla timidezza di Holt. «A proposito, grazie.»

Lui annuisce mentre la sua mano scivola fino a pizzicare il fondoschiena di Jules. «Tranquilla.»

Lei gli dà uno schiaffetto sulla mano. «E allora perché il portafoglio?»

«Mi serve un vestito per l'evento a cui vado con Ian.»

Jules inclina il capo sollevando le sopracciglia. «Hai un'uscita con Ian?»

«Pensavo lo sapessi.» Batto le ciglia cercando di liberarmi la testa da tutto lo champagne. «È in cambio dello spazio per parcheggiare la roulotte da lui.»

«Tu stai da Ian?» chiede Holt staccando gli occhi da Jules.

Aggrotto le sopracciglia mentre osservo la mia amica. «Non gliel'hai detto?»

Jules sbuffa. «Per favore, ragazza. Precedenza alle donne.»

«Ah.» Cerco di fare un sorriso a Holt, ma sono sicura che sembri più una smorfia. «Per cortesia, non dire niente agli altri.»

«Non ti preoccupare. Ci penso io a farlo stare zitto.» In una mossa femminile che non mi sarei mai aspettata dall'astronauta tosta, Jules afferra la mano di Holt, intrecciandone le dita. Lo sguardo di Holt si illumina come avesse vinto alla lotteria.

Vengo attraversata da una fitta di gelosia.

«Grazie.» Prendo il telefono. «Mi chiamo un Uber.»

«Non serve.»

Girando la testa nell'altra direzione sbatto le palpebre ancora un paio di volte per mettere a fuoco l'uomo alto in piedi nell'arco della porta. Ian indossa un paio di pantaloncini, una visione insolita. Pantaloncini che gli mettono in evidenza i polpacci muscolosi. Non avevo mai pensato che i polpacci potessero essere sexy. Adesso sì.

Il mio sguardo gli percorre le gambe e scopro che i pantaloncini color cachi sono attillati e chiusi da un'alta cintura marrone, che gli tiene ferma la camicia. Niente T-shirt né larghi pantaloni cargo per quest'uomo.

Una fitta questa volta decisamente *non* di gelosia percorre le mie parti femminili.

«Pronta?» chiede Ian, con le mani in tasca che incorniciano quella parte del suo corpo della quale sono diventata particolarmente curiosa.

Mi passo la lingua sulle labbra secche. «Proprio pronta, dolcezza.»

Quando lui solleva di scatto le sopracciglia e Jules ride dietro di me, mi rendo conto che forse ho messo un po' troppa enfasi nelle mie parole.

Forse la colpa è dell'alcol, o dell'invidia che, da brava donna, ammetto di provare dopo avere visto Flynn con Jackie e Holt con Jules, ma non mi scuso né spiego quello che volevo dire. Invece, lasciando perdere l'abito, mi metto a tracolla la borsa e mi incammino verso Ian, poi lo uso come supporto per tenermi in equilibrio mentre mi infilo le scarpe alte. Una volta che sono stabile e dieci centimetri più alta, lo prendo a braccetto.

Senza voltarmi a guardare Jules o Holt, dico un vago: «Ciao a tutti,» e lascio che Ian mi accompagni fuori. Ancora ridacchiando, Jules mi risponde: «Ci vediamo, Nanerottola.»

CINQUE
PRESAGI

IAN

«IMMAGINO CHE VI SIATE DIVERTITE?» La minuta figura di Trish è molto vicina a me, e mentre camminiamo mi stringe un braccio con entrambe le mani.

«Uhm-uhm,» risponde, salda sui tacchi nonostante sia chiaramente alticcia.

L'accecante sole del Texas ci colpisce mentre usciamo dal negozio e Trish si infila un paio di occhiali da sole che estrae dalla borsetta.

«Sono parcheggiato in fondo alla strada.»

Con gli occhiali di tartaruga esageratamente grandi, sembra una moderna Jackie Onassis. «Fammi strada.»

A Houston è una fantastica giornata. Una volta tanto c'è poca umidità: in Texas sta arrivando l'autunno. Tutti i posti all'aperto nei ristoranti vicini sono pieni di gente uscita per il brunch. «Vuoi mangiare qualcosa prima di tornare a casa?»

«Mmm, sembra una buona idea.» Si guarda intorno per

valutare le varie opzioni. «Che ne diresti di portarmi nel tuo posto preferito?» Mi sorride dolce. «Offri tu.»

Io faccio una risata sonora, attirando uno sguardo sorpreso dalla coppia che ci sta passando vicina. «E va bene, offro io.»

«Il tuo posto preferito è un parcheggio per food truck?» Trish si solleva gli occhiali e guarda incredula il parcheggio asfaltato, tutto vuoto tranne che per un cerchio di otto food truck. C'è odore di cibo fritto, spezie etniche e gas di scarico.

«Già, questo posto è fantastico. C'è una grande varietà di cibo e a volte hanno anche musica dal vivo, come oggi.» Indico un piccolo palco lontano dai camion e dai loro generatori rumorosi. Il centro del parcheggio è pieno di tavolini da picnic e ce ne sono diversi anche intorno al palco.

Trish si rimette gli occhiali da sole e mi preoccupa non poter cogliere a pieno la sua reazione. Mi aveva chiesto di andare nel mio posto preferito. Ma forse si aspettava qualcosa di più ricercato. Dopotutto eravamo proprio nel bel mezzo della zona commerciale.

Mi accorgo che sto trattenendo il respiro, così espiro, chiedendomi se l'ho delusa.

«Involtini di uova, pasta e formaggio?» Trish indica il furgoncino Soul Food Fusion alla nostra sinistra. «Wow, quello sì che sembra un paradiso,» mi dice, tirandomi il braccio. «Forza, uomo dei soldi, prendi un involtino a questa ragazza.»

E lo faccio. Insieme a una quesadilla di aragosta, un sandwich di pollo con waffle, e tortine fritte ripiene di marshmallow. E sono solo le cose che sceglie lei.

Sistemiamo il nostro lussuoso banchetto su un tavolino da sei persone.

«Ti sembra troppo?» Trish si mette gli occhiali sulla testa e si morde il labbro. «È che non riuscivo proprio a decidere e non vengo in città così spesso. Non volevo rinunciare a qualcosa e poi pentirmene.»

«Va bene così, è come se fosse un buffet privato.»

Il suo sorriso merita tutta l'indigestione che dovrò affrontare più tardi.

«Bello, fantastico!» Si strofina le mani e studia ciò che abbiamo preso. «Penso che inizierò con un involtino.»

Per un po' parliamo solo di cibo. Che cosa ci piace, che cosa troviamo fantastico. Sembra sempre una tale signora, con il trucco e le unghie perfetti, e i tacchi. E ovviamente c'è questo accento, che mi fa pensare a del miele che gocciola lentamente, a delle notti calde e sudate su un dondolo sotto un portico, e a un mucchio di altre cose che sono decisamente poco appropriate in un parcheggio di food truck pensato per famiglie.

«Quanto spesso vieni qui?» mi chiede Trish dopo avere assaggiato il mio gyro. Non è timida quando si tratta di rubare cibo.

«Non molto spesso.» Mi stringo nelle spalle. «Però seguo la pagina Facebook del parco e tengo d'occhio quale street food ci sarà il fine settimana.»

«Hanno una pagina Facebook?»

«Sì, e la aggiornano ogni giorno con le bancarelle che ci saranno, chi suonerà, e tutto il resto.» Le rubo una fetta di quesadilla. Lei mi guarda strizzando gli occhi prima di sorridere e mettersi in bocca l'ultimo boccone di gyro. «A volte ci sono degli eventi. Conosci Rebecca Sato? Lavora alla NASA.»

«Sì, il medico della NASA. È sposata con quel pompiere giovane e sexy.»

Mi blocco a questa descrizione del marito di Rebecca. «Sì.»

«Che cos'ha?» Trish tamburella le dita sul tavolo cercando di decidere cosa vuole assaggiare dopo. Io vorrei che mordicchiasse me.

Mi schiarisco la voce, concentrandomi a non far cadere l'aragosta dalla mia fetta di quesadilla. «Il prossimo mese Rebecca ha organizzato un evento per l'adozione di animali.»

Prendendosi qualche momento per affettare il waffle, Trish annuisce. «Figo. Ci saranno i colleghi di suo marito?»

La mia quesadilla mi cade sul piatto di carta. «Hai un debole per i pompieri?»

Trish sorride al piatto di pollo e waffle mentre ne taglia un piccolo pezzo. «Chi è che non ha un debole per i pompieri?» Mi guarda prima di prendere il morso che ha sulla forchetta. Una goccia di sciroppo le rimane sul labbro.

Io riesco a rispondere con un grugnito, facendola ridere.

Tira fuori rapida la lingua e afferra la goccia. «Ho sempre voluto un cane,» riflette, guardandosi intorno per scegliere il prossimo assaggio dal nostro ricco buffet.

«Allora ci veniamo.» Sto approfittando dell'occasione per organizzare un'uscita con lei, al diavolo i pompieri. «Potrai provare altro street food e potremo dare un'occhiata ai cani da adottare.» Una visione di noi due che giochiamo con il nostro cane nel mio cortile mi fa sentire una morsa al petto. Se si vive in periferia avere un cane è una cosa davvero normale e banale, ma io la desidero.

Mentre si protende verso le tortine, Trish si blocca e mi guarda. «Il prossimo mese non sarò più qui.»

Mi si rimesta il cibo nello stomaco e sento un vuoto al petto. «Ah, già.» Ci fissiamo per un momento prima che Trish sbatta le ciglia e torni a concentrarsi sul dolcetto che ha in mano.

Cercando di superare questa scomoda verità mi schiarisco la voce e afferro un dolcetto anche per me. «Allora non c'è bisogno di aspettare l'evento. Il Space City Animal Shelter è proprio vicino alla NASA. Puoi fermarti in qualsiasi momento a giocare con gli animali, così vedi se ce n'è uno per te.»

Trish annuisce distrattamente. «Sì, ma non sarebbe giusto nei confronti del cane.»

«Perché?»

«Mi muovo in continuazione e non è che le piazzole di sosta temporanea o i parcheggi per case mobili abbiano dei grandi cortili recintati. Alla fine rimarrebbe chiuso o al guinzaglio per tutto il tempo.»

Lascio sedimentare quest'informazione, insieme all'espressione triste che ha sul volto. «Allora perché ti muovi in continuazione? Potresti vendere la roulotte e prenderti un appartamento, o anche usare i soldi per un anticipo per una casa. È un momento ottimo per il mercato immobiliare.»

Lei non dice nulla.

«Oppure potresti trasformare la roulotte in qualcosa di più permanente, se comperi un pezzo di terreno. Quello lo potresti recintare.» Mi rendo conto che tutto quello che sto dicendo mi fa sembrare un po' disperato. Ma se non rimane qui per se stessa, o per i suoi amici, o per me, allora magari per un cane? Già, proprio disperato.

«No. Non posso farlo.» Si rifiuta di guardarmi negli occhi.

Faccio scivolare una mano sulla sua e gliela stringo dolcemente. «Perché ti muovi così tanto, Trish? È ovvio che vuoi rimanere.»

Non penso che abbia intenzione di rispondere fin quando le sue labbra carnose non si aprono: «Io...»

«Audrey?» Una donna di alcuni anni più giovane di Trish si avvicina al nostro tavolo.

Lei si irrigidisce e strappa la mano dalla mia.

«Sei tu!» esclama felice la donna. «Pensavo che non venissi mai in città se non per andare a lezione.»

Io mi aspetto che Trish la corregga, ma non lo fa. Invece, si rimette gli occhiali da sole e si gira verso la donna, con un grande sorriso. «Mandy, wow, che sorpresa vederti qui.»

Ehi, un attimo. Passo lo sguardo da una donna all'altra.

«Infatti!» Mandy fa lo stesso, passando lo sguardo tra Trish e me. «Quindi,» le chiede con un accento strascicato, «che cosa mi combini?»

Trish prende un sorso del suo drink evitando il contatto visivo. «Stavo, ehm, stavo solo facendo un po' di shopping in città.»

Mandy si dondola sui talloni lanciandomi delle occhiate. Io sospiro, rendendomi conto che Trish non ha nessuna intenzione di presentarmi.

Mi alzo in piedi e le tendo la mano. «Ciao, Mandy. Sono Ian.»

Con gli occhi spalancati, Mandy mi prende la mano. «Ciao.»

Le indico il tavolo. «Prego, accomodati.»

Trish arriccia le labbra ma non dice nulla.

«Grazie!» Mandy fa il giro del tavolo saltellando, poi si siede vicino alla sua amica.

Io mi risiedo sulla mia panca. «Prego, serviti pure di tutto quello che vuoi.»

«Wow. Che gentile.» Batte rapidamente gli occhi per un attimo. «Voglio dire, ehm, grazie, ma sto aspettando le mie amiche.» Si rivolge a Trish. «Alcune delle altre ragazze della nostra classe, a dire il vero.»

Trish impallidisce.

«Classe?» chiedo.

«Sì, all'Università di Houston.»

Riuscendo a nascondere la mia sorpresa per quell'affermazione, guardo Trish. «Vai a lezione all'università?»

Prima che Trish possa rispondere, Mandy si intromette. «Infatti! Chi penserebbe che una autrice di best-seller abbia bisogno di seguire lezioni di scrittura creativa?»

Mentre il concetto di autore di best-seller mi gira nella testa,

Trish continua a sorseggiare la sua bibita. Mandy si guarda intorno, osservando gli altri clienti. «Come fai a conoscere la nostra super-studentessa qui presente?» Indica con il pollice in direzione di Trish.

«Oh, beh, conosco *Audrey* da degli amici in comune. Però non sapevo che fosse una super-allieva.»

Mandy dà una pacca sulla spalla a Trish. «Ragazza, perché non te ne vanti con tutti?» Si protende verso di me con tono cospiratorio. «La qui presente fanciulla racconta le storie più *stravaganti*. Non riesco a crederci, ma fino a metà del semestre non avevo capito chi fosse.»

«Già, so come ci si sente.» Inclino la testa in direzione di Trish, che finge di essere interessata al chitarrista sul palco.

«Mi c'è voluto l'intero semestre per fare due più due.»

«Capisco.» Non capisco, proprio niente.

«Il primo giorno di lezioni si è semplicemente presentata come Audrey. È stato solo quando abbiamo iniziato a fare critica letteraria e ho visto il nome per esteso in cima al foglio, che mi sono resa conto di chi era la mia compagna di corso.»

«Mandy...» Trish cerca di interromperla, con un tono supplichevole.

Mandy è troppo presa dalla sua storia per notarlo. «Ho detto ai miei genitori, che sono sempre lì che si lamentano delle rette del college, che sono soldi ben spesi se devo avere del feedback costruttivo sulle storie che scrivo dall'autrice di best-seller Audrey Cole.»

Mandy saluta qualcuno vicino ai food truck, ma io non smetto di guardare Trish. La quale è molto concentrata a osservarsi il grembo.

«Ehi, gente, guardate chi ho trovato,» grida Mandy a due ragazze che hanno le braccia piene di piatti di carta carichi dei tesori mangerecci. «È Audrey!» Mandy indica con ampi cenni

Trish, che sembra voler sprofondare sotto il tavolo, ma che riesce a fare un debole sorriso e un cenno con la mano.

«Wow, Audrey, ciao!» dice raggiante una di loro. Con l'energia della giovinezza, entrambe le ragazze posano i piatti sul tavolo e si siedono. «Che sorpresa.»

«Sì, oggi sembra giornata di sorprese.»

Sentendo la mia voce le ragazze si bloccano, come se si fossero appena accorte di me. Mandy me le presenta e loro si tuffano nei loro pranzi, commentando i compiti che hanno da fare e chiedendo a *Audrey* che cosa succede nel suo prossimo libro.

La tensione sembra abbandonare le spalle di Trish, e le sue risposte si fanno più animate. È fantastico vederla parlare di qualcosa con tanta passione. Trish è una di quelle persone che di solito si tengono in disparte, osservano e lasciano agli altri il centro della scena. È una grande ascoltatrice.

Ora, qui seduto e affascinato quanto le sue tre compagne di corso, la ascolto spiegare lo sviluppo del suo ultimo eroe, un cowboy milionario.

«Adoro il modo in cui metti insieme milionario e cowboy. Due cliché davvero fantastici,» commenta Alyssa, una delle altre ragazze.

«Cliché?» chiedo, piluccando dalla quantità incredibilmente piccola di cibo rimasta sul tavolo.

«Ah, scusa. Ho dimenticato che non sei nel nostro corso. Non volevamo annoiarti con discorsi di scrittura,» dice Helena, l'altra studentessa.

«Affatto.» Do un'occhiata a Trish, che ha ancora gli occhiali abbassati. «Trovo affascinante tutto ciò.» Quando lei non dice nulla mi avvicino e le tolgo gli occhiali. «Perché non mi racconti tutto dei cliché, Audrey?»

Per un momento gli occhioni da cerbiatta di Trish mi fanno

temere di essermi spinto un po' troppo in là, di averle chiesto troppo.

Prima di cedere a un sorriso, arriccia le labbra. «Vuoi che ti parli di cliché, eh?»

Io piazzo un gomito sul tavolo e appoggio il mento sulla mano, impaziente. «Voglio sapere *tutto.*» Con la coda dell'occhio vedo Helene che dà una gomitata ad Alyssa, ed entrambe hanno gli occhi più spalancati di quanto li avesse Trish. Sono abbastanza sicuro di aver appena dato vita a un ricco pettegolezzo universitario.

«D'accordo, dolcezza. Ora ti dirò *tutto* su come si scrive una storia d'amore.»

«Oh mamma mia.» Trish si pulisce le mani e se ne piazza una sullo stomaco. «Potrei svenire per un coma alimentare, ma non ho nessun rimpianto.»

Mandy, Alyssa ed Helene se ne sono andate cinque minuti fa per andare al cinema, allo spettacolo pomeridiano. In ritardo, perché erano così prese da ciò che Audrey stava insegnando loro su come si scrive e dai suoi consigli per il loro ultimo lavoro da perdere la cognizione del tempo.

Anche io.

Un sorso di bibita, e butto giù l'ultimo boccone di cibo. Mi fanno male le guance. Pensavo fosse colpa del masticare, ma mentre rido di nuovo per l'espressione tragica e il disagio di Trish che si strofina lo stomaco, mi rendo conto che è per il troppo sorridere.

Non credo di avere mai sorriso così a lungo prima di ora.

Eh.

«Ehi, dov'era quel sorriso?» Trish appoggia una mano sopra la mia. «Mangiato troppo anche tu?»

Giro la mano e la intreccio alla sua. «Qualcosa del genere.»

Un silenzio confortevole ci circonda, nonostante la chitarra che strimpella dal palco e il ronzio di fondo dei generatori dei food truck. Molto più rumorosi di quello discreto di Trish dietro casa mia. Ma non appena le nostre mani si toccano è come se ci fossimo solo noi due. E per una volta non si tratta di qualche ostacolo esterno che sia stato rimosso.

Le stringo la mano. «Tutto bene?» Sappiamo entrambi che non sto parlando delle nostre pance.

Lei si morde il labbro e annuisce senza lasciarmi la mano.

Oggi è proprio una giornata piena di sorprese.

Trish

Mer... coledì.

Che ho fatto?

È bastata una piccola rivelazione sulla mia famiglia fatta alle ragazze ed è come se avessi aperto il vaso di Pandora: sta scappando fuori di tutto.

Quando le mie compagne di corso si sono sedute con noi, ho pensato di infilarmi sotto il tavolo e scappare via. Il mix tra il trauma e l'ospitalità meridionale mi ha impedito di muovermi. Giuro che se un serial killer mi invitasse a prendere un tè, accetterei di andare incontro alla morte piuttosto che fare la maleducata.

E così ora Ian sa del mio vero lavoro. Il lavoro collaterale che è diventato un lavoro a tempo pieno. E sa che vado al college. Il tutto sotto falso nome.

Per fortuna le ragazze non sanno che è un nome falso, e Ian è stato così gentile da non chiedermi niente in loro presenza.

A dire il vero, Ian è stato carino in tutto. Nell'ascoltare tre studentesse che spettegolavano e ridevano, e nell'ascoltare la rivelazione di alcuni dei miei segreti senza fare un milione di domande.

Ha solo chiesto se le altre ragazze lo sapevano: Rose, Jackie e Jules.

Quando ho scosso la testa, lui ha semplicemente annuito e mi ha aiutato a salire in macchina.

Dove mi sono subito addormentata durante il tragitto verso casa. Immagino che il peso della giornata si sia fatto sentire.

Mi sono svegliata cinque minuti fa ma ho fatto finta di continuare a dormire. Sono proprio una codarda.

«E quello chi è?» Il tono nella voce di Ian mi fa spalancare gli occhi.

Sbatto le palpebre e mi accorgo che siamo già a casa e stiamo entrando nel vialetto. All'estremità, proprio davanti alla porta aperta del garage dov'è parcheggiata la mia roulotte, c'è un uomo in camicia bianca e pantaloni cachi.

Non è l'abbigliamento descritto da Jules quando ha parlato dell'investigatore privato?

Avevo pensato che lasciare aperta la porta, così che il mio generatore non dovesse faticare troppo, sarebbe stata una buona idea. Il garage di Ian è sistemato in modo tale che dalla strada principale si vede a malapena. Il residence ha un cancello di sicurezza, un codice di accesso e una sorveglianza privata che passa ogni notte. Pensavo di essere al sicuro.

Ma fuori dal garage c'è un tizio che osserva la mia roulotte. Ho il cuore che batte a mille all'ora. «Io...»

Ian si ferma a metà del vialetto e sgancia la cintura. «Rimani qui.»

Ian si rivolge al tizio, che si gira con una cartellina in mano.

Cartellina?

Strizzando gli occhi riesco a mettere a fuoco. Quando Ian si avvicina, lui non tira fuori nessun distintivo. Mi sembra un buon segno. Non ha la pistola. Ancora meglio.

La paura che mi opprimeva si alleggerisce un po'. Facendo un respiro profondo mi costringo a uscire dall'auto. È vero che in passato sono scappata dai miei problemi, però non li ho mai scaricati su altri.

«Qualcosa non va?» chiedo ai due uomini, cercando di mascherare la tensione sotto il mio mieloso accento meridionale.

«Puoi ben dirlo.» Ian indica il tizio. «Questo è Charlie, dell'Associazione Proprietari.» Incrocia le braccia e lo fissa, mettendolo in imbarazzo. «Perché non le dice quello che ha appena detto a me?»

Allontanandosi di un passo per sfuggire allo sguardo di Ian, l'uomo si schiarisce la voce. «Vede, signora, c'è stata una denuncia all'associazione dei proprietari immobiliari, a proposito di qualcuno che vive qui in una casa mobile.»

«L'associazione dei proprietari immobiliari?» ripeto, assicurandomi di non dovermi preparare per una fuga.

«Sì, signora.» Guarda i suoi appunti. «Vede, alla sezione 14, parte B, lo statuto dell'Associazione dice che nonostante si possa tenere una barca e/o una casa mobile all'interno delle proprietà, la stessa va tenuta completamente chiusa all'interno del garage. E, chiaramente, non può essere abitata.»

La paura si trasforma in fastidio. «Ma dai?»

Lui annuisce «Sì, signora.»

«E posso chiedere chi si è lamentato di ciò?» Butto lo sguardo in direzione della strada aspettandomi di vedere tre spettatrici vestite di vivace materiale tecnico. Non si vede nemmeno l'ombra di una certa bionda ossigenata, ma io so ugualmente chi è stato.

Di nuovo a disagio, Charlie affonda il capo nel suo blocco.

«Davvero non saprei, signora.» Prende un foglietto e lo consegna a Ian.

«E questo cos'è?» chiede lui, leggendo.

«È l'avviso ufficiale.»

La carta viene appallottolata dalle mani di Ian. «Lei sta scherzando.»

Io mi copro la bocca cercando di nascondere quanto mi diverta l'incredulità di Ian. Non riesco nemmeno a immaginare che abbia mai ricevuto un avviso ufficiale prima di ora, di sicuro non da parte di una cosa così pretenziosa come un'associazione dei proprietari immobiliari. È come fare una multa per divieto di sosta a Capitan America.

«No, signore.» Charlie indietreggia, costretto a camminare storto per non girarci le spalle. «Avete ventiquattro ore per rimuovere il veicolo dalla proprietà, oppure per scollegare il generatore e chiudere per bene il mezzo dentro alla rimessa. Diversamente, verrà inflitta un'ammenda che, se non pagata, porterà al sequestro dell'immobile.»

Ian spalanca la bocca.

Charlie si volta e se ne va a passo rapido lungo il vialetto. «Buona giornata!» ci dice, mentre trasforma il suo passo in una corsetta.

Non potendo trattenermi oltre, scoppio a ridere. Ma la risata mi si spegne quando vedo che anche Ian, non più indignato, ora sembra divertito. «Immagino che questo voglia dire che avrò un ospite.»

«Ah.» Guardo la roulotte e mi rendo conto di come stanno le cose. Una roulotte che, al caldo del Texas e senza l'aria condizionata in funzione, si trasformerà in una sauna mortale.

Sulle guance e gli si formano un paio di fossette e il suo sorriso non sembra più tanto innocuo. «Fai le valigie, donna.» Entra a grandi passi nel garage e si avvia verso l'entrata laterale della casa, fischiettando. «Ti libero la stanza degli ospiti.»

Io rimango lì a sbattere le palpebre e a osservare il suo bel didietro che sparisce nella sua dimora.

Non ho parole!

SEI
FARSI AVANTI

Ian

«Ora che la piattaforma Bartolomeo è stata lanciata con successo, avvieremo le EVA per le sistemazioni e le installazioni per farla funzionare.» Il direttore di EVA Dom Richie fa scorrere la presentazione evidenziando i principali progetti futuri del gruppo. Tra di loro c'è quello che ho lanciato e pianificato io per portare tutti i cavi della Stazione Spaziale Internazionale all'interno dei tralicci, così da evitare guasti dovuti all'impatto di detriti spaziali. E poi c'è la passeggiata spaziale più ampia e di alto profilo richiesta dall'Europa.

Un'immagine della Bartolomeo appare sullo schermo del proiettore. Sembra un normale modulo della stazione spaziale ma ha delle grandi scatole bianche collegate tutto intorno. È una specie di gruppo di continuità, in versione NASA.

«Quando sarà terminato, avrà questo aspetto. Ma servirà molta collaborazione internazionale, insieme a molte ore di passeggiate spaziali,» aggiunge Dom.

Costruita e testata nel Centro Aerospaziale tedesco, la piattaforma Bartolomeo è un enorme passo in avanti verso l'uso commerciale della ISS da parte dell'Europa. Agganciata al laboratorio Columbus già in uso, andrà ad ampliare la Stazione Spaziale Internazionale. Bartolomeo era il nome del fratello più giovane di Cristoforo Colombo. Me l'ha spiegato Jackie, insieme all'etimologia di tutti gli altri nomi dei moduli della ISS, l'ultima volta che abbiamo bevuto qualcosa al Big Texas. Alcune persone quando sono ubriache diventano superficiali; Jackie invece tira fuori la sua parte nerd. È stata la sera che ho dato di matto alla roulotte di Trish.

Scacciando dalla mente quel terribile ricordo, studio il modello del laboratorio Bartolomeo completamente installato. È un progetto proprio carino, che sarà davvero utile quando l'agenzia americana e quella europea inizieranno a lavorare su programmi commerciali piuttosto che su quelli governativi.

Dom clicca su una foto del Canadarm. «Dopo che i canadesi avranno usato il loro braccio robotico per portare la piattaforma in posizione, serviranno due astronauti che installino la parte elettrica dall'esterno. Questo richiederà più di una passeggiata spaziale, poiché è una manovra troppo impegnativa da farsi in una volta sola.»

L'ironia è che, nello spazio, lo spazio stesso è un bene prezioso. Questo nuovo laboratorio ha dodici diverse slot di carico, che le aziende possono usare per i propri esperimenti, e ciò lo rende fantastico per quei progetti che richiedono più spazio aperto. Ha perfino un balcone per la ricerca.

«Kincaid, tu guiderai la squadra Bartolomeo che parte dalla Germania il mese prossimo.»

Sbatto gli occhi, certo di aver sentito male. «Io?» Per le posizioni di comando ci si candida, e io di sicuro non mi sono candidato per guidare la Bartolomeo.

«Già.» Dom, impegnato a spegnere il computer, non si accorge della mia espressione di panico.

«Siete liberi di andare.» Dom chiude il computer e solleva lo sguardo verso di me. «Tranne te, Ian. Andiamo nel mio ufficio.»

O forse sì.

Con un sospiro mi alzo, raccolgo le mie cose e lo seguo nel suo ufficio, un posto ambito da tutti. La maggior parte dei dipendenti lavora nei box disposti ai vari piani. Alcuni, come Jackie, sono abbastanza fortunati da avere delle finestre. E infatti io ho requisito in fretta il suo box quando lei è stata selezionata per fare parte del nuovo gruppo di astronauti.

Ma l'ufficio di Dom non ha finestre. È uno spazio di centoventi per centocinquanta centimetri di muro a secco, con una porta di legno massiccio. Una porta che quando mi viene chiusa alle spalle mi fa battere forte il cuore.

Faccio un respiro profondo e mi siedo. «Bene, di che cosa mi volevi parlare?» Prima la finiamo prima potrò andarmene di qui.

«So che odi viaggiare.»

Alla sua osservazione non posso fare a meno di sollevare le sopracciglia. È vero che non mi sono mai offerto volontario per viaggiare a livello internazionale come molti dei miei colleghi, ma non avevo pensato che fosse così evidente. Sono sempre molto preso da tutte le procedure a terra delle missioni NASA.

«Però io voglio te nel progetto Bart.»

Sorrido per il soprannome. Sono abbastanza sicuro che agli europei non piacerebbe che la loro impresa da un miliardo di dollari venisse ridotta a un personaggio dei Simpson.

«Non solo perché sei l'uomo migliore per questo, ma anche perché voglio che la missione sia nel tuo curriculum.»

«Il mio curriculum?» Passo lo sguardo tra lui e la porta, cercando di seguire il filo dei suoi pensieri mentre combatto contro l'impulso di scardinarla.

Dom alza le spalle. «Beh, non è che ti servirà per forza. Hai già un bel background e una eccezionale esperienza di lavoro.» Fa il giro per andarsi a sedere dietro la scrivania, sull'enorme sedia di pelle che sembra terribilmente fuori posto tra gli archivi e la scrivania da due soldi che risale all'era della corsa allo spazio. «Però sei giovane, e parecchi sono qui da più tempo di te.»

«Okay...» non ho la più pallida idea di dove stia andando a parare.

Piegandosi in avanti punta un dito a se stesso. «Alla fine di quest'anno io sono fuori.» Poi indica me. «E voglio che entri tu.»

«Sei fuori?»

«Sto dirigendomi verso il Lato Oscuro.»

Sorrido. «Commerciale, eh?»

Fa spallucce. «Che ti posso dire? Il commerciale paga.»

«Già, vero.» Lo stipendio è l'aspetto peggiore del lavoro alla NASA, un'agenzia governativa, per non parlare del fatto che per avviare qualsiasi progetto si deve destreggiare tra le insidie della burocrazia. Le compagnie commerciali per i voli spaziali non hanno limiti di stipendio. Sono fortunato ad avere abbastanza soldi per conto mio da non dovermi preoccupare di questo aspetto. Anche se sono in questo ufficio minuscolo, dopo una giornata di lavoro nel mio cubicolo, con le mani che tremano e con il fiato leggermente in affanno, riesco comunque a sorridere sapendo che lavoro per *la* agenzia spaziale, la NASA.

«Quando me ne andrò lascerò il tuo nome come mio sostituto. E anche se in passato hai già lanciato e sviluppato passeggiate spaziali estremamente importanti, e nonostante i tuoi colleghi e tutti gli astronauti ti vogliano sempre alla consolle e non abbiano altro se non cose positive da dire sul tuo conto, non hai mai condotto una squadra internazionale.» Solleva un sopracciglio e mi indica di nuovo. «Fallo: è un bel lavoro.»

Questo mi coglie di sorpresa. Dom non è così vecchio, quindi non avevo mai pensato al suo posto come a qualcosa a cui ambire. E il suo lavoro implica molti più viaggi, una cosa che, come lui ha ben capito, io non faccio. Nel senso che ho fatto un po' di volte il viaggio fino al quartier generale di Space X e fino al più vicino campo NASA di Marshall, ma mi ero preso un periodo di ferie ed ero andato in macchina sia in California che in Alabama, facendo finta di preferire viaggiare su strada.

Che non è vero.

Ma proprio come nel caso del progetto Bartolomeo, il direttore di una EVA deve per forza volare. Canada, Europa, Russia, Giappone.

Mi alzo e apro la porta dell'ufficio prima di tornare a sedermi. Di fronte allo sguardo interrogativo di Dom mi stringo nelle spalle con aria di scusa. «Fa caldo.» Prima che possa rispondermi, mi inclino verso di lui, riuscendo ora a concentrarmi meglio con la porta aperta. «Dimmi di più sul lavoro e sulla tua posizione.»

A ogni sua parola mi rendo conto che lo voglio. Lo voglio proprio.

Lancio un'occhiata alla porta aperta.

Ce la farò?

In macchina verso casa respiro l'aria fresca che entra dai finestrini aperti, calmandomi un po' l'ansia.

Dopo la chiacchierata con Dom nel suo ufficio sono uscito prima dal lavoro. Prima di tutto, il suo ufficio mi ha agitato e avevo le mani che tremavano. In secondo luogo, se c'era qualcosa che mi avrebbe fatto stare meglio, era quella di vedere una certa signora del sud che giocava a nascondino a casa mia.

Se ci fossero medaglie d'oro per il più bravo a sfuggire, Trish le vincerebbe tutte. Sarebbe la Michael Phelps dell'elusione.

Sono passati due giorni da quando il pugno di ferro della

periferia, alias l'associazione proprietari, ha dichiarato guerra alla roulotte di Trish. Due giorni in cui Trish è rimasta nascosta nella stanza degli ospiti, facendo finta di "lavorare."

O magari sta anche lavorando, solo che io non lo so, dato che la sua porta è sempre chiusa.

Con un cenno di saluto alla guardia di sicurezza al cancello entro nel mio quartiere, un insieme di case da novecento metri quadri, su appezzamenti doppi, nell'esclusiva area di Clear Lake. Mentre mi dirigo verso casa, osservo l'abitazione in stile coloniale di Veronica, di mattoni rossi con colonne bianche, dietro l'enorme fontana in stile italiano lungo il vialetto circolare.

Non ho dubbi che l'istigatrice dell'associazione proprietari immobiliari sia stata lei.

Quando l'ho incontrata il giorno in cui mi sono trasferito qui, è stato chiaro da subito che era fatta della stessa pasta di mio padre: una manipolatrice.

L'ho sempre evitata, specialmente in conversazioni a tu per tu. Con Veronica mi sento come se stessi girando intorno a una vipera. A causa della mia famiglia, le persone finiscono sempre per volere qualcosa da me. Sesso, soldi, favori, potere. Crescendo, mi sono stancato di tutte quelle false amicizie. Non ne ho bisogno qui, nel mio rifugio.

Tolgo gas prima del rallentatore all'inizio del mio vialetto. A differenza di quello di Veronica, il mio è lungo e dritto e va diretto al garage che può ospitare una barca e due auto.

So bene che la mia casa è di dimensioni assurde, soprattutto per un uomo single. Ma mi piacciono gli spazi aperti. Ne ho di bisogno. Specialmente dopo giornate come oggi.

Uno dei vantaggi principali di essere un ufficiale di EVA è che raramente lavoriamo alla scrivania. Siamo nell'Edificio 9, il magazzino che contiene il modello in scala uno a uno della stazione spaziale, oppure al Laboratorio di Galleggiamento

Neutro a fare allenamento per le passeggiate spaziali, oppure facciamo riunioni in ampie sale conferenze.

Ma alcuni giorni lavoriamo sulle scartoffie nelle nostre postazioni, e sto con il culo incollato alla sedia per ore di fila. Oppure ci sono giornate nelle quali lavoro in qualche ufficio senza finestre, cercando di non svenire.

Abbasso il parasole e clicco il pulsante per aprire la porta del garage. Una volta parcheggiato osservo l'Airstream argentata alla mia destra. Con la porta chiusa sembra ancora più piccola. Reprimo un brivido.

Perché deve essere così *piccola*?

Disgustato da me stesso, mi scrollo di dosso il nervosismo ed entro in casa, accolto dal suono del silenzio.

Anche dopo l'arrivo di Trish è sempre silenzioso. Ed è una delusione. Non vedevo l'ora di sentire un po' di rumore. Quando entro in cucina si sente solo il tintinnio delle mie chiavi sul bancone.

Trish deve essere ancora rintanata nella stanza degli ospiti con la porta chiusa. Di nuovo.

Quel giorno al parco con lo street food pensavo avessimo voltato pagina. Ma me lo sarei dovuto aspettare. Con quella donna è sempre un passo avanti e due indietro. Verrebbe da pensare che la sua ritrosia faccia passare ogni entusiasmo, soprattutto se abituati, come me, a essere così rispettosi. Invece c'è qualcosa in lei. Il suo sorriso, la sua cordialità. Nonostante sia anche frustrante. Chiusa in maniera irritante, a volte. Quando io le offro il mio aiuto lei non lo accetta, o perlomeno non volentieri. Voglio dire, c'è voluta tutta la forza e la potenza dell'associazione proprietari immobiliari per convincerla ad accettare la mia offerta della stanza per gli ospiti.

E tuttavia... starle vicino mi sembra *giusto*.

Assetato, apro il frigorifero e afferro una bottiglia d'acqua. Sbuffo buttando indietro la testa e volgendo gli occhi al soffitto, proprio nel punto sopra il quale si nasconde l'oggetto dei miei pensieri. Butto giù quasi metà della bottiglia prima di raddrizzare la testa, facendo un sospiro di frustrazione mentre mi asciugo la bocca con il retro della mano.

Ho capito. Aveva un segreto e io l'ho scoperto. Tra quello, dover fuggire, dover spostare la roulotte e abbandonare il lavoro al bar, e ora dover vivere a casa di qualcun altro... negli ultimi tempi la vita di Trish non è stata facile.

Lo capisco.

Comunque sia, è stato solo poco fa che la frase "scuotere qualcuno fino a farlo ragionare" ha iniziato a sembrarmi logica. Anche se nel caso di Trish mi continua a piacere l'idea di *baciarla* fino a farla ragionare.

Appoggiato al bancone guardo il grande prato fuori dalla finestra. È ora di tagliare l'erba. Mi chiedo cosa penserà Trish quando vedrà che questo riccone adora tagliarsi l'erba da solo.

Osservo come sono vestito, con camicia Tom Ford di popeline bianco e pantaloni eleganti in fresco lana, e mi rendo conto che se lei pensa che io sia il ritratto dell'uomo ricco la colpa è solo mia. È vero che mi piacciono le cose belle, però non ho mai detto a Trish la verità sul motivo per cui quella sera me ne sono andato dal parcheggio delle roulotte. Il che è patetico.

Anche se all'inizio Trish aveva messo in gioco la sua migliore difesa, la fuga, da allora ci sono state parecchie aperture, e parecchie volte in cui avrei potuto spiegare...

Ding Dong.

Socchiudo gli occhi squadrando la porta d'ingresso che si vede dalla cucina grazie alla quasi assenza di pareti nel mio spazio aperto. Se è quel deficiente che rappresenta i proprietari, ha scelto il giorno sbagliato per ripresentarsi.

Vado all'ingresso con passo deciso e con uno strattone spalanco la doppia porta in quercia tendendo il bicipite per impedirle di sbattere contro la parete.

Vengo quasi accecato dall'abbronzatura che emerge dal silicone.

«Ian caro! Come stai?» Veronica, la gatta del quartiere, mi saluta con un sorriso selvaggio, uno svolazzare di ciglia folte e un piatto pieno di biscotti.

Cazzo.

Trish

Non riesco a scrivere. E non ci riesco da quando mi sono trasferita nella stanza degli ospiti di Ian.

Il blocco dello scrittore è la cosa peggiore del mondo.

Finora nella mia carriera di scrittrice sono stata fortunata che non mi sia successo troppo spesso. Quando è accaduto, è bastato un turno di lavoro nel bar nel quale mi trovavo a distribuire bevande e mi ricaricavo, pronta per rimettermi in marcia. Guardare la gente è la migliore fonte di ispirazione.

Tuttavia, dopo che l'investigatore privato ha trovato la mia roulotte, me ne sono andata dal Big Texas Saloon, con la scusa che i turni di lavoro erano troppo pesanti, piuttosto che ammettere di essere preoccupata che il tizio mi potesse trovare lì. Quindi ora non ho nulla con cui alimentare la mia immaginazione. Vorrei attribuire parte della responsabilità anche a Ian, ma mi sento ancora in colpa perché lo sto evitando.

Non saprei cosa dire se mi chiedesse come mai sono iscritta a un corso sotto falso nome. Sono una scrittrice e mi guadagno da vivere dicendo bugie, ma non mi sembra giusto mentire così spudoratamente a lui. A quegli occhi azzurri in quel visetto così perfetto.

Voglio dire: mi sta ospitando nella sua dimora, e l'unica cosa che mi chiede in cambio per avere la sua stanza degli ospiti è di accompagnarlo a un ballo di beneficenza. Sul quale probabilmente gli dovrei fare qualche domanda, dato che sembra tutto un po' strano. Insomma, lui è Ian Kincaid: il Capitan America della NASA, ricco e bello. Perché mai ha bisogno che io faccia finta di essere la sua fidanzata davanti ai suoi genitori quando probabilmente basta che suoni il clacson della sua Audi per avere tutte le donne che vuole?

Ma per fargli delle domande dovrei uscire dalla stanza degli ospiti. Mi guardo intorno, nel mio spazio privato.

La stanza è enorme. È grande il doppio della mia casetta di metallo. E in due giorni sono riuscita a trasformarla nel camerino di una squilibrata reginetta di un concorso di bellezza. Un altro motivo per cui non voglio aprire la porta a Ian. Non posso lasciare che veda cosa sono diventata.

Nella mia roulotte sono ordinatissima: un ambiente così piccolo mi costringe a tenere ogni cosa al proprio posto. Qui, nel palazzo per gli ospiti sei metri per sei, ho tirato fuori la mia parte disordinata. Prodotti di bellezza sparsi dappertutto sul ripiano del bagno privato, vestiti drappeggiati sulla poltroncina vicino alla finestra e sulle sedie del salottino (sì, c'è un salottino dentro alla stanza), scarpe buttate dappertutto sul pavimento.

Picchiettando con le unghie sullo scrittoio, osservo il caos. Tutto è iniziato perché non volevo mettere via le mie cose. Avrebbe fatto sembrare il mio soggiorno a casa di Ian più definitivo, mentre non lo è. Invece, quando poi ho pensato che avrei dovuto almeno riordinare e fare delle pile sul pavimento, ho comunque lasciato tutto così com'era. Ho iniziato ad apprezzare l'aspetto che avevano i miei oggetti sparsi qua e là in mezzo a questo lusso.

Mi vergogno davvero.

Probabilmente è per questo che non riesco a scrivere.

Beh, per questo e per Capitan America che dorme nella

stanza di fronte alla mia. Per il suono dell'acqua che scorre mentre si fa la doccia prima di andare al lavoro. Per i suoi passi al piano di sotto.

Ho cercato di far finta di concentrarmi sul lavoro, ma non appena ho sentito le porte del garage aprirsi pochi minuti fa non sono più riuscita a stare ferma.

Ho iniziato a chiedermi se ha intenzione di venire sopra. Di bussare alla mia porta. Di invitarmi a cena. Tutte cose che aspetto con ansia, ma anche temo, da quando ho chiuso la roulotte e mi sono trasferita qui. Tutte cose che non sono ancora successe.

Inclino la testa come un cane da punta in attesa di qualche segnale dalla sua preda. Sotto di me sento i suoi passi, quindi deve essere in cucina. Adesso sto scrutando il pavimento come se avessi un qualche tipo di visione ai raggi X. Penso di avere la claustrofobia.

Per un attimo c'è silenzio. Mi chiedo cosa stia facendo. Forse dovrei andare a salutarlo. A chiedergli se vuole che gli prepari la cena questa sera. Non che sappia cucinare così bene, ma dovrei almeno trovare un modo sincero per ringraziarlo per lasciarmi stare qui.

Sto quasi per alzarmi quando vengo investita dalla verità dei fatti che mi si ripresenta e mi inchioda il culo sulla poltroncina di seta imbottita che ho confiscato ieri in sala da pranzo.

«Uffa.» Lascio cadere la testa sullo scrittoio, maledicendomi.

Sto per smettere ufficialmente di scrivere per oggi e tuffarmi sul prossimo libro sulla mia lista di libri da leggere, quando sento suonare alla porta.

Mi aumenta il battito e un milione di paure mi assalgono mentre i passi di Ian vanno verso l'ingresso. Associazione proprietari? Investigatore privato? Polizia?

«Ian caro, come stai?» La stridula voce familiare della vicina Veronica si sente facilmente attraverso la porta chiusa.

Sospiro e sento la paura che si allontana. Curiosa di vedere che cosa vuole quella vipera, mi alzo e vado in punta di piedi fino alla porta, aprendola leggermente.

«Mi era sembrato strano vedere la tua macchina così presto in un giorno infrasettimanale.» C'è un mormorio profondo che so essere di Ian, ma non riesco a distinguere le parole.

«Deve essere il destino. Ho appena sfornato dei biscotti.» La fastidiosa allegria di Veronica si distingue chiaramente.

«Già, scommetto che ti piacerebbe che assaggiasse i tuoi biscotti,» mormoro.

«Li metto in cucina, ti va?»

Ancora una volta non sento la risposta di Ian, ma sento il ticchettio dei tacchi alti che attraversa la stanza.

Stringo lo stipite della porta tanto da farmi sbiancare le nocche, mentre un irrazionale sentimento di possesso mi attraversa.

Calmati, Patty, calmati. Non è casa tua. Non dovrebbe interessarti che quella Barbie formato Desperate Housewives la stia invadendo. Né dovresti preoccuparti di quale abbigliamento aderente e scollato stia indossando, per cercare di invogliare Ian a mordere i suoi frutti generosi.

Me lo ripeto in continuazione, cercando di pensare in modo realistico. Nel mio corso di scrittura creativa ho imparato che in una argomentazione il *logos*, il fascino della logica, è molto più efficace del *pathos*, il fascino delle emozioni.

Ripercorro la lista di motivi logici per i quali dovrei stare buona in questa stanza e non inserirmi più del necessario nella vita di Ian. Poi me la ripeto.

Secondo il mio professore, questo metodo di persuasione dovrebbe funzionare.

Quindi non so perché la cosa successiva che faccio sia spogliarmi e indossare il mio bikini verde acido che avevo buttato sopra una lampada, legandolo ben stretto.

La risata argentina di Veronica risuona per tutta la casa.

Ecco l'*ethos*.

Mi infilo le espadrillas più alte che ho, spalanco la porta e mi dirigo verso le scale.

Biscotti un cazzo.

SETTE
ELEMENTI VISIVI

IAN

«GRAZIE PER I BISCOTTI, Veronica, ma sto per iniziare a tagliare l'erba.» Rimango nell'atrio in direzione della cucina, non volendo farla entrare più di così. Le mie parole non invitano alla conversazione e la mia postura dovrebbe darle il segnale sociale che non è la benvenuta.

Non cogliendo nessuno di questi segnali, o semplicemente ignorandoli, Veronica mi passa davanti e piazza i biscotti sul tavolo della cucina guardando fuori verso il prato e deludendo ogni speranza che la visita sia breve. Poi aggiunge: «Non riesco a credere che ti tagli ancora tu l'erba. Nel senso che, sul serio, c'è gente che lo può fare al posto tuo.» Si volta, con le braccia incrociate sotto i seni artificialmente rotondi, che non sono supportati dal reggiseno, e sorride, con un'aria leggermente selvaggia. «Ti darò il numero del tizio che fa il prato a me. Così poi potrai avere tempo per *altre* cose.»

Non so bene come gestire questa situazione. Odio non essere preparato. Mi piace valutare tutte le possibilità e tutti risultati, ma mi ero concentrato solo su cosa dire al tizio dell'associazione condominiale e non mi ero preparato per un attacco a sorpresa da parte di Veronica. Sempre circondata dalle sue amichette, non era mai venuta qui da sola.

Portando qui Trish ho sconvolto l'equilibrio naturale delle cose. Non avevo considerato la curiosità dei vicini.

Si passa una mano sulla clavicola, cercando di richiamare la mia attenzione sui suoi beni in mostra.

Com'è che la ragazza che voglio, quella che sta proprio a casa mia, riesce a evitare ogni contatto con me, mentre questa donna sposata che abita a quattro case di distanza continua a orbitarmi intorno come un detrito spaziale?

«Non ti preoccupare, a me piace tagliare l'erba.» Mi volto ancora di più verso la porta d'ingresso, cercando di apparire fermo, seppure gentile, mentre tento di nuovo di mandarla via. «Grazie per essere passata.»

Il suo sorriso si trasforma in un ghigno malvagio e mi si avvicina. E ora, senza il piatto di biscotti davanti a lei la sua carne esposta sembra ancora più sconveniente. Le guardo intensamente la fronte piena di botox.

«Non c'è bisogno di ringraziare.» Le sue unghie squadrate, con il french e minuscoli strass sulle punte, mi graffiano un braccio. «Dopotutto, i vicini servono a questo.»

Sto per rinunciare a essere gentile e dirle senza mezzi termini di andarsene, quando vengo distratto da un lampo di pelle nuda che fa capolino dalla ringhiera.

Trish sta scendendo, in tacchi alti.

In bikini.

Mi ci vuole un minuto per ricordarmi come deglutire.

«Veronica cara, che *piacere* rivederti.» Trish viene verso di noi ancheggiando e il contrasto tra il verde fluo del suo costume e la pelle bianca come il latte mi fa sussultare.

Per una volta, Veronica sembra essere senza parole. «Io, ehm...»

La mano di Trish mi scivola lungo la schiena e mi prende una spalla, facendo indietreggiare di un passo Veronica. «A cosa dobbiamo l'onore?» Le dita di Trish mi stringono come se fossi sua proprietà.

Sono preso da un'improvvisa ondata di vittoria. Non ci può essere nessun'altra spiegazione, se non la gelosia, per l'improvvisa apparizione di Trish e per il suo abbigliamento (o la mancanza di abbigliamento).

Riprendendosi, Veronica raddrizza le spalle. «Non mi ero resa conto che eri ancora qui.» Inclina la testa e sbatte le ciglia. «Avevo sentito che l'associazione proprietari non voleva roulotte nel quartiere.» Schiocca la lingua. «Tutte quelle regole per tenere distante la gentaglia. Che peccato.»

Trish ricambia il sorriso e sbatte le ciglia facendomi pensare che forse le donne hanno una specie di codice Morse per queste situazioni. «Sì, è bello potere tenere fuori i visitatori non desiderati. Specialmente quelli che si presentano con secondi fini. Non si può mai essere troppo al sicuro al giorno d'oggi.»

Veronica mi guarda prima di cambiare tattica. «Sì, beh.» Con la mano fa un gesto verso la cucina. «Vi ho portato un po' di biscotti appena sfornati.»

Trish mi prende l'altra spalla con l'altra mano e mi guarda con gli occhi spalancati. «Beh, non è carino, tesoro? Dei biscotti appena sfornati tutti per noi, per dopo.»

Nonostante tutti gli anni in cui ho vissuto nel campo minato della politica, mi trovo impreparato a questo momento. «Ehm, sì.»

Veronica socchiude gli occhi. «Deve essere bello per te riuscire a stare con qualcuno della levatura di Ian.» Guarda dall'alto al basso il costume da bagno di Trish. «Deve essere una bella differenza rispetto alle tue abitudini.»

So che è sbagliato, e che dovrei essere al di sopra di tali pensieri, ma tutto quello che vorrei fare ora è ricoprirle di schiuma e suonare una campana.

Trish mormora una risposta vacua prima di passarmi le mani su un braccio e di avvolgermi i fianchi, senza distogliere gli occhi dai miei. Senza pensarci su, le avvolgo un braccio intorno alle spalle.

Voltandosi in modo da potere appoggiare la testa su di me, Trish osserva Veronica. «Oh, ti sei fatta i capelli? Stai bene.»

Veronica sbatte gli occhi, presa di sorpresa dal complimento. «Ah, grazie.» Sembra incerta per la prima volta e gli angoli delle sue labbra si abbassano.

Trish si tamburella un dito sul mento, pensando. «Dimmi un po', com'è che si chiama quel colore?»

Prima di vedere Veronica tremare per la rabbia, non avevo ben chiara l'espressione "avere le piume arruffate". «Sono bionda naturale.» Si scompiglia i capelli. «Mi sono solo fatta i colpi di sole.»

«Certo, dolcezza.» Trish le fa l'occhiolino prima di afferrarmi la mano e di tirarmi verso il piatto di biscotti. Io la seguo senza pensarci. Sono totalmente fuori dal mio ambiente. Scommetterei sul mio fondo fiduciario che se ci fossero più donne in politica nel giro di un anno tutti i problemi più grossi sparirebbero. Sono molto più furbe degli uomini.

Allungando una mano, Trish afferra con due dita un biscotto dal piatto e ne prende un morso. «Ah, supermercato.» Rimette giù il biscotto senza averlo finito e fa finta di deglutire a fatica. «Beh, è il pensiero che conta.»

Gli occhi di Veronica sembrano schizzarle fuori dalle orbite. «Senti un po'...»

«Tante grazie per il tuo regalo premuroso, Veronica cara.» Trish si toglie delle immaginarie briciole indesiderate dalle dita. «Ma temo che io e Ian non possiamo venirti a trovare ora. Ian insiste a volermi spalmare la crema sulla schiena prima di mettersi a tagliare l'erba. Che ci posso fare: mi adora.» E mi guarda sbattendo le ciglia.

«Capisco.» Infuriata, Veronica fa un passo verso la porta. «Allora vado.»

Rapido, vado verso la porta e gliela apro. «Grazie per essere passata, Veronica.»

«Ma per favore la prossima volta telefona prima,» le grida Trish dalla cucina, mentre allontana da sé il piatto di biscotti come se fossero avvelenati, senza smettere di sorridere. «Intanto, ti saluto!»

Veronica non risponde, semplicemente se ne esce a passo veloce, zampettando sul vialetto lastricato.

Quando chiudo la porta d'ingresso mi sento attraversato da un senso di sollievo. Cioè, fino a quando non mi giro e vedo Trish che, con le mani sui fianchi, batte a terra una scarpa con la zeppa.

«Trish?» Con cautela torno in cucina.

Ha gli occhi socchiusi, in un'espressione che la fa sembrare uno scoiattolo incazzato. «Passa spesso a trovarti offrendoti la sua mercanzia *genuina*?»

Trattengo la risata che la sua aria piccata mi ispira. Sono sicuro che non apprezzerebbe se le facessi notare che il suo atteggiamento è tanto acido quanto il suo bikini. «Ehm, no. È la prima volta che si presenta qui.»

Sbuffa. «Ah, certo.»

«Davvero, non so cosa volesse.»

Lei per tutta risposta inarca un sopracciglio e prende in mano il piatto di biscotti. «Poverino, come sei ingenuo!» Girando su se stessa apre l'armadietto con il bidone della spazzatura e ci butta i biscotti, con piatto e tutto.

Ora non riesco a fare a meno di ridere. «Parecchio gelosa?»

«Io *non* sono gelosa.» Batte a terra un piede. Le tette le

rimbalzano nel reggiseno a triangolo, e a differenza di quanto è successo con Veronica, sembro incapace di distogliere lo sguardo.

«Ah no?» Indico il bidone, ridendo.

«Non essere così pieno di te stesso. Stavo solo...» Con la mano fa un gesto in aria, una mossa che mi fa sentire i pantaloni tirare. «Stavo solo cercando di proteggerti dal cibo industriale, poco sano.» Si gira di profilo, con le braccia incrociate, e guarda fuori dalla porta-finestra. «Prego.»

Io mi soffoco mentre rido. «Grazie,» riesco a dire, cercando di nascondere quanto mi stia divertendo. «Ho sentito dire che il cibo industriale può essere davvero pericoloso.»

Senza guardarmi annuisce. «Lo è.» Arriccia le labbra in un broncio. Un broncio molto baciabile.

Di profilo, solo con i lacci in vista sui fianchi, sembra ancora più nuda. «E il bikini? È per me anche quello?»

«Sì.» Annuisce di nuovo. «Cioè, aspetta.» Abbassa di colpo le mani sui fianchi si gira e mi fissa. «Voglio dire, no. Ovviamente no. Stavo solo...»

«...solo?» chiedo, sentendo gli occhi che mi si increspano sugli angoli.

Lei sbuffa. «Usando la tua piscina.»

Sentendomi più rilassato, appoggio un gomito al bancone, con un largo sorriso. Erano giorni che non mi sentivo così felice. Dal buffet al festival dello street food. «Sono due giorni che non esci dalla camera, e mi dici che scendi ora, in costume, proprio quando arriva Veronica, solo per usare la piscina?»

«Sì.» Con il naso puntato per aria, si scosta dal viso alcuni ciuffi di capelli. «Se per caso tu non l'avessi notato, sei tornato prima degli altri giorni. Io di solito a quest'ora vado in piscina.» Con aria regale, Trish si china e afferra dalla panca vicino alla porta una borsa che prima non avevo notato. Si fa passare la tracolla di tela sulla spalla e il fondo della borsa le batte sul fondoschiena praticamente nudo. «Quindi, non sentirti così pieno di te, ragazzo ricco.»

Con un movimento del polso apre la porta ed esce a passo deciso fino a una delle sedie da giardino vicino alla piscina.

Prendo nota: tornare a casa prima del previsto ogni giorno questa settimana.

TRISH

GELOSA? *Ma per favore.*

Butto le espadrillas al di là della sedia da giardino a righe bianche e blu e appoggio la borsa a terra. Ieri sono effettivamente venuta qui, dopo ore in cui non sono riuscita a scrivere, pensando che un cambiamento di scenario mi avrebbe aiutato a far fluire le parole. Non è successo, ma questo non significa che la mia decisione di rimettermi in bikini abbia qualcosa a che fare con la gelosia. Faccio una smorfia con gli occhi al cielo, anche se non c'è nessuno che mi sta guardando. Sprofondo in uno dei cuscini scalciando per aria, e incrocio gambe e braccia. La mia mente è attraversata da immagini di una Veronica senza reggiseno con la sua idiota offerta di biscottini. Aggiungo anche fantasie in cui io faccio scoppiare le sue bocce di silicone e le strappo le extension biondo naturale.

Il suono di una falciatrice che viene avviata mi riporta alla realtà, e valuto per un attimo il mio eccesso di pensieri violenti.

Come mettere sale su qualcosa di dolce. Ebbene sì, sono gelosa.

Incrocio di nuovo le gambe. Chi se ne frega.

«Tutte quelle regole per tenere distante la gentaglia.»

Mer...coledì! Non riesco a credere quanto mi dia sui nervi quella donna!

Infilo la mano nella borsa, afferro lo spray solare e mi alzo in piedi. Trattenendo il respiro mi riempio di protezione 50, poi prendo la mia visiera dalle dimensioni esagerate che, anche se mi fa sembrare una giocatrice di golf, mi protegge l'intera faccia. Infine, torno a sedermi. Sui danni solari non si scherza.

Scuotendo le spalle cerco di rilassarmi sulla sedia.

Il tagliaerba diventa più rumoroso quando Ian lo porta fuori dal retro del garage.

Sbatto gli occhi. Poi li sbatto di nuovo.

Ian è senza camicia. Vestito in costume da bagno, un paio di sneaker e dei calzini bianchi alla caviglia dovrebbe essere ridicolo. Invece non lo è. È l'abbigliamento più casual che gli abbia mai visto addosso, ed è tutte le mie fantasie di bagnino/giardiniere messe insieme.

Solleva una mano dal volante e mi saluta.

Ignorando lui e il suo sorriso abbagliante, estraggo il mio taccuino dalla borsa e scorro la lista di spunti per delle storie, che avevo scritto in precedenza.

Ho già inviato il mio ultimo manoscritto al mio editor e ora sto cercando un'idea per la prossima storia. Ma non sono molto produttiva.

Idea n.1 Da nemici ad amanti. Lui cowboy. Lei impresaria edile.

Idea n. 2 Seconda opportunità, figlio segreto. Lei insegnante. Lui studente.

Idea n. 3 Romance tra miliardari. Lui e lei CEO di società rivali.

Faccio una grande croce sulla lista e prendo una pagina nuova. Dopo tutto quello che ho raccontato a Ian e alle mie compagne di corso l'altro giorno non riesco ancora a decidere quali cliché usare e a quali archetipi di personaggi ricondurmi.

Alla faccia di mettersi al lavoro. Oltre al blocco dello scrittore ora ho anche un blocco di idee. Non c'è niente che mi sembri interessante.

Nascosta dalla visiera, tengo sotto controllo Ian che va avanti e indietro con il tagliaerba nell'enorme giardino. Il riflesso del sole sulla sua pelle. I suoi bicipiti che guizzano ogni volta che gira il volante.

Mi sventolo con il taccuino.

Se le cose stessero in un altro modo, forse non lo avrei respinto dall'inizio. Forse avrei detto di sì a un appuntamento. Mi avrebbe aperto la porta dell'auto e mi avrebbe spostato la sedia per farmi accomodare a cena. Forse vivrei in un appartamento. Da qualche parte in un posto di lusso, così che al momento del bacio della buonanotte Ian non si sentirebbe a disagio a entrare e a farmi stendere sul mio letto king size, mentre mi accarezza le gambe invitandomi ad allargarle.

Mi sventolo più rapidamente.

All'inizio il suo bacio sarebbe casto, per diventare gradualmente sempre più passionale fino a quando non saremmo entrambi presi dalla fretta di spogliarci, di sentire il contatto tra le nostre pelli e crogiolarci nel calore dei corpi.

Mi sventolo così forte che perdo la presa e mi sbatto il taccuino sul naso.

«Ahia.» Con le lacrime agli occhi, sbatto le palpebre e mi pizzico il ponte del naso. «Togli quella testa dalle nuvole, Patty,» borbotto a me stessa. Le cose *non* stanno in un altro modo. Questo non è uno dei miei libri. Sfilo la penna dalla spirale del taccuino e la picchietto sulla copertina. Se fosse, allora io...

Mi metto a sedere eretta e in testa inizia a formarmisi una trama. «Se fosse...» Osservando di nuovo Ian, deglutisco a fatica vedendo le vette e le valli formate dai suoi addominali.

E poi inizio a scrivere.

OTTO
IL PODEROSO

*I*AN

È da un'ora che è piegata sul suo taccuino. Lo so perché ogni volta che ho girato il tagliaerba, disegnando delle righe molto precise sul prato, ho alzato la testa pensando che dopo la sua palese gelosia l'avrei colta a guardarmi. A controllare quello che faccio. A chiedersi a cosa sto pensando.

Sbagliato.

Trish non ha incrociato una volta i miei occhi. Non ha nemmeno sollevato lo sguardo quando ho fermato il tagliaerba a tre metri di distanza e mi sono diretto lento verso la piscina.

Togliendomi le sneaker e i calzini mi avvicino all'acqua fino a quando non ho le punte dei piedi che debordano appena dalla pavimentazione. Lanciando un'altra occhiata alla testa china di Trish, salto. «Bomba!»

I miei polmoni prendono un'ultima boccata d'aria un attimo prima di toccare la superficie. L'acqua schizza dappertutto intorno a me. Una volta che sono sotto, sento le grida acute di Trish. La risata che mi esce dalla bocca produce delle bolle.

Pianto i piedi sul fondo della piscina, piego le ginocchia pronto per saltare su, poi balzo in superficie e quando arrivo a respirare sento il suono di una bella meridionale che impreca.

«Brutto figlio di...! Che caspita stai facendo?» È ricurva sul taccuino come fosse una chioccia che protegge i suoi pulcini.

Con una bracciata arrivo al lato della piscina vicino a lei. Appoggio le braccia sul bordo e le sorrido a trentadue denti. «Non ti ha mai detto nessuno che quando sei arrabbiata sembri Yosemite Sam?»

Le sue codine bagnate le ricadono sulle spalle mentre si raddrizza. «Nessuno che tenesse alla propria vita!» Con attenzione si allontana il taccuino dal petto controllando che non sia bagnato.

«Comunque sia, cosa stai scrivendo?» Guardo il sole, ora leggermente più basso di quando ho iniziato a tagliare il prato. «Immagino avrai la nuca bruciata, da quanto sei stata china su quell'affare.» Non ne sono sicuro a causa della grande visiera che ha addosso, ma sono abbastanza certo che Trish mi abbia appena fatto una smorfia spazientita.

«Mi sono messa la protezione 50.» Passa la mano sulla pagina come se la stesse pulendo. «Va tutto bene, grazie.»

Dannazione, è adorabile.

«Quindi, cosa scrivi?» Termina di ispezionare il taccuino e poi lo posiziona sul tavolo vicino. «Non che siano fatti tuoi, ma stavo scrivendo una scena del mio nuovo libro.» Chiudendo gli occhi torna ad appoggiarsi allo schienale della sedia. «Finalmente era arrivata l'ispirazione,» borbotta sottovoce, ma riesco comunque a sentirla.

«Ah sì?» Osservo le tracce lasciate dalle gocce di acqua che le scivolano sulla pelle nuda. Mi passo la lingua sulle labbra. «Che cosa, ehm, ti ha ispirato?»

Con una mano si abbassa ancora di più la visiera sugli occhi. «Non sono fatti tuoi.»

Interessante.

Spingendomi sul cemento esco dalla piscina e scuoto la testa.

«Ah! Fermo!» Trish solleva le mani come se dovesse tenere alla larga il demonio. «Mi stai bagnando tutta di nuovo. Che sei, un cane?» Ma ora ride, a bocca spalancata, con i muscoli dello stomaco contratti.

«Già,» dico, godendomi il momento e scuotendo di nuovo la testa. «Chiamami Fido. Bau.» Quando vedo che il suo sorriso viene rimpiazzato da una passata della lingua e da un morso al labbro inferiore, smetto anche io di ridere.

«Trish?» Faccio un passo verso di lei ma mi ferma tendendo una mano.

«Aspetta.» Afferra il suo taccuino e lo spalanca. «Aspetta qui.» Butta via la visiera. «Per favore.»

Ha uno sguardo quasi selvaggio, quindi mi limito ad annuire chiedendomi cosa succederà ora.

Lei mi guarda lentamente, dall'alto al basso, poi risale di nuovo.

Ho la pelle d'oca su tutto il corpo.

In un lampo si china sul taccuino e incomincia a fare scorrere la penna sulla pagina. Mentre scrive muove le labbra, ma non riesco a capire cosa dice.

Va avanti così per alcuni minuti.

Ogni tanto si ferma e alza gli occhi per guardarmi, poi riprende a scrivere.

Incapace di resistere oltre, mi avvicino di soppiatto chinando la testa di lato cercando di distinguere le parole.

... il fisico di un nuotatore, asciutto, magro e forte... grandi mani mi afferrano i seni, per qualche ragione li avverto più pesanti di prima... fa male... con le labbra mi segue una striscia di sudore lungo il collo, e anche se il sole del Texas mi scalda la pelle, io tremo...

«Porca merda.»

Per lo spavento, Trish tira una riga con la penna sul foglio a righe. «Ehi!» Si stringe di nuovo il taccuino al petto. «Non guardare.»

I miei occhi ora non sono sul foglio. Sono su di lei. Sul suo seno, sul suo collo, sulla sua pelle d'oca che ora è come se riflettesse la mia.

Sono io l'ispirazione di Trish. Sono io che la sto facendo eccitare.

Con un minimo sforzo, dato che è così minuta, la prendo da sotto le braccia come fosse una bambina. Voltandomi mi siedo con lei in braccio, appoggiando le sue ginocchia ai lati delle mie cosce. Il taccuino è tra di noi.

«Io...» ma non finisce, non riesce, appoggiata contro l'evidenza di quanto mi ecciti eccitarla. Le strappo il taccuino dalle mani e lo appoggio vicino a noi senza mai togliere gli occhi dai suoi. «E poi, cosa succede?»

«Ian...» Solleva lentamente le spalle e, nonostante sia ovviamente imbarazzata, non distoglie lo sguardo. I suoi occhi scuri sono timidi, ma eccitati.

«Eravamo qui, no?» Le afferro i seni da sopra il costume da bagno e porto le labbra al suo collo. «E adesso che succede?» Le traccio dei dolci baci sulla pelle e il sapore salato del suo sudore me lo rende ancora più duro.

«Poi... poi io...» Il suo corpo si muove infuocato. Balbetta mentre ansima con il fiato corto e i suoi fianchi ondeggiano al ritmo del battito sul suo collo.

Le stringo i seni, con il pollice le sposto il tessuto per strofinarle i capezzoli. I suoi fianchi si flettono di più sul mio grembo, facendomi incrociare gli occhi. Siamo passati da zero a cento in un istante. Lo adoro. «Poi tu cosa, tesoro?»

Mi mette le mani sulle spalle poi le fa scendere lungo le braccia e torna su, graffiandomi leggermente e facendomi impazzire. «Poi ti tocco.» Con il pollice mi sfiora un capezzolo.

«Cazzo sì.» Spostando del tutto il tessuto le bacio i suoi. Prima uno poi l'altro, mentre lei con la mano mi accarezza la schiena. Quando la succhio delicatamente, con una mano mi afferra la nuca. Le dita si infilano tra i miei capelli e mi tengono lì. Alla fine mi tiro indietro con un ultimo passaggio della lingua sopra il capezzolo turgido. «Poi cosa?»

«Tu... Tu...» geme quando continuo a mordicchiarla. «La mano, usi la mano.»

Io la appoggio all'indietro sulle mie cosce così da poterle slegare i laccetti degli slip. Quando la stoffa cade, riesco a vedere senza nessun ostacolo quanto sia eccitata, vedo il suo sesso che luccica al sole.

Incrociando i suoi occhi sollevo una mano. «La vuoi lì?» Con il mento indico la sua nudità esposta.

Mordendosi il labbro annuisce. «Ti prego.»

Il suo "ti prego" è dolcissimo. Mantenendo gli occhi nei suoi, abbasso la mano e il tempo tra di noi si dilata. Solo quando la punta delle mie dita le sfiora il clitoride lei interrompe il contatto visivo e la testa le ricade all'indietro con un gemito, mentre i fianchi ondeggiano, cercando di strusciarsi di più. «Sì. Ti prego. Ancora.»

«Ancora?» Senza aspettare la sua risposta affondo, piegando leggermente il dito e strofinando fino a quando il suo bacino non usa la mia mano alla disperata ricerca dell'orgasmo, mentre con l'altra mano le stringo il fondoschiena.

«È questo quello che hai scritto? È questo che immaginavi?»

La sua risposta non è chiara, ma so di aver ragione dal modo in cui ansima, dal modo in cui sposta le mani dalla mia nuca ai suoi seni, stringendoli e pizzicandoli mentre mi sta sopra.

Quando la sua espressione si acciglia come se fosse presa dal panico di non poter arrivare al culmine, aggiungo un secondo dito dentro di lei e con il pollice dell'altra mano le stimolo il clitoride.

Emette un grido mentre mi artiglia la pelle delle spalle. «Cazzo, cazzo, cazzo.» Il suo dolce accento meridionale rende ancora più sexy l'imprecazione.

Pelle bianca come il latte, ora arrossata. Occhi spalancati che non vedono, splendenti nella luce del giorno. Costume da bagno scostato dai suoi seni, il suo corpo minuto bloccato nell'agonia dell'orgasmo. Il profumo della sua eccitazione quasi mi rende rabbioso di desiderio.

Da quanto la desidero? Da quanto sogno tutto questo?

Con un gemito, il suo corpo si rilassa e mi stringe, e mentre si riprende ha un fremito ogni pochi secondi. «Mmm... Ian...»

«Sei mia,» mormoro, rallentando le mie carezze fino a fermare le mani per lasciare che si calmi. «Sei mia.»

E quando mi abbandona la testa sul petto con una mano appoggiata al mio cuore, vorrei che fosse vero.

Trish

Quando riapro gli occhi sono spalmata sopra Ian, con l'asciugamano appoggiato al mio didietro nudo.

Alla mercé di tutti. Beh, forse non proprio di tutti, dato che l'enorme giardino di Ian termina con una macchia di alberi, quindi è molto tranquillo e appartato. Ma non ho dubbi che Veronica non si lascerebbe intimidire da alberi e siepi, se decidesse di sconfinare.

E comunque non potrebbe fregarmene di meno. Volto la

testa, con il mento appoggiato al suo petto, sbattendo le palpebre e guardando quegli occhi che fanno a gara con l'azzurro del cielo sopra di noi. È davvero carino. «Non posso credere a quello che abbiamo appena fatto.»

La risata di Ian gli fa rimbombare il petto, scuotendomi.

«So che dovrei essere imbarazzata,» ammetto, anche se non mi ci sento.

«Non esserlo.» Mi tocca il naso con un dito. «Non so quante volte ho sentito te e le ragazze discutere sugli aspetti femministi nei romanzi d'amore. Come sia sempre la donna a scegliere, e come abbia voce in capitolo, no?»

Non sono sicura di dove voglia andare a parare, così faccio una faccia corrucciata. «Ehm, sì?»

«Beh, quindi, niente di cui essere imbarazzata. Stavamo solo vivendo l'incarnazione del tuo ultimo libro.»

Quando mi rendo conto che mi ha beccata mentre lo usavo come ispirazione mi sento avvampare. Ma penso che il calore sia più dovuto all'eccitazione che all'imbarazzo.

«Forza.» Ian si raddrizza, con gli addominali che a quanto pare non sono minimamente disturbati dal mio peso su di lui. «Sistemiamoci e prepariamo la cena.»

Al suo suggerimento, mi brontola lo stomaco. «Sai cucinare?»

Lui mi fa l'occhiolino, aiutandomi ad alzarmi e legandomi l'asciugamano intorno ai fianchi per coprirmi, da bravo gentiluomo. «So ordinare.» Un sorriso da ragazzino gli increspa le guance.

Ricambio il sorriso, e un'ondata di calore mi si diffonde sul lato sinistro del petto. «Va bene.»

Appena lavata, seduta a gambe incrociate davanti alla TV con un cartone di pollo *lo mein* in grembo, sono stranamente rilassata.

«Vuoi davvero guardare questo?» Ian punta il telecomando alla TV scorrendo su Netflix fino a quando non trova il titolo che gli avevo chiesto.

Prendo un *wonton* di granchio dal contenitore sul pavimento e lo intingo nella salsa agrodolce. «Hai detto tu che potevo scegliere.»

Mentre lo mordo, lui mi guarda la bocca. «Vero, vero. Solo che non mi aspettavo che ti saresti trasformata in una nerd del cinema straniero.»

Parlando con la bocca piena lo correggo: «Una appassionata di film stranieri *romantici*.» Finisco di masticare e con destrezza uso le bacchette per prendere dei noodles. «E comunque si tratta di una serie, non un film. Quindi se non ti piace si tratterà solo di un'ora della tua vita, non di due.»

Ci risistemiamo a terra davanti al divano. Non so se è stato perché non voleva rischiare di rovesciare il cibo sul suo divano costoso o perché preferisce sedere a terra, comunque quando sono scesa dal bagno aveva già tolto di mezzo il tavolino e stava stendendo coperte e cuscini sul pavimento. E su questi aveva poi messo una grande quantità di scatole di cibo. Stile buffet. Mi ricorda molto quel giorno con lo street food.

Mi concedo di adagiarmi leggermente di lato, fino a quando gli tocco il braccio con la spalla. Mi sto prendendo un po' troppe confidenze con lui, ma a quanto pare non riesco a fermarmi. È come se la sua casa fosse una bolla, libera dal mio passato e dalle mie preoccupazioni. O forse è lui.

Con la coda dell'occhio vedo che mi sorride prima di prendere un involtino. «È una cosa coreana?»

Affondo le bacchette nel mio *lo mein*, prendendo un

pezzetto di pollo. «Già. La vedo sempre sul mio feed di Instagram, o meglio, sull'account Instagram di Audrey Cole. Tutti i miei lettori e colleghi scrittori lo adorano.»

Scorrono i titoli di testa e quando appare Hyun Bin mi batte forte il cuore. È *il migliore*. Sospiro e mi assesto felice nel mio posticino.

Ian sbuffa. «Allora, com'è la storia?» Affonda la forchetta nel contenitore di pollo al mango.

«Una donna sud coreana ha un incidente con il parapendio e atterra in Corea del Nord, dove un soldato la aiuta a nascondersi mentre le cerca un modo per tornare a casa. E, ovviamente, in tutto questo si innamorano.»

Annuisce, seriamente interessato. «Forte,» dice mentre mastica. Deglutisce e mi sorride. «Quindi ci saranno dei soldati.»

Rido. «Mi dispiace rovinarti la festa, ma nessuno dei miei follower ha accennato a scene d'azione.»

Ian mi fa l'occhiolino, terribilmente bello anche se ha della salsa sul mento. «Si può sempre sperare in un po' di azione, no?»

Mi va di traverso il *lo mein*.

Ian mi batte sulla schiena fino a quando mi riprendo. Continua a massaggiarmi, facendomi ricordare l'altro punto dove mi ha massaggiata oggi. Dopo che mi sono svegliata spiaggiata su di lui, non ha fatto nessun cenno al nostro pomiciamento open-air. Magari non c'è niente di strano, e lui è solo... cauto. Tipo, che non vuole rovinare l'atmosfera. Cosa che a me non piace molto. Tutti i miei segreti accatastati tra di noi. Lui merita di più, e sono egoista a prendere senza dare niente in cambio.

Non mi ha nemmeno fatto nessuna domanda sul mio passato, neanche quando ho accennato all'account Instagram di Audrey Cole.

Si china in avanti, esaminando il cibo rimasto, prima di

prendere una scatola di pollo agli anacardi. «Mi chiedevo: alla fine saprò parlare coreano?»

Mi scappa da ridere, e ringrazio il cielo di non avere la bocca piena. «Pensi che dopo avere guardato un film in coreano lo parlerai bene?»

Riesce solo a stringersi nelle spalle prima che gli faccia cenno di stare zitto quando la sigla iniziale finisce. Di solito durante i film a me non piace parlare, ma con i sottotitoli non si possono nemmeno togliere gli occhi dallo schermo, altrimenti ci si perde.

Tre ore dopo, i nostri contenitori di cibo da asporto sono spariti e noi ci stiamo coccolando in un nido fatto di cuscini e coperte.

«Un'altra?» Ian si solleva a fatica dal nostro bozzolo e prende il telecomando. Sembra davvero interessato.

«Ti piace davvero, eh?» Mi stiracchio, muovendo le caviglie.

«*Ye.*» Mi fa l'occhiolino.

Ridendo, rovescio gli occhi. «Pensi che perché sai dire sì in coreano, adesso lo parli?»

«*Amado.*»

Spalanco la bocca. «Sei serio?»

Ridacchiando, appoggia la schiena ai cuscini. «Naa, ho solo imparato qualche frase.»

Ancora coricata sulla schiena, giro la testa di lato per guardarlo. «In tre ore?»

Gira la testa verso di me e si stringe nelle spalle. «Le lingue sono come dei rompicapi, e a me i rompicapi sono sempre piaciuti. Matematica, scienze, spazio, lingue. Mi piace capire come funzionano le cose.»

Ci penso su un attimo. «È per questo che lavori alla NASA?»

«Mmm-mmm.» I suoi occhi si spostano di lato. «Ora sì.»

Prima che gli possa chiedere cosa intende per "ora", mi sorprende.

«È uno dei motivi per cui non sono andato alle Olimpiadi: non c'era molto da capire.» Torna a guardare il soffitto e si mette le mani dietro la testa, come se non mi avesse appena dato un'informazione bomba.

Mi alzo di scatto spargendo cuscini tutto intorno. «No, scusa, eri nella squadra *olimpica*?»

Lui fa un'espressione corrucciata e poi guarda la mia faccia scioccata. «Non lo sapevi?»

Sentendomi stranamente in colpa, metto il broncio. «Evidentemente ci sono un sacco di cose che non so su di te.»

Sorride, ma è un sorriso triste. «Ci sono anche un sacco di cose che *io* non so su di te, quindi direi che siamo alla pari.»

Mi concentro e rimetto a posto i cuscini. «Sai più di chiunque altro,» gli confido.

Il suo sorriso si distende un attimo. «È già qualcosa, allora.»

Sprimaccio un cuscino prima di abbandonarmici sopra, per guardarlo bene. «E dato che tu sai del mio lavoro segreto e dei corsi al college, mi sembra giusto che io debba sapere di Ian Kincaid Olimpionico.»

Scuote il capo. «Olimpionico mancato.»

Aspetto che mi spieghi, con la luce dal televisore che gli illumina la mascella squadrata.

Prima di cedere con un sospiro, rimane in silenzio una ventina di secondi. «Quando ero al liceo nuotavo a livello agonistico. Facevo anche pallanuoto e nuoto a squadre.» Si stringe nelle spalle «Ho la struttura, quindi partivo già avvantaggiato. E non volevo rischiare di farmi del male facendo football, calcio o hockey.» Si acciglia, come se stesse pensando a qualcosa. «Inoltre, le attività extra curricolari mi tenevano fuori casa dopo la scuola e durante i fine settimana.»

Mi tengo per me la domanda che mi sorge spontanea a quella confessione.

«Comunque,» prosegue dopo essersi schiarito la voce. «Come ho detto, avevo la struttura, e l'insegnante di scienze era anche allenatore di nuoto. Mi ha spiegato tutta la fisica del nuoto, facendomi capire la tecnica migliore per ridurre l'attrito frontale. Mi ha insegnato l'angolazione perfetta delle mani e il grado di separazione tra le dita per farmi andare più veloce. Era divertente provare tutte queste cose. Come fare matematica e vederne i risultati sul tabellone dei punteggi.»

«Wow. Non sapevo che lo sport potesse essere una cosa così matematosa.»

Gli si formano delle piccole rughe agli angoli degli occhi. «Matematosa?»

Ora tocca a me fare spallucce. «Un Rose-ismo.»

Annuisce, sorridendo. «Già, diciamo che è così.»

Stiamo in silenzio per qualche minuto prima che io abbia il coraggio di fargli una domanda. «Quindi non sei andato alle Olimpiadi perché avevi già risolto tutta la parte matematica?»

«Beh no,» ammette, con gli occhi incollati alla TV, dato che il trailer della serie coreana continua a scorrere mentre parliamo. «Stavo per andare, ma la borsa di studio dell'MIT non poteva essere rimandata. Ho dovuto scegliere tra le Olimpiadi e il master.»

Mi mordo un labbro, ma non posso fare a meno di chiedergli: «Ma perché avevi bisogno di una borsa di studio? Io, ehm, pensavo che la tua famiglia fosse...»

«Ricca?»

Quando annuisco, lui sorride imbarazzato. «Beh, mi puoi chiamare ricco ma non vuoi parlare dei miei soldi?»

«Oh, stai zitto,» sbuffo, rintanandomi sotto una coperta. «Sono cose diverse.»

Lui mi rimbocca l'angolo della coperta. «Come vuoi.» Sorride ancora una volta al mio sguardo carico di aspettativa prima di mettersi a fissare il soffitto. Come se in quel modo gli venisse più facile raccontarmi cose.

Lo capisco.

«Mio padre non voleva pagarmi l'MIT. Voleva che continuassi ad Harvard, alla facoltà di legge. Così io ho fatto domanda senza che lui lo sapesse. Una settimana prima dell'inizio del semestre ne ho parlato con un giornalista locale e quindi la notizia è uscita sui giornali prima che mio padre la sapesse. Così lui non ha potuto fare niente per far revocare la mia borsa di studio.»

Ripensando a tutta la burocrazia e a tutti i segreti che ho dovuto gestire per iscrivermi con il nome di Audrey Cole, lo capisco perfettamente. Vorrei chiedergli così tante cose. Perché un articolo di giornale avrebbe impedito a suo padre di revocare la borsa di studio? Il suo rapporto con suo padre è così difficile? È per questo che ha bisogno che faccia finta di essere la sua fidanzata?

Invece, mi accontento di qualcosa meno personale. E più sicuro.

«Sei contento della tua decisione di essere andato all'MIT e non alle Olimpiadi?»

«Oh, sì.» Mi sorride. «Perché ora so applicare gli stessi principi alle passeggiate spaziali. Se ci pensi, gli astronauti nuotano nello spazio, però invece di concentrarci sull'attrito, è l'assenza di attrito quella su cui lavoriamo.» Gli occhi gli si illuminano. «E nessuna passeggiata è uguale alle altre. Solo perché hai capito come funziona la matematica per una passeggiata non significa che tutte le altre seguiranno gli stessi principi. Non è come nuotare avanti e indietro nella stessa corsia. Ogni passeggiata spaziale ha un obiettivo diverso. Cambiano in continuazione. Nuovi rompicapi da risolvere.» L'eccitazione nella sua voce mi fa sorridere, le sue fossette sono un segno che gli piacciono proprio tutte le sfide che deve affrontare alla NASA.

Se gli rivelassi tutti i miei segreti, se lui sapesse tutto quello che c'è da sapere su di me, mi considererebbe "risolta" e passerebbe oltre?

NOVE
PIATTAFORMA DI LANCIO

IAN

DOPO LA CHIACCHIERATA sul mio passato da potenziale atleta Olimpico e sul mio lavoro alla NASA, clicco sul prossimo episodio.

Non penso che mi metterò a seguire i film coreani, però riconosco che questo è decisamente carino. Amore, humour, dramma. C'è qualcosa per tutti.

Quando la musica parte con i titoli di coda, azzero il volume, deciso a chiederle quello che non le ho ancora chiesto.

«E tu?»

Lei, mezza addormentata sbatte gli occhi. «Eh?»

«Perché hai voluto diventare una scrittrice di romanzi?»

«Ah.» Sembra sorpresa alla mia domanda, ma non sospettosa, quindi è già qualcosa. Anche se ora potrebbe essere troppo stanca per essere lucida.

Rimane ben accoccolata nella sua coperta e chiude gli occhi. «Mi è sempre piaciuto inventare storie. È iniziato quando immaginavo dove poteva essere finita mia mamma dopo che se ne era andata. La immaginavo agente FBI sotto copertura, in attesa di catturare il suo uomo. Poi sarebbe tornata a prendermi. Oppure immaginavo che vivesse da qualche parte in preda all'amnesia in seguito a un incidente automobilistico e un giorno, vedendomi passeggiare lungo la strada, tutti i suoi ricordi sarebbero tornati.»

Sento una stretta al petto, pensando a Trish bambina che inventa storie per calmarsi il cuore. Lei deglutisce a fatica e fa un respiro profondo.

«Quindi mi sono laureata per raccontare delle storie.» Ha gli occhi aperti, leggermente velati. «Mia nonna non faceva altro che schioccare la lingua ogni volta che tornavo da scuola raccontandole le avventure più tragiche che mi erano successe durante la giornata.» Ride e il dolce suono della sua risata mi allevia la morsa nel petto. «Una volta le ho raccontato che la mia insegnante era davvero un agente segreto del KGB, che cercava di carpire segreti dalle menti dei giovani americani. Lei mi diede un manrovescio sulla testa e mi disse che se il KGB era così stupido da ascoltare le storie inventate da degli adolescenti in Georgia, allora se le potevano anche bere.» Tira la coperta nella quale è avvolta. «Mia nonna è la donna più concreta che abbia mai conosciuto.»

Allungo una mano e le metto dietro l'orecchio una ciocca di capelli. «Adesso dov'è?»

«È morta un mese dopo che mi sono diplomata.»

«Mi dispiace.» Le parole sembrano inadatte.

Lei annuisce. «Ma almeno prima che morisse io mi ero già iscritta al college. Quindi se ne è andata sapendo che avevo un piano. Questo probabilmente le ha tolto un pensiero. Anche se alla fine il piano non ha funzionato.» Si rabbuia per un attimo prima di costringersi a sorridere.

Ho un sacco di domande, ho paura di sentire cose che non vorrei sentire. Però ho più paura di spaventarla.

«Quindi mi piace pensare che sia la nonna che il nonno se

ne siano andati da questa terra felici, sapendo che ero sulla strada giusta.»

Mi fa male il cuore per lei. «Anche tuo nonno è morto?»

«Oh sì, sono morti a una settimana di distanza l'uno dall'altra. Sarebbe romantico se non fosse triste.»

Cristo, non mi meraviglia che non voglia parlare del suo passato. Sua madre l'ha abbandonata, poi i nonni sono morti, e tutto quando era ancora una bambina.

«E il resto della tua famiglia?»

«Non ho nessun altro. Almeno nessuno di cui io sappia. La mamma non ha mai detto alla nonna chi era mio padre.» Impallidisce, come se non avesse voluto dirlo. Fissa la coperta.

Le metto un dito sotto il mento, sollevandole la testa fino a quando è costretta a guardarmi negli occhi. «Tu sei una roccia, lo sai?»

Lei si schermisce, cercando di schivarmi, ma io la trattengo.

«Davvero. Sei una donna eccezionale. L'ho capito la prima volta che ti ho visto, e ora ne sono ancora più convinto.» Mi chino verso di lei e le passo le labbra sulle sue.

Lei sbatte rapida le ciglia prima di sussurrare: «Grazie.»

Rimaniamo a fissarci, ognuno apparentemente perso nei propri pensieri.

Dopo un attimo, lei si schiarisce la voce prima di scostarsi. «Scusami, ho preso un po' una tangente, vero?» Fa una risata imbarazzata e io faccio finta di non vedere che si sta asciugando una lacrima. «Comunque, mi hai chiesto perché sono diventata una scrittrice.»

Annuisco, anche se faccio più fatica di lei a scacciare la tristezza che il suo passato mi ha messo addosso.

Trish si drizza a sedere, rimboccandosi la coperta mentre parla. «Insomma, al college ero bravissima nei corsi di inglese e composizione.» Il suo volto viene illuminato da un sorriso sincero. «Ho persino iniziato a scrivere storie tra una lezione l'altra, usando tutte le mie fantasie di quando ero più giovane, però più dettagliate.» Ride, facendo lei stessa una smorfia esasperata. «Credevo sarei diventata la nuova Sue Monk Kidd, oppure Joyce Carol Oates.»

Mi appoggia la testa sulla spalla ispirandomi tenerezza.

«Tuttavia, per quanto mi piacesse scrivere storie di fantasia, a volte mi prosciugava di ogni energia. È stato solo quando una compagna di classe mi ha dato da leggere un romanzo d'amore, dicendomi che mi avrebbe cambiato la vita, che mi sono resa conto di cosa volevo veramente scrivere.»

Solleva lo sguardo, sorridendomi. «Ero così catturata dal libro che mi sono dimenticata di andare alla lezione successiva.» Scuotendo il capo, sorride. «Però, per il resto della giornata mi sono sentita felice. Così ho letto altri libri. E più libri d'amore leggevo, più felice e mi sentivo. E ho pensato: non sarebbe bello far sentire così le altre persone? Regalare loro un bel finale. Ravvivare le loro giornate.»

Mi guarda con aria complice. «Tre mesi dopo avevo finito il mio primo libro.»

«Mi sorprendi, lo sai?»

Sbattendo le palpebre si tira indietro. «Io?»

Drizzandomi a sedere non faccio neanche finta di essere distaccato: semplicemente le metto un braccio attorno alle spalle e la tiro verso di me. «Sì, tu. Ne hai davvero passate tante. E un giorno spero che potrai raccontarmi tutto.» Lei si divincola, spostandosi leggermente sul pavimento. Io la stringo di più. «Ma anche con quel poco che so, mi sorprendi.»

Da dove sono non riesco a vedere la sua espressione, ma sento che si schernisce. «Non sto mica mandando uomini nello spazio.»

Con l'altra mano le prendo il mento e la costringo a sollevare lo sguardo. «No. Tu stai aiutando le persone proprio qui sulla Terra. Da quello che ho visto su Amazon a proposito di

Audrey Cole, *migliaia* di persone ogni giorno sono felici per merito tuo.»

«Hai cercato Audrey Cole su Amazon?» Il suo sorriso mi aiuta a respirare meglio.

«Certo.»

Cala di nuovo il silenzio. E nonostante Trish sembri a suo agio, io non posso fare a meno di vergognarmi. C'è questa donna, chiaramente spaventata per qualcosa, che mi sta rivelando dei segreti, e io non le ho nemmeno confessato il mio problema.

«Un altro episodio?» mi chiede, indicando lo schermo.

«Sono claustrofobico.»

«Eh?»

«Ho il terrore degli spazi piccoli.» Deglutisco a fatica. «Questo è il motivo per cui non potrò mai fare l'astronauta.»

«Ah. Quindi è questo che intendevi prima con "ora", quando ti ho chiesto se lavori alla NASA perché ami i rompicapi.»

Annuisco, rendendomi conto che la confessione ad alta voce del fatto che non potrò mai realizzare il mio sogno è più dolorosa di quanto pensassi.

Il suo corpo ha un sussulto, sta per capire. «È per questo che sei andato fuori di testa nella mia roulotte!»

Annuisco di nuovo.

«Sei un idiota.» Mi dà una botta sul petto con il dorso della mano, rendendo reale il mio dolore immaginario. «Pensavo fosse perché ti consideravi troppo superiore alla mia roulotte.»

Mi giro completamente verso di lei. «Ovvio che no. Non lo penserei mai.»

«Niente è ovvio con me, mister. Come hai potuto tenermelo nascosto?» Mi colpisce di nuovo.

Io sussulto. «È imbarazzante.»

«Perché è imbarazzante?» Solleva le mani delicate, con aria

esasperata. «Ci sono un sacco di persone che sono claustrofobiche. Tra tutte le paure, è come l'allergia alle arachidi: assolutamente comune.»

Mi ero aspettato che si sarebbe arrabbiata con me per non avergliele detto prima, ma non mi aspettavo comprensione. Da mio padre non l'ho mai ricevuta.

Mi appoggia una mano sul braccio. «Ne hai parlato con qualcuno?»

Guardo accigliato la sua mano, chiedendomi come sia passata in modo tanto rapido dalla sorpresa alla rabbia e ora alla preoccupazione.

«Sì, insomma, con un medico?» insiste.

«Non saprei.» Mi passo una mano sulla nuca, e ho le parole di mio padre che mi risuonano in testa. Che mi dicono che la claustrofobia significa che sono debole. Uno che molla. Io *so* che ha torto, che non mi devo sentire in imbarazzo. Ma è così che mi sento. «Ma... Forse lo dovrò fare. Sul lavoro sono vicino a una promozione che richiederà degli spostamenti all'estero.»

«Ah.» Capisce meglio. «L'aereo.»

«Già.» Mi schernisco e appoggio la testa all'indietro sul divano. «L'aereo.» Mi sento svuotato. «Devo andare al centro aerospaziale tedesco a Colonia.»

Trish si raddrizza e afferra il telefono vicino a lei.

«Cosa fai?»

«Cerco terapisti in zona.» Digita qualcosa sul telefono. «Sistemeremo tutto, non ti preoccupare.»

Per una volta, l'uso del plurale maiestatis non mi infastidisce. Forse perché non è mio padre che lo sta usando. Ma più probabilmente è perché Trish vuole proprio dire "noi". Come se fossimo una squadra. Come se fossimo insieme.

Con una mano le prendo la sua che sta tenendo il telefono. «D'accordo.» Improvvisamente, la mia voce si fa calma, proprio come mi sento dentro. «Sistemeremo tutto.» Le tolgo il telefono e lo butto sul cuscino del divano dietro di me. «Ma prima, che ne dici di un altro episodio?» Prendo il telecomando della TV e clicco su play.

Quando la guardo, il visino di Trish viene illuminato da un sorriso lento ma ampio, e si rannicchia vicino a me. «*Ye*,» mi risponde, con una pronuncia coreana incerta.

Perfetta.

Trish

Comoda e al calduccio, mi infilo più a fondo nel mio fortino fatto di coperte e cuscini.

Solo quando il mio fondoschiena si strofina contro un tubo di piombo mi ricordo che io e Ian non siamo più coricati davanti alla TV.

L'ultima cosa che mi ricordo prima che il sonno mi prendesse è un viaggio a cavalluccio fino alla mia stanza al piano di sopra, seguito da un bacio sulla fronte. È stato dolce, la perfetta conclusione di quella che avrebbe potuto essere una serata imbarazzante. Dopo avermi confessato di essere claustrofobico, avrebbe potuto cercare di estorcermi altre informazioni su di me, ma non l'ha fatto. Alla fine gli ho comunque raccontato molto più di quello che avevo previsto. Penso che l'abbiamo fatto entrambi.

Ma mi sembrava giusto concedergli una parte di me stessa che avevo tenuto nascosta così a lungo. Mi è piaciuto.

Ancora più del bastone di legno che mi punta contro il didietro.

«Ian?»

«Mmm?» il braccio appoggiato sopra di me mi stringe forte contro di lui.

Apro gli occhi e mi rendo conto che ieri sera Ian non mi ha portata in camera mia, ma da lui. Ampie finestre senza scuri né tende lasciano entrare la luce del mattino. La sua casa è affacciata a sud, quindi non è una luce accecante. Pareti leggermente più tenui e grigie dei suoi occhi azzurri, un comò alto e uno scrittoio che mi ricordano l'arredamento Amish che ho visto in alcune riviste. Linee dritte, pulite, ben fatte.

Questa stanza riflette la personalità di Ian.

È anche priva di qualsiasi ingombro, il che mi fa pensare che magari ieri sera ha cercato di portarmi in camera mia, ma poi ha visto il casino che c'è e ha deciso di non rischiare.

Dovrei davvero fare ordine oggi.

Le gambe che stanno accarezzando le mie sono infilate in una flanella morbida e leggera, e io sono ancora in canottiera e pantaloncini del pigiama da ieri sera. Sono davvero una zoccola a essere delusa dal fatto che siamo ancora vestiti.

Mi schiarisco la voce, sembrando più severa di quanto vorrei. «Non devi lavorare?»

«Mmm,» mormora lui appoggiato alla mia nuca, trasmettendomi una fitta di calore direttamente in mezzo alle gambe.

Sono abituata ad alzarmi presto la mattina: nei pochi giorni che ho passato nella mia roulotte ero sveglia prima che la porta del suo garage si alzasse, segnalando la sua partenza. Anche nel suo lussuoso letto degli ospiti queen-size mi svegliavo comunque presto, approfittando della possibilità di stiracchiarmi da una parte all'altra dell'enorme materasso. Ma oggi, a giudicare dalla quantità di luce che sta entrando dalle finestre, credo di poter dire che ci stiamo alzando tutti e due più tardi del solito.

Il braccio che mi tocca la cassa toracica si sposta e il palmo di Ian fa leva sul letto vicino alla mia pancia in modo da potersi tenere sollevato. Io inclino leggermente il capo per studiarlo mentre guarda che ore sono sul comodino dalla mia parte del letto.

«Merda.» Le labbra carnose sbuffano come quelle di un bambino.

Questo mi fa fare una risata sorpresa, mentre l'uomo che incombe su di me è una versione completamente diversa dal perfettino a cui sono abituata. Ha i capelli biondi tutti sparati da una parte, il segno delle lenzuola su uno zigomo e la ricrescita della barba che gli ombreggia le guance. Sembra sfatto e decisamente adorabile.

«Che c'è di così divertente?» Il suo broncio si trasforma in un sorriso e gli spuntano le fossette.

So cosa succederà ora. Lo scrivo io cosa succederà. Ian è il bravo ragazzo, che non vuole approfittare del fatto che sono mezza addormentata, proprio come un uomo aspetta che una donna sia sobria per decidere se fare sesso o no. Il consenso è fondamentale.

Però ora, con la luce del sole che entra dalla finestra e io che non sono affatto assonnata, lui andrà oltre. E anche se dovrei essere cauta, anche se dovrei dire di no, non lo farò. La mia forza di volontà è scomparsa, il mio desiderio per questo uomo, che non ha fatto altro che prendersi cura di me, supera ogni mia riserva. Ieri sera ho apprezzato il fatto che non abbia rinunciato a chiedere. Ho apprezzato che abbia voluto raccontarmi.

Ho intenzione di mostrargli quanto lo apprezzo.

Offrendogli il mio sorriso più seducente, mi giro completamente sulla schiena. Allungo una mano e gli afferro una guancia mentre con il pollice gli accarezzo una fossetta. «'Giorno.»

Con le braccia ai lati del mio corpo, fa una flessione e mi bacia dolcemente mentre si abbassa prima di tornare su. «'Giorno, bellezza.» Poi salta giù dal letto e va al bagno.

Ehi, in che senso?

Confusa, osservo la porta del bagno chiusa. Tutto qui?

Le mie cosce si spostano sotto le coperte, e anche la mia aiuola laggiù e confusa. E incazzata.

Voglio dire, ci siamo confidati l'un l'altro. Lui ha guardato un film romantico, straniero, da ragazze, insieme a me. Mi ha portato in camera sua. Diamine, è perfino stato abbracciato a me tutta la notte. E tutto solo per una coccola e un bacetto del buongiorno sulle labbra?

Adesso dovrebbe toccare al *sesso*. Sta scritto in tutti i libri.

Se avessi allestito io una scena del genere e poi avessi fatto andare il protagonista al lavoro con indifferenza, i miei lettori mi avrebbero *uccisa*.

Non è dell'umore giusto? Guardo accigliata la luce del mattino che entra dalle finestre pensando al tubo di piombo che ho sentito appoggiato la mia schiena quando mi sono svegliata. Non è quello.

Si sta ancora trattenendo, sta facendo l'educato? Pensa che sia una verginella? Per l'amor del cielo, ieri vicino alla piscina abbiamo fatto molto più che qualche coccola. Non va bene.

Nel bagno dietro di me si accende la doccia.

Devo davvero starmene qui, insoddisfatta, mentre quel cazzo di Capitan America è nudo nella stanza di fianco?

Io sono finalmente *pronta*.

Scosto le lenzuola e mi dirigo verso la porta del bagno con passo deciso, pronta a pretendere i miei orgasmi.

Un'occhiata all'immagine allo specchio mi costringe a bloccarmi con la mano sulla maniglia della porta. Sono tutta rossa, ho i capelli arruffati e un bagliore insolito nello sguardo. Di che si tratta? Frustrazione? No. Desiderio? No. E poi capisco, e faccio un passo indietro, appoggiandomi letto.

Bisogno.

Lo sguardo nei miei occhi era bisogno. Sì, sono frustrata. Sì, sono presa dal desiderio. Ma ciò che ha spinto quella frustrazione e quel desiderio, ciò che ha fatto sì che mi buttassi addosso a un uomo è stato il bisogno. Il bisogno di continuare ciò che abbiamo avuto. Ridere, scherzare, abbracciarci. Se io andassi da Ian ora, gli offrirei molto più di una botta e via. Però non lo posso fare. Non è prudente.

E inoltre, Ian merita molto di più.

Mi fermo, poi indietreggio appoggiando lievemente i piedi nudi sul pavimento di legno, mentre allontano dalla mente i pensieri sul suo corpo nudo e bagnato. Sul suo sorriso di là del tavolo da picnic al festival dello street food. Sul suo sguardo comprensivo mentre gli confido momenti del mio passato, sull'effetto che fa sentirmelo appoggiato alla schiena.

Mi ero sentita troppo comoda in questa bolla che si era creata per caso.

Gli ho detto cose che non avrei dovuto rivelargli. Voglio cose che non dovrei – *che non posso* –avere. Quando riesco a tornare nella stanza degli ospiti ho le gambe pesanti come piombo, cariche della realtà che ho cercato di ignorare. Il mio corpo, solo un attimo fa pieno di energie, ora è prosciugato. Mi rannicchio nel bozzolo fatto di lenzuola pregiate e soffice piumino, desiderando essere una donna matura, e andare avanti come ho fatto così tante altre volte in passato. Quando Ian mi saluta prima di andare al lavoro, faccio finta di dormire.

DIECI
FORSE È ORA

IAN

«D'ACCORDO.»

Dom solleva lo sguardo dalla sua scrivania, piuttosto compiaciuto. «Sapevo che avresti accettato. Saresti un idiota a non farlo.»

Pensando al silenzio che questa mattina proveniva da dietro la porta chiusa di Trish mi sembra che la giuria stia ancora deliberando se sono un idiota o no. Pensavo che le cose stessero andando bene. Forse ieri sera non avrei dovuto portarla in camera mia. O almeno avrei dovuto chiederglielo prima. Però non la volevo svegliare.

«Oltre al fatto che è la decisione giusta, che cosa ti ha fatto cambiare idea?» Dom si appoggia allo schienale, facendomi cenno di accomodarmi davanti a lui.

Dopo un attimo di esitazione, varco la soglia sulla quale mi ero fermato, e mi siedo. Lascio la porta aperta. Un piccolo passo alla volta.

«Ho pensato che fosse ora di un progresso.» È quello che

dico a Dom. Ma il vero motivo è una bruna bassa, tosta come l'acciaio. Dopo ieri sera, dopo che ho sentito tutto ciò che Trish ha dovuto affrontare e che è riuscita a superare, immagino che sia ora che anche io faccia lo stesso. Ieri sera prima di addormentarmi ho cercato dei terapisti con buone referenze in zona, spinto dalla certezza di Trish che parlarne a qualcuno mi avrebbe aiutato. Ho perfino preso un appuntamento.

«Bene, bene. Anche se, come ho detto prima, il tuo passato qui alla NASA parla da solo. Se Jackie fosse ancora qui, probabilmente la scelta sarebbe tra voi due, anche se forse saresti in vantaggio dato che hai più esperienza nella gestione del personale.» Si gira e digita qualcosa sulla tastiera.

Io lancio un'occhiata alla porta aperta, facendo un respiro mentre ascolto. Non è terribile. Posso farcela.

«Ora, con Jackie all'ufficio astronauti, sarà un gioco da ragazzi riuscire a sostituirmi. Comunque, questa posizione di leadership in Germania renderà i dirigenti più felici, e la tua transizione più facile.» Sbircia lo schermo. «Hai il passaporto in ordine?»

«Sissignore.» Tutti gli impiegati federali devono avere il passaporto sempre pronto e valido.

«Bene, bene.» Annuisce, cliccando con il mouse. «Ti ho appena mandato il programma. Il tuo volo sarà tra due settimane.»

Distolgo lo sguardo dalla porta. «Scusa, come?»

«Due settimane al tuo volo di undici ore per Monaco.» Appoggiandosi di nuovo allo schienale mi fa un ampio sorriso soddisfatto. «Fantastico, no?»

«Già.» Deglutisco. «Fantastico.»

«Penso di aver fatto un casino.»

Jules annuisce mentre scorre il raccoglitore ad anelli spesso cinque centimetri che ospita una lista di controllo per il modello di ISS nell'Edificio 9. «Me l'aspettavo.»

«Ehi, potresti almeno *cercare* di aiutarmi, no?»

«Aiutarti nel senso di dirti che Trish è in difficoltà e così potresti arrivare tu e fare l'eroe? Quel tipo di aiuto?» Mi guarda sollevando un sopracciglio e rendendomi felice, una volta tanto, di non essere un astronauta. Se fossi confinato con lei sulla ISS probabilmente impazzirei.

«Zitta.» Mi guardo intorno ma, Jackie e Mitch, gli altri astronauti che si stanno allenando nell'Edificio 9 sono troppo lontani per sentire. «Ho detto a Trish che non avrei detto niente a nessuno. È nervosa.»

«Nervosa.» Sbuffa prima di rivolgermi un'occhiata che non capisco. «E allora perché stai parlando con me?»

Mi passo una mano tra i capelli, un gesto nuovo per me. Di solito non mi innervosisco. Specialmente al lavoro. «Sei tu quella che la conosce e che sa anche il motivo per cui sta da me.» Per fortuna, Trish ha accettato di informare Jules dall'inizio. Altrimenti avrei dovuto sopportare che questa astronauta pazza mi mettesse sotto come se fossi un cavallo selvaggio del ranch del suo fidanzato, per sapere cosa sto facendo per garantire la sicurezza della sua amica "Nanerottola".

Già, è sicuramente una benedizione non essere un astronauta costretto a condividere per mesi di fila uno spazio minuscolo con questa pazza dalla chioma riccia. Indifferente alla mia agitazione, lei annuisce di nuovo. «Vero.» Accostando un piede sul lato del modulo, si appoggia il raccoglitore sulla coscia in modo da poter usare entrambe le mani per azionare gli interruttori richiesti.

«Dammi.» Afferro il raccoglitore, tenendolo in modo che lei lo possa vedere.

«Grazie.» Appoggia a terra la gamba, continuando a concentrarsi su ciò che deve fare.

«Quindi, come hai fatto a sapere che aveva dei problemi?» Odio doverlo chiedere, ma tra la porta chiusa di Trish questa mattina, la prossima cena con i miei genitori e le due settimane di tempo che ho per prepararmi prima del mio primo volo internazionale, mi sento disperato.

Un'altra sensazione nuova che è emersa da quando Trish è entrata nella mia vita.

Lei respinge la mia domanda stringendosi nelle spalle. «Tu dimmi perché pensi di aver incasinato tutto.» Finisce un pannello e passa al successivo, lanciando ogni tanto un'occhiata al raccoglitore.

A malincuore, le racconto tutto da ieri fino a questa mattina. Glissando sui dettagli più intimi, ovviamente.

«Ah. Non ci vedo niente di male in una scopatina mattutina dopo che il giorno prima avevate "legato"» e qui mi cita, facendo le virgolette in aria, «a bordo piscina.» Mi lancia un'occhiata. «E devo essere sincera: il giorno dopo, Jackie mi racconta molti più dettagli.» Scuote il capo, disgustata. «Chi avrebbe detto che eri così puritano, Kincaid?»

«Non sono puritano. Sono solo cose... personali.» In fiamme per l'imbarazzo, distolgo gli occhi. Ecco a cosa mi ha ridotto Trish. A confidarmi e chiedere consiglio a un'astronauta che va in giro in Ducati e ha una mucca domestica. Mio padre sarebbe più deluso del solito. «Inoltre, non ho mai detto che c'è stata una scopatina mattutina. Solo che abbiamo dormito nello stesso letto.»

«No, aspetta. Come?» Jules si batte le mani sui fianchi e lo schiaffo riecheggia attraverso la capsula Destiny. «Avete dormito nello stesso letto non è successo niente? Nemmeno dopo tutte quelle stronzate romantiche del film straniero?» Quando vede il mio sguardo tira indietro la testa e fa un sospiro. «Ti prego, dimmi che mi stai prendendo per il culo.»

Infastidito, soprattutto dopo la doccia fredda di venti minuti che ho dovuto farmi per riuscire finalmente ad andare al lavoro, abbasso il raccoglitore. «Perché sembri così sconvolta? Pensavo che saresti stata contenta.»

«Contenta?» Cerca di passarsi una mano tra i capelli ma si blocca quando i fitti ricci le impediscono il movimento. «Perché mai dovrei essere contenta?» Tira fuori la mano e i ricci le saltano su come se fosse stata fulminata.

«Sto trattando bene Trish,» le dico lentamente. «Non volevo metterle pressione o andare troppo in fretta.» Lo sguardo incredulo di Jules non cambia. «È nervosa, ricordi?»

Lei fa una smorfia spazientita. «Nervosa non vuol dire suora. Scrive storie porno, per l'amor del cielo.»

«Avrei pensato che, femminista come sei, avresti trovato offensivo definire porno un'autrice di romanzi rosa.»

«"Scrittrice porno" a me piace. Se ci fossero più donne a scrivere porno, ci sarebbero più romanzi buoni. Non c'è niente di antifemminista in questo.» Jules si riprende il raccoglitore borbottando: «E non posso credere che tu abbia lasciato la nanerottola arrapata.»

Mi va di traverso l'aria. «Cosa?»

Mi punta addosso un dito lungo e dall'unghia corta, che sembra più pericoloso del fucile di Trish. «Ar-ra-pa-ta.» Si china di nuovo sul raccoglitore e sfoglia un po' di pagine. «Bella roba.» Mentre scorre il dito lungo la pagina in cerca del comando giusto, continua a borbottare qualcosa sugli uomini e le loro stupide maniere garbate. Quando trova quello che cerca, mi lancia di nuovo il raccoglitore prima di direzionarsi verso il pannello successivo. «Probabilmente Trish è incazzata perché si è svegliata con l'equivalente di una erezione mattutina, e tu non hai fatto niente.»

«Non è possibile.» Oppure sì?

Jules solleva un sopracciglio e mi dà dell'idiota.

È possibile?

Rivedo nella mia mente tutta la mattinata. Lei che si avvicina tutta coccolosa. Che mi prende la guancia con il palmo della mano. Che mi sorride lenta e seducente quando mi dice buongiorno.

«Bodie!» grida Jules, facendomi fare un salto.

Un attimo dopo l'astronauta tranquillo sbircia da dietro l'angolo.

«Da quanto tempo sei lì?» Gli chiedo, preoccupato di quello che io e Jules abbiamo detto su Trish.

Lui mi fa l'occhiolino allungando la mano per prendermi il raccoglitore. «Abbastanza per sapere che hai una signora arrapata da calmare.»

«Eccome!» Jules osserva il pannello sopra di lei concentrata su quello che deve fare.

Mi sa che oggi me ne andrò di nuovo prima del solito.

Sfrecciando tra le case per poco non esco di strada quando entro nel mio vialetto. Sono agitato. Nervoso. Decisamente eccitato.

Ma quando entro in casa e sono di nuovo accolto dal silenzio, ho solo dei ripensamenti.

Arrapata. Ma ti prego. Non esiste. E *se anche esistesse*, è solo una cosa da Jules.

Mi prendo il viso tra le mani, cercando di stare calmo.

Faccio un respiro profondo e apro il frigorifero, apprezzando l'aria fresca che mi investe.

Mi farò un panino. Farò un panino a Trish. Poi la invito giù a mangiare e intanto cercherò di capire come va. Mi riempio le mani di affettati e salse, poi dispongo tutto sul bancone della cucina e afferro un filone di pane dal mobiletto.

Qui si tratta di Trish. Devo stare attento. Serve una strategia. Pianificare. Il minimo movimento improvviso non pianificato e...

«Stai andando alle prove per la cena, vero?»

Sollevo gli occhi e per poco non faccio cadere la bottiglia di maionese che ho in mano.

Trish, in un minuscolo bikini diverso da quello di ieri, se ne va a zonzo per la cucina con il laptop in mano. Il bikini è color rosa pallido con balze bianche lungo la scollatura del top e sulla sgambatura degli slip quasi inesistenti. Un po' vezzosa e un po' femme fatale.

Non sono mai stato così felice di avere una piscina.

«Ian?» Il sorriso diabolico sul suo volto mi dice che sapeva esattamente cosa stava facendo quando l'ha indossato. «Vai alla cena?»

«Ah, sì.» Mi schiarisco la voce. Forse Jules aveva ragione con il suo commento su una certa signora arrapata.

«Bene.» Arriccia le labbra rosa e carnose, guardandomi da sotto le ciglia scure. «Pensavo che magari ci potevamo andare insieme.»

Mi appoggio al bancone e incrocio le braccia, fingendo indifferenza nella speranza di nascondere l'erezione. «Beh, Signorina Garrett, mi stai chiedendo di uscire?»

Lei si stringe nelle spalle e la mossa le fa tremolare le balze del costume. I miei pantaloni si fanno più stretti.

Altro che mettere a fuoco. Mi spingo via dalla mia postazione e faccio un passo verso di lei.

«Oh no, *Signor Kincaid*,» mi prende in giro, sollevando la mano libera per tenermi a distanza. «Devo scrivere un sacco di parole.»

Mi acciglio, con il cervello che ha qualche difficoltà a funzionare dato che tutto il sangue si è raccolto da un'altra parte. «Parole?»

Solleva il laptop. «Ogni giorno devo fare almeno un paio di ore di lavoro serio, adesso che abbiamo individuato una nuova idea per una storia.»

L'uso del plurale maiestatis mi eccita ulteriormente. Quando la squadro di nuovo da capo a piedi giurerei che il mio cazzo mi voglia strappare le cuciture dei pantaloni. «E tu devi mettere le tue "parole" lì dentro?»

È a piedi scalzi, con le unghie rosa pallido intonato al due pezzi, così come il rossetto, e per qualche motivo tutta questa armonia di colori mi sta facendo impazzire. È così minuta che la sua testa mi arriva alle spalle. Mi fa venire voglia di sollevarla, di avvolgermi le sue gambe intorno ai fianchi e di prenderla. In camera mia al piano di sopra, addosso al muro della cucina, diamine, la prenderei di nuovo sulla poltrona della piscina, se mi lasciasse fare. Anzi, una scopata all'aria aperta potrebbe diventare una mia perversione. A patto che sia con lei.

Come se mi leggesse nella mente, lei guarda la piscina, fuori dalla finestra. «È una bella giornata. Potrei anche prendere un po' di sole per il matrimonio.» Strappa un foglio dal suo taccuino. «Tieni.»

Lo prendo, e vedo una lista di nomi e numeri di telefono.

«Ho fatto una lista dei terapisti che ho trovato. Sono tutti famosi per essere specializzati in disturbi di ansia tipo claustrofobia.»

I nomi sul suo elenco sono gli stessi di quelli che avevo trovato io questa mattina. Nonostante fosse così arrapata, è riuscita a trovare il tempo per aiutarmi. «Grazie.»

«Figurati, dolcezza.» Si avvia con disinvoltura verso la porta finestra. «Perché non fai un po' di telefonate mentre io scrivo?» Poi è fuori, e io rimango qui con una lista e un'erezione.

. . .

Un'ora dopo la situazione nei miei pantaloni non è migliorata. Probabilmente perché invece di lavorare da remoto dal mio ufficio mi sono portato il portatile in cucina in modo da potere stare seduto al tavolo con la perfetta visione di Trish seduta a gambe incrociate su una delle sedie da pranzo del patio, mentre picchietta le unghie rosa sulla tastiera.

All'inizio le fissavo la pelle nuda, osservando il modo in cui si strofinava la lozione sulle gambe, su come il suo corpo saltellava mentre si sistemava sulla sedia ogni tanto, come se fosse eccitata per qualche nuova idea. Ora, dimenticato il mio lavoro, sono catturato dal suo viso minuto e ovale che assume un'infinità di espressioni mentre scrive.

In meno di un minuto passa dall'essere accigliata, al sorriso, a occhiate fulminanti, a sembrare sul punto di piangere, come se stesse provando tutto ciò che scrive.

Se io sentissi tutte quelle cose in così poco tempo sarei distrutto.

Questo è uno dei molti motivi per cui sono così tanto attratto da lei. Infatti, per quanto poco mi dica, ci sono un sacco di cose che fa nei momenti in cui non sta sulla difensiva. Sono rimasto colpito la prima volta che l'ho vista tutta felice e gioiosa da Boondoggles, mentre agitava una mano in aria. Un attimo dopo era tutta infastidita con Rose, che le stava vicino. Anche se, mentre stavano litigando, gli occhi di Trish rimanevano rilassati, la bocca ancora atteggiata a sorriso, l'affetto per la sua amica ben visibile.

Per una persona come me, cresciuta in una famiglia così chiusa e a cui è stato insegnato di nascondere ogni cosa sotto una maschera di indifferenza, lei è stata una tonificante folata di vento, che ha spazzato via tutta la pesantezza stagnante che mi aveva zavorrato per la maggior parte della mia vita.

Trish solleva una mano passandosi le dita sulla parte alta dei seni e giocherellando con la balza bianca, il che mi fa deglutire.

Per poco non mi perdo la sua occhiata fugace alla finestra della cucina e il suo sorriso malizioso.

Ah, è così eh?

Sorridendo, mi alzo e vado in camera a cambiarmi.

È un gioco da fare in due.

Trish

La porta finestra si apre e io sorrido a me stessa. *Allora non siamo così indifferenti, eh?*

Nella prima ora dopo che Ian era andato a lavorare ero stata dapprima confusa e delusa, e subito dopo orgogliosa con me stessa per non avere fatto niente di stupido, ma anche determinata a mantenere le distanze. Ero persino riuscita a mettere da parte la mia agitazione per fare una ricerca sui terapisti specializzati in claustrofobia.

Ma soprattutto ribollivo di rabbia.

Come osa farmi eccitare e poi andarsene solo con un bacetto sulle labbra? A che gioco pensa di star giocando?

Un'ora fa, quando ho sentito la porta del garage aprirsi, è stato come se mi fosse scattato qualcosa dentro.

Se devo stare a casa sua, in questa bolla che mi sono autocreata, tanto vale godermela. E questo significa sesso. Tanto, tanto sesso.

Se Ian la pensa diversamente, beh allora gli farò cambiare idea.

E così rieccomi, con il trucco del bikini.

E, dato che Ian non è riuscito ad aspettare le due ore che gli avevo chiesto prima di uscire, il vecchio detto "Se funziona, non cambiarlo" sembra essere più vero che mai.

«Ho ancora 45 minuti,» gli dico senza staccare gli occhi dal portatile e impegnandomi a non apparire troppo soddisfatta di quello che sto facendo. Però, sinceramente, non è che mi serva altro tempo. Ho scritto il doppio di quanto normalmente faccio in due ore. Ciao ciao, blocco dello scrittore!

«Non ti preoccupare, tu continua scrivere. Ho pensato di farmi qualche vasca.»

Sollevo lo sguardo. «Certo...» Mi va di traverso l'aria e per poco non mi strozzo.

Ian indossa un costume da bagno. Non i pantaloncini di ieri. No.

Ha un paio di slip aderenti.

Ora, può sembrare una cosa un po' sessista, ma pensavo che nessun uomo potesse stare bene in un costume da bagno così succinto. Io ho sempre preferito gli uomini in boxer. Modello surfista californiano, se vogliamo.

Ma avevo torto. *Un sacco* di torto.

Perché nei suoi slip minuscoli Ian Kincaid sembra un Dio onnipotente. Altro che Capitan America. Lui è Poseidone.

«Sei a caccia di mosche?» mi chiede scherzando e sollevando un braccio mentre fa un po' di stretching.

Io chiudo di scatto la bocca e cerco di fare l'indifferente. Ma sono sicura che non mi riesce. «Tu, ehm, è che mi hai sorpreso.»

Fa roteare ogni braccio alcune volte poi se lo stira davanti al petto. «Mi dispiace.»

Non sembra per nulla dispiaciuto. Anzi, sembra totalmente compiaciuto di sé stesso. Sembra un gatto che si è appena mangiato un uccellino. E da come mi sta battendo il cuore, ora mi sento molto uccellino.

Dovevo essere *io* ad attirarlo verso di me, abbattendo tutte le sue riserve. Non il contrario. Pensavo che se avessi avuto il controllo avrei avuto meno probabilità di essere emotivamente vulnerabile. Per me sarebbe stato più semplice fare scoppiare la bolla dopo le nozze, e andare avanti con la mia vita.

Ma ora il mio stupido cuore sta cercando di prendere il comando, anche se la mia testa sa molto bene che nonostante questo Poseidone sia così sexy da fami venire voglia di dargli un assaggio della mia Venere, non possiamo stare insieme come si deve.

«Non ti distraggo, vero?» Il maledetto solleva una gamba facendo stretching ai quadricipiti, e spingendo in avanti i fianchi. Non vacilla minimamente, esibendo un perfetto equilibrio.

Mi asciugo il labbro umido, percependo l'aria molto più calda di quanto sembrava qualche minuto prima. «No. Certo che no.»

Cambia gamba. «Bene. Non vorrei che tu non riuscissi a inserire le tue parole.»

«Mmm-mmm,» riesco a pronunciare, con gli occhi ancora incollati al suo corpo. Non ha neanche un filo di grasso. Cioè, l'ho già visto ieri senza camicia, ma ora... I miei occhi vagano sulle sue cosce nude, sulla V ben definita dei suoi fianchi in mostra in quel costumino basso, e il pacco *molto* evidente dentro lo slip. Devo strizzare gli occhi per costringermi a distogliere lo sguardo.

Giurerei di sentirlo ridere, ma evito di guardarlo, mentre fisso lo schermo del mio computer.

Alla fine, arriva il tuffo nell'acqua, seguito dal suono delle sue braccia e gambe che lo sospingono. Pensando di essere al sicuro guardo di nuovo la piscina.

La vista dei suoi muscoli bagnati e nudi, che si tendono e flettono mentre solca una linea retta lungo la vasca mi fa seccare la bocca. Improvvisamente sento molta, molta sete.

Alla fine della piscina fa una capriola, roteando velocemente sotto acqua e spingendosi sul bordo per riprendere le bracciate nell'altra direzione, con movimenti che risultano più aggraziati di quelli di qualsiasi ballerina.

Non ho idea di quanto tempo rimango seduta lì, a fissarlo. So solo che il sole si è spostato e mi sta accecando, il che mi costringe a distogliere lo sguardo dalla piscina. Potrei stare seduta qui a guardarlo per il resto della mia vita, e mi sentirei felice.

«Ripigliati, Patty. Non è una cosa a lungo termine.»

Parlare da soli è il primo segno di follia, almeno così ho sentito dire. Con la coda dell'occhio vedo Ian che fa una capriola e poi continua. Le sue membra si allungano mentre ondeggia sott'acqua come un delfino prima di tornare in superficie e riprendere le sue bracciate a stile libero.

«Oh buon Gesù.» In questo momento non sono certamente sana di mente.

Perché nonostante stia parlando a me stessa mentre cerco di raccogliere tutta la mia razionalità, mi alzo in piedi, cammino fino al bordo della piscina, e mi ci tuffo.

È UNA FOLLIA. *Tu sei folle.*

Mi ripeto queste parole mentre riemergo con un respiro profondo e rompo il filo dell'acqua prima di appoggiarmi contro la parete, in attesa di Ian.

Il suo corpo scompare mentre fa una capriola all'estremità opposta e poi si precipita verso di me, alla velocità della luce. Nella mia mente non ci sono dubbi che potrebbe avere vinto delle medaglie se avesse scelto di andare alle Olimpiadi. Ma egoisticamente sono contenta che non l'abbia fatto.

Il battito sul mio collo accelera man mano che si avvicina senza accennare a rallentare. La forza delle sue bracciate è intimidatoria.

Porca paletta. E se non mi vede?

In preda al panico mi giro, pronta a saltare fuori, quando una grande ondata mi colpisce da dietro e due braccia forti mi bloccano contro il fondo.

«Dove stai andando?» Ha il respiro irregolare, proprio attaccato al mio orecchio.

Il mio corpo viene interamente ricoperto dalla pelle d'oca mentre una ondata di calore mi costringe a sfregarmi le cosce. «Io, ehm, non sapevo se mi avevi visto e stavo cercando di togliermi dai piedi.» Ian non è l'unico a essere senza fiato. Solo che nel mio caso non è per le tante vasche.

«Ti avevo visto.» Con le labbra mi sfiora l'orecchio. «Non vedo altro che te.»

Zitto, cuore. Zitto. Ma non serve. Il mio cervello, che prima era convinto che solleticare Ian mentre me ne stavo nella mia bolla protettiva fosse un'idea brillante, ora è in silenzio, soffocato dal battito veloce e rumoroso che ho nel petto.

Ian mi prende per le spalle e mi gira prima di abbassarsi e sollevarmi. Mi tira le gambe sui suoi fianchi e il mio inguine si struscia proprio sul davanti del suo costume.

Rabbrividisco per lo strofinìo, ma faccio del mio meglio per ignorare questa sensazione. «Questa mattina sei scappato.» Mi odio mentre lo dico.

Lui si acciglia, con lo sguardo dispiaciuto. «Stavo cercando di non farti pressione.»

«Quindi hai preferito lasciarmi arrapata?»

Lui scoppia a ridere, con le spalle scosse da sussulti. «Cristo, pensavo fosse solo una cosa che dice Jules.»

Stringendogli le gambe dietro la schiena, gli afferro il viso con entrambe le mani. «Cosa ne sai tu di Jules arrapata?»

Ride ancora di più e gli ci vuole un po' per rispondermi. «Quando ti ho salutata questa mattina ero preoccupato perché non mi avevi risposto, quindi ne ho parlato con Jules.» Sembra imbarazzato, mentre il suo sguardo mi evita. «Ha detto qualcosa a proposito di essere arrapata, ma non ci credevo.»

Rido, immaginando la sua espressione dopo che Jules gli ha regalato quella chicca. Torno a mettergli le mani sulle spalle e abbasso lo sguardo per osservare una gocciolina di acqua che gli scivola lungo il collo fino all'incavo della clavicola. La mia risata si affievolisce mentre emergono delle insicurezze che non sapevo di avere e che a quanto pare non riesco a vincere. «Pensavo che forse non volessi farlo dopo la nostra chiacchierata di ieri sera. Dopo quello che ti ho detto... sul mio passato e...»

«Ehi.» Ian aspetta che trovi il coraggio di guardarlo. Quando lo faccio, sono scioccata dall'intensità del suo sguardo. «Da quando al bar hai salutato un gruppo di ingegneri ubriachi urlando qualcosa di buffo, sei tutto ciò che abbia mai voluto. Amo la tua natura socievole. L'energia che trasmetti. Quello che mi hai detto non fa altro che aumentare il mio desiderio. Sei davvero incredibile. Trish Garrett.»

Tutta la tensione che non sapevo di avere addosso da questa mattina svanisce, riportandomi il sorriso e, con esso, calde lacrime di sollievo. Spero che si mescolino con l'acqua della piscina che ho addosso.

«Inoltre, pensavo che tu fossi imbarazzata per quello che ti ho detto io.»

Mi acciglio, non riuscendo a seguirlo. «In che senso?»

Lui alza le spalle e la mossa fa delle cose deliziose ai suoi pettorali. «Pensavo che questa mattina fossi tornata nella tua stanza degli ospiti perché forse non ti piacevo più sapendo che sono un uomo adulto che ha paura degli spazi piccoli.»

«Ma è ridicolo. Non è una cosa di cui vergognarsi.»

Sorridendo, Ian sposta le mani dalle mie cosce alla schiena, avvolgendomele intorno e tirandomi verso di sé per un abbraccio, una cosa molto più intima del sesso.

Nonostante i nostri corpi siano nella posizione giusta e, a

giudicare dalla pressione sotto il costume, più che pronti per il sesso, il mio stupido cuore mi fa sprofondare tra le sue braccia, accogliendo il suo affetto come fossi un animale affamato. Ho la sensazione che sia lo stesso anche per lui.

Nel corso degli anni posso anche avere avuto una o due avventure da una botta e via quando ero in preda alla solitudine e poi la mattina dopo abbandonavo la città per tagliare qualsiasi ponte. Ma da quando ho iniziato a fuggire questa cosa non mi era mia successa. Questo senso di comprensione. Questa sensazione di...

I miei pensieri mi fanno irrigidire il corpo. Mi allontano dal suo abbraccio.

Sbatto le ciglia guardandogli il viso così bello con quello sguardo così sincero, e faccio fatica a tornare alla realtà. *Non osare, Patty Anne Garrett. Non osare innamorarti di quest'uomo.*

Non so se è perché riesce a percepire il mio panico, oppure perché il mio corpo teso è segno del mio desiderio di fuga, o forse semplicemente perché lo vuole fare. O magari tutto insieme.

Fatto sta che mi bacia.

Non è un bacetto.

È potente e profondo. Struggente.

Mi catapulta in un'emozione così forte che la realtà sembra solo un sogno.

Il bacio continua e le mie lacrime si mescolano al cloro.

Muovendosi nell'acqua Ian sale la scaletta laterale tenendomi stretta al petto.

Se il mio costume non fosse già stato bagnato, lo diventerebbe ora.

«Bagneremo dappertutto,» gli dico distratta mentre ci avviciniamo alla porta. «Si rovineranno i pavimenti.»

«Hai ragione.» Ian mi mette giù davanti alla porta finestra. «Dovremmo spogliarci. Per i pavimenti.»

In un movimento molto fluido si china e abbassa il costume fino al pavimento con un rumore di bagnato. Poi si raddrizza. Lui e il suo bell'uccello.

Inclino il capo, osservandolo mentre cerco di controllare il respiro. È abbastanza lungo da richiedere entrambe le mani per poterlo ricoprire completamente dalla radice alla punta. Lo so perché è esattamente quello che sto facendo ora: allungo le mani per accarezzarlo e stringerlo. È liscio e perfetto, percorso da una vena che gli scorre sotto la pelle. Non ho mai considerato questa parte del corpo maschile come qualcosa di bello: al massimo uno strumento da orgasmi, ma ancora una volta Ian sta cambiando il mio modo di pensare.

«Trish.» La sua voce è come una preghiera mentre si appoggia alla mia fronte.

Lascia che io continui a esplorarlo e intanto mi mette le mani intorno e mi sgancia il reggiseno. Quando me lo sfila e i miei capezzoli vengono esposti all'aria, mi sposta le mani dal suo sesso prima di inginocchiarsi con gli occhi all'altezza del mio ombelico. Le sue labbra disegnano leggere un sentiero di baci adoranti sulla mia pancia mentre con le dita lunghe mi accarezza l'inguine, passando sotto la balza del mio costume.

«Questo costume,» mormora. «Lo adoro.»

Poi non c'è più, è stato trascinato lungo le mie gambe, con una scia di pelle d'oca prodotta dal passaggio del tessuto freddo e bagnato. O forse è stato Ian: anche le sue labbra si sono abbassate, arrivando a baciarmi sopra l'inguine, e mentre io mi sfilo il costume lui mi allarga le gambe.

La sua lingua scatta fuori passandomi sopra il clitoride.

«Buon Dio.» Crollo, con le spalle appoggiate alla porta.

«Ti divorerei tutta, ora,» dice Ian baciandomi e leccandomi. «Ma non ho intenzione di mentire: le ginocchia mi fanno un male terribile.»

Abbasso lo sguardo e mi rendo conto che è inginocchiato sul cemento ruvido del patio. Rido.

«Pensi che sia divertente, eh?» Si alza e mi prende in braccio di nuovo.

Come se dotate di una memoria propria, le mie gambe si avvolgono di nuovo intorno ai suoi fianchi, e il suo cazzo perfetto e meraviglioso si strofina contro di me, facendomi gemere.

Allunga una mano e apre la porta della cucina. L'aria fredda del condizionatore mi colpisce la pelle e intensifica i brividi che la percorrono senza però riuscire a spegnere il calore che mi viene da dentro.

Attraversando a grandi passi la cucina Ian arriva dove sono appoggiati il suo portafoglio e le chiavi. Tenendomi sempre in braccio, apre il portafoglio ed estrae un preservativo.

«Sempre preparato, eh?» gli chiedo, senza smettere di sorridere.

Mi dà un bacio veloce prima di tornare alla stanza della televisione. «Mi chiamate tutti Capitan America. Lui è l'essenza del boyscout no? Sempre preparato.»

Rispondo baciandolo, ma non è un bacetto superficiale. Prima di arrivare al soggiorno Ian deve fermarsi e appoggiarmi alla porta della dispensa per baciarmi come si deve.

Quando arriviamo, il nostro fortino di cuscini e coperte è ancora sul pavimento. «Ora ti mostrerò esattamente cosa ti volevo fare ieri sera.» Mi appoggia a terra con il morbido tessuto di ciniglia che mi accarezza la pelle facendomi contorcere come un gatto. «Ora vedrai quanto mi sono trattenuto.»

«Non trattenerti.» Allungo le mani per tirarlo giù verso di me. «Non trattenerti,» ripeto, non sapendo se sto parlando a lui o a me stessa.

Ci baciamo e ci esploriamo con le mani, desiderosi sia di toccare che di essere toccati dappertutto e tutto in una volta. Liberandosi dalla mia bocca, Ian si fa strada a forza di succhiare e mordicchiare, verso il collo, la clavicola e i seni, stringendomeli prima di arrivare finalmente dove lo sto desiderando con più ardore.

Mi passa le mani sotto il sedere, sollevandomi fino alla sua bocca. La stanza è illuminata dal sole che entra dalle ampie finestre, le mie gambe sono spalancate e ogni linea e imperfezione del corpo è in bella mostra. Non sono mai stata così tanto esposta a un uomo prima d'ora, sia fisicamente che emotivamente. Però non c'è nessun panico. Mi sento al sicuro.

Ne voglio ancora.

La sua lingua si insinua dentro di me, muovendosi in su e poi girando intorno al mio clitoride. Su e giù, indietro e avanti. Proprio quando penso di non poterne più e i miei fianchi stanno fremendo, quando non so se ne voglio ancora o se non ce la faccio più, lui mi prende tutta in bocca e mi succhia.

Io scoppio in un grido.

Il mio corpo si irrigidisce mentre sono preda del piacere. Ian solleva il capo e mi guarda venire mentre mi bacia le cosce, i fianchi, la pancia. Preme con il palmo della mano, aumentando il mio orgasmo. «Brava,» mi loda. «Sei bellissima.»

Quando sono distrutta e appoggiata ai cuscini, mi si stende sopra. Mentre ci baciamo riconosco il rumore della plastica, e vedo che le sue spalle e braccia si muovono tra i nostri corpi mentre si infila il preservativo. Si appoggia contro la mia apertura.

«Trish.» Il suo respiro è caldo sulla mia pelle. «Dimmi che va bene. Dimmi che lo vuoi.»

Seria come non sono mai stata, lo fisso negli occhi azzurri. «Lo voglio.»

Mi penetra, duro e forte. Le mie pareti interne, che si stanno ancora contraendo per l'orgasmo di prima, lo stringono. Lui oscilla i fianchi e il suo corpo lungo e snello da nuotatore spinge contro il mio.

«Ti prego,» lo imploro. «Muoviti. Voglio...» gli pianto le unghie nella schiena.

«Cosa vuoi, Trish? Dimmi cosa vuoi.» Si tira un po' indietro poi dà una leggera spinta. «Voglio darti tutto quello che desideri.»

«Ancora. Più forte.» Gli afferro il viso con le mani e lo fisso di nuovo negli occhi. «Ti voglio tutto. *Ora*.»

Posso solo immaginare quanto selvaggi possano sembrare i miei occhi mentre Ian risponde alla mia richiesta tuffandosi dentro di me, con il mio corpo minuto che ha un sussulto a ogni spinta dei suoi fianchi. Grido, gli infilo i talloni nei glutei e cerco di tirarlo ancora di più, nel tentativo di farlo arrivare fino in fondo, dove nessuno è mai stato.

È solo quando siamo entrambi rauchi per l'orgasmo, quando i nostri respiri ansimano allo stesso ritmo, che mi rendo conto che Ian l'ha già fatto.

Lui mi è arrivato al cuore.

IAN

È NOTTE. Siamo di nuovo a letto mio.

Ho le braccia di nuovo intorno a Trish, anche se questa volta siamo nudi. Nudi e accoccolati, che è la cosa più bella.

Dopo il sesso intenso e disperato in salotto, il mio cervello è tornato a funzionare e l'ho portata al piano di sopra dove abbiamo fatto un amore lento. Pacato. Come avrei dovuto fare questa mattina.

Lei non si è tirata indietro nemmeno una volta. Facciamo progressi.

Le bacio la cima della testa, e i capelli spettinati mi solleticano il naso. «Dovresti trasferirti in camera mia.»

Le si irrigidiscono le spalle e questo crea un mezzo centimetro di spazio tra di noi, che prima non c'era.

Merda.

«In che senso?» La nota di panico nella sua voce mi fa fare un passo indietro.

«Ho dato un occhio alla camera degli ospiti e sembra un disastro.» La stringo e me la tiro vicina, eliminando quel minuscolo spazio.

«Stai zitto.» Mi dà una gomitata ridendo. «So che devo sistemare.»

Tenendola vicina a me abbasso la testa per strofinarle il naso sul collo, sperando di distrarla da quello che in realtà volevo dire. «Se hai bisogno di altro spazio per le tue cose, ho un sacco di armadi.» Pensavo sarei stato soddisfatto di tutto ciò che Trish mi ha dato ma in realtà l'unico risultato è che ora ne voglio di più. La voglio per intero nella mia vita.

C'è un attimo di silenzio prima che risponda. «Questa cosa con i tuoi genitori è domani, giusto?» mi chiede, ignorando il mio commento sugli armadi.

L'unica cosa negativa di abbracciarla da dietro è che non riesco a vederla in faccia, a valutare la sua espressione. «Sì.» Cerco di assumere un tono leggero. «Durante la giornata ho delle riunioni a cui non posso mancare, ma dopo il lavoro passo a prenderti così possiamo andarci insieme.»

«Mmm. Okay.»

Quando penso che ormai si sia addormentata, mi chiede: «Volevo chiederti, perché accompagnarti a questo evento era il prezzo per farmi stare qui? Perché ti serve qualcuna con cui uscire?» Mentre parla la sua voce addormentata si fa un po' più sveglia.

Con un sospiro le dico la verità. «Ho pensato che fosse il

modo più semplice per togliermi dai piedi mio padre e la sua mania di volermi sistemare con la figlia di uno dei suoi compagni di merende.»

Ride di nuovo e sento lo sbuffo del suo fiato sul braccio che la stringe. «Sarei il tuo scudo eh?»

Rido con lei. «Già. Sei il mio cavaliere dall'armatura scintillante.»

Trish si gira tra le mie braccia voltandosi verso di me. «Quindi io sarei la tua finta fidanzata che viene a trarti in salvo?»

Le bacio la punta del naso. «Non deve per forza essere per finta.»

Trish abbassa la testa, guardandomi il petto, passandomi un dito sui pettorali. «Perché non dici semplicemente di no a tuo padre?» chiede, ignorando di nuovo le cose che le dico alle quali non è preparata.

Io faccio un sospiro, cercando di calmare la mia frustrazione. La frustrazione per l'esitazione di Trish e per mio padre. «Mio padre tende a rendere tutto più difficile, quindi cerco di non affrontarlo di petto. Così è più facile.»

Di nuovo silenzio.

Poi, a voce bassa, mi chiede: «Ma perché io? Avresti potuto portare chiunque come fidanzata.» La punta del suo dito si blocca sopra il mio cuore. «E probabilmente sarebbe anche stata più semplice da gestire.»

La stringo tra le braccia, senza riuscire ad avvicinarla abbastanza. «Non c'è nessun'altra che voglia vicino a me.» Trish si accoccola di più, come se condividesse i miei pensieri. Devo avere più pazienza.

La preoccupazione per l'evento di domani sta aumentando. Forse portare Trish con me e presentarla ai miei genitori non è l'idea migliore. Non per me, ma per lei. Siamo arrivati fin qui. Non voglio spingere troppo e spaventarla. «Non devi venire se non te la senti.» Tolgo un braccio e le sollevo il capo fino a quando i nostri sguardi si incrociano. «Non voglio che tu ti senta in debito, o costretta a venirci.»

L'insicurezza abbandona la sua espressione e mi regala un sorriso lento e sexy. «Non saprei. Essere lo scudo di Capitan America sembra abbastanza favoloso.» Con la mano mi afferra la nuca e mi attira verso di sé.

Il mio corpo non può fare altro se non rispondere. «Sei sicura?» Tutte le mie preoccupazioni svaniscono mentre premo le labbra sulle sue.

«Mmm,» mormora appoggiata alle mie labbra, facendomi scivolare la lingua dentro la bocca mentre le sue piccole mani mi avvolgono il sesso che sta diventando sempre più duro, e con il pollice mi accarezza la punta, inumidita dalle prime gocce di seme.

Mi scappa un gemito, il piacere mi svuota la testa. Non penso ai miei genitori, alle insicurezze di Trish, alla mia presa incerta su questa donna sfuggente.

La mia testa è piena solo della sensazione del suo corpo addosso al mio. Il suono seducente del suo respiro nelle mie orecchie. Il battito ritmico dei nostri cuori che risuona nella notte.

UNDICI
PUNTO CENTRALE

Trish

Qualcuno sta cantando.

Sono vagamente consapevole del duo country Big and Rich che distribuisce banconote da cento dollari. È solo alla seconda battuta che ho un momento di lucidità e mi rendo conto che è la suoneria del mio telefono.

Come preannunciato dalla canzone, si tratta di Rose. È un mistero come sia riuscita a entrare nel telefono di tutte e si sia data questa suoneria.

Sentendomi più rintronata del solito, probabilmente per tutto il sesso di ieri sera *e* di questa mattina, tiro fuori un braccio da sotto il cuscino e con movimenti impacciati passo il pollice sullo schermo. «Pronto?»

«'Giorno splendore!» mi grida Rose con voce decisamente troppo squillante. «Tira su quel culo pigro, oggi si fa esercizio!»

Allontanando il telefono dall'orecchio cerco di battere gli occhi per svegliarmi meglio. «Esercizio? Da quando tu fai esercizio?»

«Da quando sono su Groupon.»

Anche se l'idea della mia amica miliardaria che sta su Groupon mi fa sorridere, mi avvolgo più stretta alle coperte di Ian. «Che ne diresti se ti faccio un buono, dolcezza?» Sbadiglio, chiudendo di nuovo gli occhi. Ho il corpo deliziosamente dolente per gli esercizi cui mi ha sottoposto Ian.

«Che ne diresti se vengo e ti rapisco? La palestra sta dalla tua parte della città. Passo alla tua roulotte e ti prendo su.»

«No, no.» Mi metto a sedere con gli occhi spalancati. «Non ti prendere il disturbo. Ci, ehm, ci vediamo là.»

«Sei sicura?»

«Sì.» Annuisco con foga, anche se lei non mi può vedere. «Assolutamente.»

«D'accordo allora, belle tette. Ti mando l'indirizzo. Ci vediamo tra un'ora.» Poi sparisce, riattaccando per fare le mille altre cose pazze che fa lei, mentre io mi spaparanzo a letto con il cuore che batte rapido come le ali di un colibrì.

«Un club di striptease.» Abbiamo parcheggiato entrambe sotto l'insegna Heartbreakers. La luce al neon spenta mi rende ansiosa e mi mette a disagio. Ho lo stomaco rivestito di piombo mentre guardo questo edificio anonimo di mattoni chiari.

L'amaro senso di dèjà vù mi dà la nausea.

«Beh, wow,» grida Rose che, fedele al suo stile, si è adeguata all'ambiente con tanto di brillantini e tutto il resto. «Quale posto migliore di un club da striptease per fare un po' di esercizio di pole dance?» Scuote i capelli cotonati, e una pioggia di brillantini le si riversa addosso. «È una genialata, se ci pensi.» Alla luce del mattino il suo body metallico emana dei prismi di luce simili a degli arcobaleni. Con le calze a rete blu zaffiro sotto il body a una sola spallina, e con gli zatteroni alti dieci centimetri, sembra una specie di Jane Fonda post-apocalittica. Ci crede proprio.

Un'occhiata ai miei semplici leggingneri con le sneaker rosa mi fa sentire stranamente nuda.

Una sensazione che odio.

«Dai. Mica vogliamo arrivare in ritardo. E se ci prendono tutti i pali migliori?» Rose avanza impettita. E anche se preferirei essere in qualsiasi posto diverso da un club da striptease, la seguo, preoccupata che non cada e si sloghi una caviglia.

Nonostante le mie preoccupazioni, Rose riesce ad attraversare il parcheggio senza bisogno di aiuto. Quando finalmente ci infiliamo nella penombra della porta, io sto tossendo per colpa di tutti i brillantini di Rose che sto respirando.

Lei si guarda la pelle, che sotto le luci roteanti multicolor sul soffitto brilla come quella di un vampiro di Twilight. «Fico!»

«Ciao ragazze!» Una donna minuta ma prosperosa, in tacchi alti e un bikini rosso pieno di lacci, attraversa il palco centrale come fosse su una passerella. «Mi chiamo Angela e sarò la vostra insegnante per oggi.» Con un'agile mossa che potrebbe sembrare di danza classica si china sul bordo del palco, lo afferra con una mano e scende con un salto, atterrando aggraziata davanti a noi con un paio di zeppe alte quindici centimetri. «Sono così contenta che ce l'abbiate fatta.» Osserva Rose e un sorriso le illumina il volto. «Adoro il tuo outfit.»

Lei si pavoneggia tutta. «Grazie.»

«Non lo sapevo.» Mi sento in dovere di scusarmi per come, o quanto, sia vestita. Lancio un'occhiataccia a Rose. «Non mi aveva detto che si trattava di una lezione di pole dance.»

«Ovviamente no.» Rose soffoca una risatina. «Perché il tuo culo da signora del sud si sarebbe rifiutato di presentarsi.»

«Non è vero!» Okay, sì, è vero. Ma non per il motivo che pensa lei.

«Non ti preoccupare, bambola.» Angela mi afferra un

braccio con il suo e mi tira verso di sé, come una madre che consola un figlio. «Ti ambienterai in un attimo.»

Un lampo di luce naturale penetra nella stanza dalla porta aperta. «Non vedo l'ora di mettere le mani su quel palo.»

Rose, Angela e io ci voltiamo e vediamo un gruppo di tre donne più anziane che si fanno strada dalle porte anteriori oscurate.

«La smettete con tutte queste insinuazioni sui pali?» dice una donna con i capelli lunghi e neri. «Non ne posso più.»

«Parlo di esercizio.» La donna con i capelli bianchi corti con il gel mi sembra terribilmente familiare. «Non ci posso fare niente se tu pensi sempre alla stessa cosa.»

«All'esercizio,» dice la terza donna ridendo. «Ma vi prego. Sapete bene che venite a queste lezioni solo per imparare a sculettare. Non ci provate neanche ad arrampicarvi sul palo.»

«Oh, stai zitta, Nina. Sei solo gelosa del mio culo sodo come una roccia. Te l'avevo detto di venire a fare camminata veloce con me.»

«#ObiettiviDaFemmine,» mi sussurra con reverenza Rose mentre le donne si avvicinano.

Myra, la proprietaria del posto dove stavo prima, fa il dito medio alla sua amica e poi ci guarda. La sua espressione è di shock, e poi di felicità. «Trish cara. Sei venuta!» Più si avvicina e più sono sicura di avere una espressione di terrore. La dolce signora, appassionata di camminata veloce, di solito vestita con pantaloni larghi e colorati, ora indossa un paio di pantaloncini sexy e un reggiseno sportivo.

E basta.

Myra mi si avvicina ulteriormente e mi bacia una guancia. «Sono così contenta che voi ragazze siate riuscite a venire.» Si volta verso Rose e la abbraccia. Metà dei brillantini di Rose si trasferiscono su di lei. «Non pensavo davvero che saresti riuscita a convincerla.»

«Ehi, un attimo.» Indico Myra, poi Rose. «Voi due vi conoscete?» Quando avevo visto dove mi aveva portata Rose, mi ero preoccupata. Ma ora, vedendo la persona che potrebbe "tradirmi" di fronte alla mia migliore amica, mi preoccupo ancora di più.

«Le ho dato un codice Groupon ieri,» risponde Myra, a suo agio in questa situazione bizzarra.

«Già.» Rose mi dà una gomitata. «Quando sono passata alla roulotte.» Mi guarda sollevando un sopracciglio. «Strano scoprire che la roulotte non c'era.»

Myra schiocca la lingua. «Vergognati, hai fatto preoccupare la tua amica.»

«Già, vergogna,» ripete con una cantilena Rose.

Glissando sull'argomento, lancio un'occhiata a Myra, con le mani sui fianchi. «Sono mesi che ci conosciamo e non mi hai mai detto che andavi a lezione di pole dance.»

Myra si stringe nelle spalle, con aria di scuse. «Beh, dolcezza, è che non sembrava nelle tue corde. Mi sei sempre sembrata così...»

«Noiosa?» suggerisce Rose.

La fulmino con uno sguardo.

«*Raffinata*,» dice con fermezza Myra, anche se noto che sta cercando di non sorridere all'insinuazione di Rose.

Se da un lato dovrei essere contenta che Myra mi consideri così distante da un club di striptease, dato che ci ho messo anni a cercare di non sentirmi un rifiuto umano per il fatto che vivo in roulotte, dall'altro mi sento ancora profondamente offesa dal fatto che queste due mi reputino così altezzosa. «Ma di che parlate? Io non sono noiosa. Io...» per fortuna mi fermo in tempo. Non posso raccontare loro della mia carriera di scrittrice.

«Va tutto bene, fanciulla.» Rose mi manda un bacio. «Ti voglio bene lo stesso.»

«Non ti spingeremo troppo fuori dalla tua zona di comfort,»

aggiunge Angela, prendendo la borsa di Myra e mettendola nel separé vicino al palcoscenico. «Non c'è bisogno di sentirsi a disagio.»

So che stanno cercando di aiutarmi, ma a ogni loro dimostrazione di empatia, intrisa di comprensione, mi sento ribollire sempre più.

«Se proprio volete saperlo questa non è la prima volta che entro in uno strip club.» Ferita per come Rose ha valutato la mia personalità, riverso su di lei tutta la mia rabbia. *Noiosa*. Rose non ha idea di quanto mi freni, di quanto spesso mi impedisca di essere divertente e socievole per paura di dare troppo nell'occhio. Per paura di essere mortificata o, peggio ancora, scovata.

E questo posto – la stanza senza finestre, i sedili in similpelle logora, le luci rotanti soffuse – non aiuta. È come se tutti i miei vecchi demoni stessero tornando per alimentare la mia frustrazione crescente.

«Certo, certo.» Rose annuisce, arricciando le labbra. «Se guardare Magic Mike vale come andare a uno strip club.» Ride, però smette quando vede la mia espressione. «Trish.» Mi mette una mano su un braccio. «Mi dispiace, stavo solo scherzando. Io...»

Scuotendomela di dosso mi do una spinta e salgo sul palco, per poi voltarmi a guardare tutte le presenti. Alla fine, il caldo che mi sentivo dentro esplode mandando in frantumi quell'immagine che mi sono cucita addosso nel corso degli anni. «Noiosa, eh?» Con un sorrisetto sculetto in modo sciolto e seducente, girandomi verso il palo centrale. Prendo una breve rincorsa, salto e con entrambe le mani afferro il palo, in alto. Mi lascio andare, facendo oscillare le gambe verso l'esterno e poi le sollevo, fino a quando la gamba destra si trova attorcigliata al palo al di sopra della mia testa. La gamba sinistra è appoggiata di fianco a essa e stiro le punte dei piedi. Inarcando la schiena, con un movimento aggraziato del braccio disegno un arco, fino a quando la schiena si trova parallela al pavimento. Il tutto senza smettere di roteare. Al terzo giro, mi aggrappo di nuovo con entrambe le mani al palo e poi apro le gambe in spaccata. Con il fianco destro rivolto verso l'alto, roteo altre due volte, poi mi fermo e rimango immobile in posizione.

Lancio un'occhiata alla piccola folla e vedo che ognuna delle donne nella stanza mi sta fissando con occhi e bocca spalancati. Noiosa, appunto.

Lasciando la presa scendo e atterro in punta di piedi nelle mie sneaker, non essendo abituata a ballare se non con gli zatteroni addosso.

«Come cazzo hai fatto?» Rose batte entrambe le mani sul palco e una nuvola di glitter le cade dal corpo in subbuglio.

«Già,» cinguetta Myra. «Proprio.»

Cazzarola. La portata di ciò che ho appena fatto, ciò che ho rivelato, mi spegne la rabbia che provavo fino a poco prima, come un secchio di acqua fredda. «Io...»

«E noi quando lo possiamo fare?» chiede ad Angela Nina, la donna con i capelli neri arrivata insieme a Myra.

Schiarendosi la voce, Angela sposta lo sguardo tra me e le altre donne. «Beh, Gemini e Matrix sono mosse da esperti.» Mi guarda di nuovo, come se non riuscisse a credere a ciò che ha appena visto.

Nemmeno io riesco a credere a ciò che ho appena fatto. Non pensavo di saperlo ancora fare.

«Noi siamo, ehm, ancora abbastanza lontani da quelle cose,» aggiunge Angela guardando con aria dispiaciuta le altre donne.

Myra incrocia le braccia e mette il broncio. «Cazzate.»

Rose, che non ha ancora smesso di guardarmi a bocca spalancata, chiude la bocca e inclina la testa, studiandomi come se stesse rivalutando tutto ciò che pensa e sa su di me.

Cazzate, come no.

Ian

«Mi parli ancora dei suoi genitori.»

Io rido, nonostante la serietà della situazione.

Fortunatamente, il mio nuovo medico, la dottoressa Betty Brown, ha un certo senso dello humour e sorride con me. «So che la domanda sui genitori è un cliché, ma ho i miei buoni motivi.» Tiene un quaderno sulle gambe accavallate e una penna stilografica nella mano ben curata.

Sono nel suo ufficio da quasi un'ora. Mi sono presentato, le ho detto che sono qui per curare la mia claustrofobia e poi lei è partita a farmi domande a destra e manca.

Fin qui, la terapia non è niente di troppo pesante. Il più grande dilemma che ho dovuto affrontare è stato quando la dottoressa Brown mi ha portato nel suo studio e io ho dovuto decidere dove sedermi. Più simile a un salotto che a uno studio medico, potevo scegliere tra una poltrona reclinabile, un divanetto o un sofà. Ho scelto il sofà, ma ho deciso di sedermi, non di coricarmi. Per la giornata avevo già avuto abbastanza cliché.

La dottoressa Brown guarda i suoi appunti. «Mi ha detto che non riesce a identificare un evento traumatico che l'abbia portata ad avere paura degli spazi chiusi, come per esempio essere stato imprigionato o rinchiuso, il che mi porta a pensare che la sua claustrofobia sia un comportamento acquisito.»

«Comportamento acquisito?»

«Sì. Per esempio, può avere visto uno dei suoi genitori avere problemi con spazi piccoli e avere acquisito tale atteggiamento.»

«Il senatore?» Soffoco una risatina. Siamo vicini alla fine della seduta e la dottoressa ha ben presente chi sia mio padre. E dopo un po' delle sue domande così precise sono sicuro che abbia ben chiaro anche il nostro rapporto. «Credo che lui non abbia mai avuto problemi con niente. Anzi, lui pensa che il mio "problemino"...» enfatizzo la parola disegnando delle virgolette in aria, «sia una cosa decisamente vergognosa che dovrei superare.»

La dottoressa Brown, normalmente impassibile, si acciglia. «Sì. Sfortunatamente molte persone disprezzano i disordini legati all'ansia.» Si incupisce ulteriormente. «O anche qualsiasi altra malattia mentale, a dire il vero.» Si scuote e torna alla sua espressione neutra. «E sua madre?»

Mi appoggio con la schiena al sofà blu, pensieroso. Devo riconoscere che la terapia fa pensare. Alle cose che si erano dimenticate, alle cose che si volevano dimenticare. E questa non è una parte che mi piace troppo.

«Non lo so.» Scorro i miei ricordi, ma non ne ho molti con mia madre. «Per quanto rumoroso e supponente possa essere mio padre, mia madre è l'esatto opposto. È diventata sempre più silenziosa nel corso degli anni, man mano che la carriera politica di mio padre si è fatta più impegnativa.»

«Interessante.»

Alzo un sopracciglio.

«Scusi.» Ride. «Sono piena di espressioni banali oggi. Volevo solo dire che il modo in cui ha descritto sua madre mi ha fatto pensare una cosa.» Invece di dirmi che cosa, prende nota. «Mi può dire da quando ha iniziato a notare la sua paura degli spazi piccoli?»

Guardando il suo taccuino, rispondo alla domanda. «La prima volta è stato quando non sono riuscito a salire su un aereo. Era subito prima della scuola di specializzazione. Papà aveva appena vinto le sue prime elezioni per il Senato degli Stati Uniti e io avevo rinunciato alle Olimpiadi per andare all'MIT.» Lancio un'occhiata ironica alla terapista. «Come ho detto prima, il senatore non era contento.» Mi stringo nelle spalle. «Ma io mi sono preso il biglietto aereo, sono andato all'aeroporto, ho fatto il check-in e ho anche passato i controlli di sicurezza. Poi...» Mi fermo, ricordando come al gate, di fronte al lungo tunnel per l'imbarco, mi fossi bloccato, sentendo che se fossi entrato il tunnel si sarebbe chiuso su di me fino a quando non avrei più potuto respirare. «Non riuscii a farlo.» Mi passo una mano sul viso come per liberarmi dell'ansia causata dal ricordo. «Dovetti tornare a casa, prendere la macchina, e farmi tutto il viaggio in auto.» Rido di me stesso. «Per poco non ho perso l'inizio del semestre.»

«Direbbe che è stato un momento decisivo nella sua vita? Rinunciare alle Olimpiadi e andare alla scuola di specializzazione?»

Annuisco, cercando ancora di scacciare il ricordo.

«E sua madre?» mi chiede la dottoressa Brown. «Che cosa ha detto della sua decisione?»

«La mamma?» Sbatto le palpebre cercando di ricordare. «Io... ehm, non so.» Faccio una risatina per nulla divertita. «Penso che non mi abbia mai detto niente.» Sentendomi un po' a disagio di fronte a quella verità, aggiungo: «Comunque sia, dalle elezioni al Senato lei non ha più voce in capitolo.»

Il timer impostato all'inizio della sessione squilla.

«È finita l'ora.» La dottoressa Brown si sposta in avanti sulla sedia, sporgendosi verso di me. «Ma voglio che sappia che ho capito. Che ho valutato tutto quello che mi ha detto, e che sono assolutamente fiduciosa che lei possa superare la sua claustrofobia.» Ha un attimo di esitazione. «È solo la nostra prima seduta e c'è ancora molto da imparare e da capire. Tuttavia, da quello che mi ha detto, sinceramente penso che la sua ansia derivi dall'aver dovuto prendere da solo una decisione così importante riguardo al suo futuro, contravvenendo ai desideri di suo padre, che lei ha descritto come piuttosto autoritario.»

Sorrido al suo tentativo di descrivere in maniera così gentile mio padre.

«Ha visto sua madre come intrappolata nella situazione coniugale e può essersi sentito in trappola lei stesso. E la sua ansia per questo stato si potrebbe essere manifestata in un'avversione fisica ai luoghi chiusi.»

«Ah.» Ci sono un sacco di cose a cui pensare in quello che ha detto, ma sembra che tutto abbia un senso.

La dottoressa Brown stringe le mani davanti a sé. «Ho esitato a dire alcune di queste cose perché, come ho detto, è un po' presto. Comunque, voglio rassicurarla: la claustrofobia non dovrebbe essere un intralcio per il suo lavoro. Credo davvero che attraverso una terapia cognitivo-comportamentale e probabilmente, almeno all'inizio, qualche ansiolitico per affrontare un volo o una situazione al chiuso, riuscirà a superare il problema.»

Mi sento invadere dal sollievo. Provo imbarazzo a sentirmi gli occhi caldi. Schiarendomi la voce allungo la mano. «Grazie, Dottoressa Brown. Lo apprezzo molto.»

Quando mi stringe la mano la sua presa è salda. «Certo. Ecco perché mi pagano un sacco di soldi. E per loro, intendo lei.»

Ridiamo, ma prima che mi alzi per congedarmi, mi fa segno di aspettare. «Solo un'altra cosa.» Batte sul taccuino con la nocca di un dito. «I compiti per casa.»

DODICI
RECUPERO FACOLTATIVO

Trish

«Ma... come fai?» Rose, sudata e ansimante, è stesa sul palco a braccia e gambe spalancate, con il viso imbrattato di glitter e una quantità eccessiva di trucco.

«Evidentemente faceva spogliarelli,» sentenzia Nina, l'amica di Myra con i capelli scuri. Anche lei è sudata ma non è rossa come un pomodoro come Rose. Forse perché lei e le altre signore hanno fatto delle versioni modificate degli esercizi al palo con l'aiuto di una sedia.

Rose non si è risparmiata.

Sbuffa, ma quando non contesto l'accusa, spalanca gli occhi. «No, dai?» Con fatica si alza sui gomiti. «Ma se sei così... così...» Fa ampi gesti, a quanto pare incapace di trovare la parola giusta.

Io faccio spallucce. Sono esausta. Non per la lezione. Non abbiamo neanche fatto dei Dip a testa in giù. La mia memoria muscolare e il mio allenamento di Pilates tre volte la settimana mi ha fatto svolgere senza problemi la sequenza da principianti.

Però sono stanca di nascondere le cose. Stanca di avere dei segreti.

E poi, a cosa serve? Tra poco me ne vado.

«Le rette del college non si pagano da sole, e se anche avessi trovato un prestito, a quei tempi avrebbe avuto un tasso di interesse astronomico.»

«Sei troppo forte.» Rose si soffia via una ciocca di capelli dal viso.

«Non trovi strano che solo un attimo fa mi hai dato della noiosa, mentre ora che sai che mi spogliavo per denaro pensi che io sia forte?»

Rose si corica di nuovo e riprende la sua posizione spaparanzata, sbattendo gli occhi alle luci che roteano. «No.»

«Beh, per quanto mi riguarda, io sono davvero contenta che siate venute. Noi ragazze più mature ci sentiamo spronate.» Myra si tampona la fronte velata di sudore con una salvietta con la scritta "Bel Culetto" in paillettes lungo il bordo inferiore.

«Per favore, ditemi che verrete di nuovo, ragazze,» ci dice Lottie, l'altra amica di Myra.

«Sì, sì, e la prossima volta portate anche le ragazze della NASA,» esclama Myra sventolando la salvietta verso di noi.

«Le vostre amiche lavorano alla NASA?» chiede Nina, sollevando un sopracciglio sottile. «Anche il mio ragazzo lavora là.»

«Davvero?» Rose si solleva di nuovo a fatica sui gomiti. «Come si chiama? Forse le nostre amiche lo conosc...»

La musichetta di *Weird Science* degli Oingo Boingo arriva dalla direzione di Rose.

«Scusate,» dice lei, infilandosi le mani tra le tette ed estraendo il cellulare.

«L'hai tenuto lì per tutto il tempo?» chiedo, pensando a tutte le giravolte che ha fatto al palo.

«Certo. Il mio decolleté è un marsupio perfetto.» Rose si

pulisce il cellulare sul body, probabilmente perché è pieno di sudore, poi scorre il pollice per rispondere.

«Ehi, nerd.»

Deve essere Jackie.

«Mi piace. Ci vediamo là, zoccole.» Rose si rimette il telefono tra le tette e si alza in piedi con più energia di quanta pensavo ne avesse. «Brunch da Boondoggles. Ci sei?»

Considerato che ho quasi terminato l'intera bozza del mio prossimo libro e che oggi non ho impegni, ho un po' di tempo che mi avanza. «Un brunch mi sembra fantastico.»

Rose si gira verso le altre signore, che hanno le borse in spalla, pronte ad andarsene. «Volete venire?»

Myra le batte sul braccio con aria affettuosa. «È molto gentile da parte tua, cara, ma dobbiamo andare da Cindy a vedere se è già arrivata la nuova selezione di vibratori ergonomici.»

Rose spalanca la bocca.

«Magari la prossima volta, care.»

Myra si volta per andarsene, ma Rose la afferra con entrambe le mani, con una espressione di ammirazione sul volto. «Quando divento grande, posso essere come te?»

«NON RIESCO A CREDERE che tu non mi abbia invitata ad andare a fare pole dance.» Davanti al suo piatto di uova alla Benedict Jackie mette il broncio. «Ci voglio provare. Immagino che ci sia un sacco di fisica.» Guarda di lato, con la fronte corrugata, e per il momento l'abbiamo persa. Probabilmente sta cercando di decifrare la scienza della pole dance.

«Non ho bisogno di lezioni.» Jules solleva di scatto le gambe sulla ringhiera vicino al nostro tavolo nel patio di Boondoggles.

«Ho già il mio spogliarello killer.» Si ficca in bocca un sottaceto fritto. «Chiedi a Holt.»

«Ragazze, voi mettete regolarmente alla prova il mio riflesso del vomito,» borbotta Rose prima di buttare giù il suo Mimosa tutto in una volta.

Jules ride. «Scusate, zoccole, ma gustiamoci un attimo il fatto che io sapevo qualcosa prima di tutte voi.»

«Sì, sì. Siamo davvero colpite che tu sapessi di Trish e Ian.» Rose fa un cenno di superiorità a Jules, mentre con la mano regge una patatina alla pizza. Gocce di salsa ranch cadono sul tavolo. Si volta sulla panca vicino a me e mi fissa negli occhi. «Dunque, Trish.» Si ficca la patatina in bocca riempendosi le guance come uno scoiattolo. «Dimmi *tutto*.»

«Beh,» rispondo evasiva, sorseggiando il mio Bloody Mary e pensando che ci vorrei meno succo di pomodoro e più vodka. «Ian mi ha detto che potevo parcheggiare la roulotte nella sua rimessa per la barca.»

«Si tratta di un nuovo eufemismo?» Il viso di Rose si contrae pensieroso mentre termina di masticare. «Perché pensavo che dovesse essere il contrario. Il *suo* mezzo, la *tua* rimessa.» Spalanca gli occhi. «Ah, stiamo parlando di roba tipo pegging?»

«Ma no, pervertita che non sei altro!» Sbuffo. «Nel senso che ho letteralmente parcheggiato la mia roulotte nella sua rimessa vuota.»

«Ma chi è che ha una rimessa per la barca?» commenta Jules con una risatina incredula. «È semplicemente eccessivo.»

«Disse quella che ha una mucca che vive con l'aria condizionata.»

Jules mi guarda socchiudendo gli occhi.

«No.» Si intromette Rose. «No, no, no. Se non stiamo parlando di un eufemismo a sfondo sessuale, non voglio saperne niente.» Incrocia le gambe sotto il tavolo voltandosi completamente verso di me. «Voglio roba buona.» Solleva la mano contando le parole sulle dita mentre parla. «Lunghezza, larghezza e raggio di curvatura.»

Questo riporta Jackie al momento presente, e le fa sbattere rapidamente gli occhi mentre si volta verso la futura cognata. «Raggio di curvatura?»

«Sì.» Rose ci guarda una per una. «Per cortesia, non ditemi che non siete mai state con qualcuno che ce l'ha piegato all'insù.» Ci fissa di nuovo. «È tutta un'altra cosa.» È percorsa da un brivido come se solo il ricordo le procurasse una scossa.

Jackie si schiarisce la gola. «Giusto per chiarire, stiamo parlando dell'uccello, giusto?»

«Sì, Jackie,» dice Jules con un sorrisetto. «L'uccello.»

Jackie ci pensa su.

«Ragazza, giuro su Dio,» inizia Rose, agitando in aria il bicchiere vuoto in direzione della cameriera, «che se ti porti un goniometro a letto con mio fratello e poi me lo vieni a raccontare, non ti perdonerò mai.»

Jackie arrossisce, il che equivale ad ammettere che il pensiero di verificare l'angolo di curvatura del membro di Flynn ha appena attraversato la sua mente da genio.

«Non ubriacarti, Barbie Beona.» Jules guarda il bicchiere vuoto di Rose, ancora sollevato in aria. «Dobbiamo andare in città a provarci gli abiti.» Nessuno se lo aspettava, ma dopo la lezione di pole dance Rose non si è cambiata. Sembra davvero la Barbie della mia tristissima infanzia. Quella vestita da ginnastica jazz con gli scaldamuscoli rosa. Solo che il trucco di Rose è leggermente colato e i capelli sembrano un cespuglio passato in mezzo a una sfilata Pride.

Rose leva al cielo i suoi occhi da panda e si abbassa gli occhiali. «Vaaaa bene!» I *taco* della colazione davanti a lei si riempiono di brillantini mentre butta all'indietro la testa per lanciarmi ancora una volta un'occhiata laser. «E Ian?»

«Ian cosa?» Esito. Mi sta bene che sappiano che facevo

spogliarelli. Non mi dispiace se scoprono che scrivo storie d'amore. Ma *non* voglio dire loro che sono parcheggiata nel garage di Ian perché sto scappando dalla legge. Alcune cose non si possono semplicemente indorare con un po' di champagne. Neanche con la vodka.

«Sputa il rospo.» Rose si sporge in avanti, con le tette che minacciano di saltare fuori dallo scollo tondo dell'abbigliamento tecnico. Le vedo il telefonino. «Ci stai guadagnando qualche bella scopata, o no?»

Jackie si soffoca con il suo tè freddo. Jules le batte sulla schiena e mi guarda sollevando un sopracciglio, curiosa.

Io sollevo il mio flûte estendendo il mignolino. «Una vera signora non spettegola.»

«Signora?» Rose estrae il cellulare dalla scollatura. «Amica, da come ti sei lavorata quel palo, non ti darò mai più della signora.» Fa scorrere il dito sul telefono, poi lo passa a Jules e Jackie.

«Hai fatto delle foto?» La voce mi si incrina sull'ultima parola come fossi un ragazzino di tredici anni.

«Meglio.» Tocca un pulsante e parte *Pour some sugar on me*, di Def Leopard. «Ho fatto un video.»

«Wow.» Jules si mette dritta a sedere, inclinandosi verso il telefonino di Rose. «La nanerottola sì che sa sculettare. Non me lo sarei mai aspettata.» Allunga il pugno verso di me, a cercare il mio. «Forte.»

In preda allo shock, le batto il pugno sul suo.

Dopo che il video è passato per la terza volta, riesco finalmente ad afferrare il telefono dalla mano di Rose e lo cancello.

«Quindi, vogliamo dire a queste due che cosa ti ha spinto a trasferirti a casa di Ian?» chiede Jules, intingendo una patatina nella salsa barbecue. Aveva rinunciato a una portata, per ordinare una esagerazione di antipasti e salsine varie.

«Sì, racconta.» Rose si risistema il telefono tra le tette.

Jackie guarda il suo. Forse cercando di calcolare se potrebbe essere ospitato tra le sue tette.

Opto per una mezza verità. «Aveva bisogno che andassi a una raccolta fondi insieme a lui, e mi ha detto che in cambio potevo parcheggiarmi nel garage per risparmiare sull'affitto.»

«Mi sembra un po' eccessivo.» Con il dito indice Jackie si spinge gli occhiali sul naso. «Se è una questione di soldi puoi parcheggiarti da noi. A Flynn non dispiacerà.»

«Oppure, sai, puoi chiedere aiuto alla tua migliore amica miliardaria,» dice Rose guardandomi con una faccia da "ovvio, no?"

«Ma se hai bisogno di soldi, perché non lavori al Big Texas Saloon?» Lasciate fare a Jackie, e lei scoverà tutte le falle nella mia storia.

Diamine. «A dire il vero, la verità, ehm, è che...» Stropiccio il tovagliolino fino a quando lo disintegro.

Jules si appoggia allo schienale mentre osserva il mio imbarazzo. Non ha ancora scoperto niente, ma è chiaro che si sta godendo la fatica che faccio per rispondere.

«Noi ci stiamo, tipo... frequentando?» concludo, in maniera poco convincente. Voglio dire, non è una bugia totale. Ci frequentiamo ogni giorno.

«Frequentarvi tipo dormire insieme?» mi dice Rose ammiccando.

Confidando sul fatto che cedere su questo forse bloccherà le domande inquisitorie di Rose e Jackie, annuisco.

«E che cazzo, era ora.» Rose si spinge via dal tavolo e mentre un raggio di sole le colpisce i capelli, i brillantini la fanno sembrare un angelo impazzito. «Era peggio di Jules e Holt. E se lo dico io che sono sua sorella, questo la dice lunga.»

Mentre beve un sorso della sua bibita, Jules fa il dito medio a Rose. Lei gliene mostra due come risposta.

«La raccolta fondi è per la campagna di suo padre?» chiede

Jackie, ignorando il bisticcio tra Rose e Jules. «Sono stata invitata anche io.» Saltella allegra sulla sedia. «Ora ricevo dei veri inviti.» Essendo una che non ha ricevuto nessun invito nemmeno al suo ballo finale, Jackie è al contempo felice e sorpresa per la sua recente popolarità. «Però ho dovuto declinare perché gli astronauti non possono essere affiliati politicamente.»

«Beh, dolcezza. Tu hai salvato la Stazione Spaziale Internazionale.» La guardo inclinando la testa. «Ma, aspetta... in che senso *campagna*?»

Con un'ultima occhiata a Jules, Rose mi risponde. «La raccolta fondi serve a quello: alla prossima campagna senatoriale.» Afferra un *taco* pieno di brillantini. «Sono stata invitata anche io. Tutti i fratelli West sono stati invitati.» Si stringe nelle spalle prima di dare un morso.

Un freddo brivido di inquietudine si fa strada nel mio petto. «Senatoriale?»

Rose annuisce, con la bocca piena di uovo e *chorizo*.

«Di sicuro il senatore sta cercando di incrementare i fondi per la sua campagna, oltre che di legare con l'élite di Houston.» Jules scuote il bicchiere prima di infilarci la cannuccia, ma tira su solo aria. «Anche se alla NASA non ci sono confronti politici, non mi lascerò catturare.» Rabbrividisce. «Bleah. Politica e pubbliche relazioni: due delle cose che amo di meno.»

«Senatore?» le braccia mi si ricoprono di pelle d'oca. «Politica?»

Tre paia di occhi si rivolgono verso di me.

«Il papà di Ian,» spiega lentamente Jules, appoggiando il bicchiere e guardandomi accigliata.

Mi risulta improvvisamente difficile respirare.

Rose deglutisce sonoramente il grosso boccone di *taco*. «Non lo sapevi?»

Scuoto la testa, con gli occhi spalancati.

Le sopracciglia di Jules si avvicinano tra di loro. «Come fai a non saperlo?»

«Non so come faccio, ma *non lo so*!» La mia voce, isterica, si alza e si abbassa. «Che razza di domanda è?» Una serie di puntini neri mi fluttuano davanti agli occhi.

«Wow. Va tutto bene.» Rose mi dà qualche colpetto su una mano con cui sto stringendo il bordo del tavolo. «È solo un politico. Non c'è niente di così speciale.»

Solo un politico. Non sa cosa possono fare. Il potere che esercitano.

«Mi dispiace, Trish.» Jules sembra insolitamente sincera. «Davvero, pensavo sapessi.»

Tutto quello che riesco a fare è scuotere di nuovo la testa, con i piccoli frammenti di informazioni che ho su Ian che mi vorticano nella mente. Nelle ultime settimane li avevo raccolti tutti con cura dalle varie conversazioni. Una volta, mentre eravamo fuori a bere, Jackie aveva parlato della famiglia di Ian come di una famiglia ricca. Un'altra volta, guardando una partita di football, Rose aveva fatto una faccia contrariata quando Ian aveva fatto il tifo per la squadra della sua città, i Dallas Cowboys. E Jules aveva buttato lì un commento sul fatto che sia lei che Ian avevano dei padri prepotenti.

Ma nessuno aveva mai nominato la politica.

Nemmeno da quando sono a casa sua, Ian ha mai parlato di politica. È vero che io non ho mai chiesto dettagli. Non li avevo ritenuti importanti e, francamente, avevo paura che mi avrebbe chiesto le stesse cose su di me. E ora, dopo anni in cui ho evitato con accuratezza qualsiasi cosa abbia che fare con uomini ricchi e potenti, specialmente quelli in politica, vado a letto con il figlio di uno di loro. E di alto rango.

«Avrò bisogno di un altro drink,» riesco a dire.

Rose salta in piedi, avvolta da una nuvola di brillantini, con le tette che le rimbalzano. «Forza.»

Jules risucchia rumorosamente l'aria tra i denti, dondolandosi sulla sedia. «Quindi immagino che non sia questo il momento di dire che ho capito che tu sei Audrey Cole?»

«Ma che diamine?» Rose si rimette a sedere pesantemente, con la vecchia e consunta panca che scricchiola sotto il suo peso. «Lo sapevi?»

«Ah, bene.» Jackie si raddrizza. «Lo sapete tutte.» Ignorando il mio shock, o non preoccupandosene, sorride. «Speravo che avremmo potuto parlarne prima o poi.» Si volta verso di me, con gli occhi che le luccicano. «Ho *così* tante cose da chiederti.»

Jules si raddrizza sbattendo gli stivali da moto sul pavimento di cemento. «No, un attimo.» Solleva una mano. «Non sono stata io la prima a scoprirlo?»

«Ma per favore.» Rose fa una risatina sarcastica. «Io lo sapevo, tipo, dal primo giorno.»

«Ho seri dubbi,» commenta Jackie. «Il primo giorno eri ubriaca e sei svenuta.»

Rose rovescia gli occhi. «Okay. Forse il secondo giorno.»

Jackie apre di nuovo la bocca, ma Rose le fa cenno di stare zitta. «Comunque sia, voglio solo dire che io lo sapevo prima di voi.»

Jules punta una forchetta verso il viso di Rose. «No, aspetta un...»

«Ferme tutte, cazzo!» Mi guardano tutte scioccate mentre io faccio fatica a respirare. «Lo sapevate *tutte*?»

«Ah, sì,» dice Rose, ignorando sia il mio insolito uso di imprecazioni che il mio ovvio sgomento. «È un problema?»

Prima che io riesca a farmi strada tra le varie emozioni che sento, o che riesca a trovare le parole per rispondere, arriva la cameriera. «Vi posso portare qualcos'altro?»

«Sì.» Rose mi lancia un'occhiata. «Tutto l'alcol che avete.»

Io annuisco vacua. «E una cannuccia.»

TREDICI
CARICO

Trish

«Sto bene. Molto bene.» *Hic*. «Va tutto bene.»

Sul sedile posteriore della Mustang di Flynn, Rose ridacchia. Abbiamo dovuto prendere la sua macchina poiché la Corvette restaurata di Jackie, del '62, ha solo due posti. Il fatto che Flynn non abbia nemmeno battuto ciglio quando ha dato le chiavi a Jackie, è segno di quanto la ami.

Jules e Jackie sorridono come sanno fare solo le persone sobrie di fronte a qualcuno che sobrio non è, dato che oggi non hanno potuto bere per qualche allenamento che devono fare domani alla NASA.

Per la prima volta da quando ci conosciamo, quella alticcia sono io. Ma dopo la notizia sul padre di Ian, e la loro rivelazione che tutte sapevano del mio alter ego di scrittrice di romanzi d'amore, l'ansia non voleva placarsi.

E così nel negozio di abiti da sposa mi sono scolata un paio di bicchieri di champagne. Per ragioni mediche, ovviamente.

«Avete sentito, signore?» chiede Jules. «La scrittrice porno sta bene.»

Drizzando la schiena, rivolgo a Jules l'occhiata più sprezzante che posso. E guardarla dall'alto al basso è in un certo modo difficile, dato che ho ancora addosso le mie sneaker e sono più bassa di lei. «Scrivo romanzi d'amore, non porno.»

«Okay, Nanerottola.» Jules mi dà una pacca sulla schiena facendomi andare a sbattere contro la Mustang. «Come vuoi.» Si china verso di me sussurrando in modo che la possa sentire solo io. «Ci avrai anche confessato un po' di cose oggi, ma mi devi ancora una spiegazione in merito all'investigatore privato. Lo sai, vero?»

Annuisco, e ricordarmene mi schiarisce un po' le idee.

Al negozio di abiti da sposa, avevo detto le ragazze ciò che ho già detto a Ian. Sono cresciuta in mezzo alla povertà. Scrivo storie d'amore. E una volta facevo spogliarelli.

D'accordo, l'ultima parte non l'ho ancora detta a Ian, ma visto che le mie amiche non hanno battuto ciglio quando ho raccontato loro delle mie origini meno che stellari, mi sento più sicura sulla mia recente decisione di confessargli tutto.

Prima avevo fatto finta di non essere coinvolta e avevo evitato a tutti i costi di parlare di Ian. Ma ora che pensano che io e lui siamo insieme è facile chiedere alle ragazze di raccontarmi tutto quello che sanno.

E così ho appreso che Ian non è mai uscito con nessuna che loro conoscessero. Ho scoperto che Jules e Ian si lamentano spesso dei loro padri stronzi, affamati di potere. Jackie mi ha confessato che se Ian non l'avesse aiutata a essere meno imbranata sul lavoro, quando erano entrambi ufficiali di volo, lei non avrebbe mai avuto il coraggio di diventare un'astronauta.

Rose, per non rimanere tagliata fuori, si è fatta poetica a proposito del culo di Ian.

E tutto ciò ha contribuito a farmi piacere Ian ancora di più.

«Nanerottola, non ti ho mai visto così poco in forma. Però non sei male, neanche così.» Jules mi consegna le chiavi del mio furgone, che ha dovuto guidare lei dal locale a casa, poi batte le nocche delle dita sul tettuccio della macchina di Flynn. «Apri il bagagliaio, puttanella.»

«Non fare casini con la macchina di Flynn, Julie Starr,» la minaccia Jackie, rovinando poi l'effetto quando si risistema gli occhiali sul naso.

Sollevando le mani Jules indietreggia verso il retro della macchina. «Non ci penso nemmeno, darling.»

Io ridacchio. «Siete troppo buffe.»

Jules prende dal bagagliaio la mia borsa con dentro le scarpe da damigella, e me la consegna. «Hai bisogno di essere accompagnata dentro?»

«No no. Ce la faccio. Ho intenzione di riscaldare Ian con un po' di sesso prima di rivelargli tutto, e non mi serve che Jules venga a fare casino.»

«Va bene, allora.» Fa il giro della macchina e si siede al posto del passeggero.

«A presto!» mi grida Rose, stampando la faccia sul finestrino triangolare del sedile posteriore e arricciando le labbra per mandarmi un bacio.

Quando sono sul vialetto, Jackie porta su di giri il motore. Con una mossa decisamente insolita spara l'auto a mille, sgommando davanti alla casa di Ian e per poco non prende sotto Veronica e le sue amiche.

Veronica si sposta con un salto andando a finire sull'erba mentre la macchina vintage passa tuonando, e il suo gridolino offeso risuona più forte del motore della Mustang.

Soffocando una risata, saluto con la mano prima le mie amiche che sono già quasi alla fine della strada, e poi il gruppo delle tre bionde davanti alla casa di Ian. È troppo tardi per la loro camminata mattutina, quindi dato che nel garage si intravede la macchina di Ian, immagino che siano qui per ficcanasare un po'.

Veronica mi fa il dito medio.

Ridendo, mi volto nelle mie sneaker e mi infilo nel garage, oltre l'Audi, e poi entro in casa.

«Tesoro, sono a casa!»

Silenzio. Ah.

In cucina e in salotto non c'è nessuno. Andando verso le scale sbircio in ufficio. Vuoto.

Mentre salgo le scale inciampo, ma do la colpa alla borsa con le scarpe che mi fa perdere l'equilibrio, non alla quantità di alcol che ho in circolo.

Non sento il suono dell'acqua, quindi se non sta facendo la doccia immagino stia facendo un riposino. Non lo biasimo: me ne farei uno anche io. Dopo aver appoggiato la borsa nella stanza degli ospiti vado in punta di piedi alla sua camera da letto. «Ian?» Il letto è vuoto.

Bam. La porta dell'armadio si spalanca e ne schizza fuori Ian.

«Figlio di buona donna!» Indietreggio e vado a sbattere contro il comò. Lui è piegato in due, con le mani sul letto e gonfia e sgonfia il petto mentre prende grandi boccate di aria.

Dopo un attimo di shock, vado verso di lui appoggiandogli incerta una mano sulla schiena. «Ian, cosa c'è che non va?» Guardo dentro l'armadio chiedendomi cosa mai gli possa essere preso per andare a ficcarsi là dentro. Nonostante possa essere considerata una cabina armadio enorme, per una persona con la claustrofobia può essere un incubo.

Lui stringe a pugno le mani appoggiate sul piumino. «Ho... solo... bisogno... di un attimo.»

«Okay dolcezza, okay.» Mi siedo sul letto, tirandolo leggermente verso di me. Senza opporre resistenza, lui cade in ginocchio e mi appoggia la testa sul grembo.

Per i cinque minuti successivi, mentre tenta di riprendere il controllo della sua respirazione, io gli accarezzo la schiena, gli do dei colpetti sulla testa e gli passo le mani tra i capelli. Faccio tutto quello che mi viene in mente per calmarlo.

«Scusami.» Ian si raddrizza, voltandosi per sedersi vicino a me, ma evitando il mio sguardo.

«Che succede? Sei rimasto bloccato dentro?»

«Ah, no. Mi ci sono chiuso io.»

Gli do un ceffone sulla testa che ho appena accarezzato.

«Ahia.»

«Perché cavolo dovevi chiuderti là dentro, scimunito?»

Le labbra di Ian si stringono. «Scimunito?»

«Chiaramente ho passato troppo tempo insieme a Rose.» Gli do un colpetto sul petto. «Ma non schivare la domanda. Perché ti sei chiuso nell'armadio quando sapevi fin troppo bene cosa ti succede?»

Ian sospira, lasciandosi cadere di schiena sul letto. «Stavo facendo i compiti a casa.»

Io lo fisso, sperando di capirci qualcosa.

«Hai presente il medico, la dottoressa Brown?»

Annuisco.

«Mi ha detto di provare la terapia di esposizione. Pensa che possa essere di aiuto.»

Inarco un sopracciglio. «Credo possiamo tranquillamente dire che non lo è stato.»

Il mio commento lo fa ridere, anche se sembra esasperato. «Però penso che possa essere stata colpa mia. Avrei dovuto iniziare poco alla volta. Tipo chiudermi in un bagno con la finestra. Oppure entrare in una stanza senza finestre ma lasciando la porta aperta.»

«E allora perché hai iniziato con un armadio?»

Lui si appoggia un braccio sugli occhi, probabilmente nel tentativo di nascondere l'imbarazzo. «Pensavo che se avessi saltato la parte facile avrei potuto fare il tutto più in fretta,» mi spiega biascicando, e io mi impegno molto per non ridere. È così dolce.

Mi corico vicino a lui, accoccolandomi al suo fianco. «A parte i compiti, com'è andata la seduta?»

«Bene.» Si toglie il braccio dagli occhi e guarda il soffitto. «Pensa che la mia claustrofobia potrebbe essere un comportamento acquisito. Un mix tra vedere mia madre che lentamente veniva intrappolata nella sua vita, e io che sentivo che mi stava succedendo la stessa cosa.» Soffoca una risatina. «Colpa di mio padre. Chi l'avrebbe mai detto.» Gemendo, rovescia gli occhi. «Cristo, sentimi. Sembro un adolescente tormentato che dà la colpa ai genitori per le sue sfighe.» Inclina il capo e mi guarda sorridendo. «Davvero affascinante, eh?»

«Già.» Mi sollevo su un gomito senza mai smettere di guardarlo. «Molto.»

Non ha tempo di mettere in discussione la mia improvvisa serietà perché lo sto baciando. Lo faccio perché è così trasparente con me, perché si impegna così tanto a superare le sue paure passate e presenti. Perché è così maledettamente attraente.

Ci baciamo per delle ore, o forse sono minuti, non ne sono sicura. Poi mi viene un'idea.

Mi metto a cavalcioni su di lui, senza smettere di baciarlo, e gli prendo le mani con le mie, tirandolo in piedi per poi farlo girare e spingerlo dentro all'armadio. Prima che possa reagire, torno all'attacco con la bocca.

Allungando una mano alla cieca trovo la luce dell'armadio e la accendo: la luce al neon sul soffitto è la cosa meno lusinghiera e meno romantica che si possa immaginare, ma, sinceramente, chi se ne frega? Mi ricordo di lasciare la porta aperta.

«Trish,» mormora appoggiato alle mie labbra. «Cosa stai...»

Allungo la mano verso i suoi pantaloni e gli afferro il cazzo, sorridendo quando geme buttando all'indietro la testa. Lo massaggio un po', osservandolo mentre ansima. Per il desiderio, non per il panico. Nel giro di poco tempo è perso, con i fianchi che si muovono al ritmo della mia mano.

Impaziente, gli afferro la cintura e la fibbia di metallo tintinna mentre cerco di aprirla. Lui allunga la mano per aiutarmi, ma gli do uno schiaffetto. Mentre la sua paura è attenuata dal desiderio, ora sono io che sto per avere un attacco di panico. Desidero questa cosa. Desidero lui. Desidero fare questa cosa per lui.

Tolta la cintura, con uno strattone gli apro i pantaloni del vestito che sembra molto costoso e noto che l'elastico dei suoi boxer Calvin Klein trattiene a fatica la sua erezione.

Ovviamente, indossa un paio di Calvin Klein. Molto Capitan America.

Mi abbasso insieme ai suoi pantaloni. Un sapiente strattone ai boxer ed è libero. Spalanco la bocca per accoglierlo.

«Caaaaaaaazzo.»

Sorrido, per quanto si possa sorridere tenendolo in bocca. Non sembra lui, così eccitato.

Bene, è troppo eccitato per pensare al piccolo spazio dove si trova. Stringo le gambe, facendo di tutto per ignorare quanto sono eccitata.

Affondo un po' di più, cercando di arrivare alla base, ma nella mia determinazione per poco non mi soffoco.

«Attenta, tesoro.» Mi afferra il viso con le mani grandi. La sua voce è suadente. Preoccupata. «Attenta.»

Merda. Non voglio che pensi a nulla, se non a come *sta lui*.

Vado su e giù ancora una volta, dilatando le narici e facendo profondi respiri dal naso fino a quando raggiungo la base, poi mi tiro indietro passandogli la lingua sulla parte inferiore.

Con le mani sbatte sulla porta aperta e solleva leggermente i fianchi come se mi stesse inseguendo la bocca.

Affondo di nuovo, e poi ancora, fino a quando ho la gola abbastanza rilassata da potere spingere ancora di più, e una volta che arrivo in fondo deglutisco, accarezzandogli la punta con la gola.

«Cazzo. Sì. Cazzo.» Sottolinea ogni parola con un sussulto dei fianchi.

Con gli occhi socchiusi vedo il portafoglio gli si sta sfilando dalla tasca dei pantaloni. So che questo momento dovrebbe essere tutto per lui, che dovrei ignorare le pulsazioni che sento tra le gambe ma...

Afferro il portafoglio e prendo il preservativo che ha dentro. Grazie al cielo Ian è un bravo boyscout, sempre preparato. Succhiandolo a fondo un'ultima volta, stacco la bocca e mi tiro su per baciarlo prima che lui possa rendersi conto che l'ho spinto ancora di più dentro la cabina-armadio. Con una mano gli infilo il condom e con l'altra mi abbasso legging e slip.

Improvvisamente Ian prende il comando, mi fa girare e piegare. Prima che mi penetri, riesco ad allargare le gambe per quanto me lo permettono i legging all'altezza delle ginocchia.

Faccio un urlo che potrei spaccare i vetri.

Non stiamo facendo l'amore. Non è nemmeno sesso. Sono solo grugniti e colpi. Due animali in calore. Che scappano da qualcosa. Che inseguono qualcosa.

Mi stringe con entrambe le braccia e mi tira su fino a sollevarmi i piedi dal pavimento. E si infila sempre più a fondo. Non so come faccia, ma è così *bello*. Sta toccando un punto che non sapevo potesse essere raggiunto da altro se non da un assistente meccanico ricurvo.

«Trish, Trish, Trish,» continua a dire con una cantilena mentre spinge.

Non ho nessuna presa, nessun controllo. Il mio corpo nelle mani di Ian è semplicemente uno strumento per aiutarlo ad allontanare i suoi demoni.

Veniamo. Lui rantola, io urlo, i nostri corpi si contorcono quasi dolorosamente mentre siamo percorsi dal piacere.

Mentre cadiamo a terra ho abbastanza prontezza di spirito da spingere entrambi verso la porta aperta così che i nostri corpi esausti cadano nella stanza in un groviglio di braccia intrecciate e petti ansimanti.

Ian espira sbuffando, soffiandomi via delle ciocche di capelli dagli occhi. «La terapia di esposizione è la miglior cosa al mondo.»

QUATTORDICI
AGGANCIO

IAN

LA VITA È BELLA.

Seduto sulla mia poltrona oversize nell'angolo del mio ufficio a casa, appoggio sul poggiapiedi le scarpe eleganti perfettamente lucidate, pensando perché mi dia così tanta soddisfazione essere buttato fuori dalla mia stanza a calci. Sono arrivato a casa venti minuti fa e ho trovato Trish in camera mia che si preparava per questa sera.

Mi correggo, camera *nostra.*

Da quando Trish si è presa a cuore la mia terapia di esposizione, tutte le sue cose, precedentemente sparse nella camera degli ospiti, si sono spostate nella mia. L'armadietto del mio bagno ora è pieno di bottigliette, spray, trucchi e un vasto assortimento di strumenti per capelli. Il mio armadio (dentro il quale non posso più entrare senza che mi venga duro) è pieno di morbidi tessuti dai colori vivaci, numerose scarpe con il tacco e cassetti di biancheria intima. Quando ho chiesto a Trish come facevano tutte queste cose a starci nella sua roulotte, ha riso dicendo: «Secondo te perché non cucino? Tutti i miei armadi sono solo per le scarpe.»

Adesso capisco perché è così magra. Questa donna si nutre solo di caffè, panini, e ogni tanto di qualcosa da asporto.

Sistemandomi sulla poltrona, cerco di calmare l'accenno di erezione che spunta quando vado con la mente a Trish seduta sullo sgabello imbottito in camera mia davanti alla toeletta: uno sgabello mai usato prima, preso solo per accontentare l'arredatrice. Ripenso al suo viso senza trucco, leggermente lucido dalla doccia appena terminata. Quando ha accavallato le gambe i due lembi dell'accappatoio si sono aperti mettendo in mostra il suo corpo minuto.

Il tessuto fresco di lana dei pantaloni del mio smoking Armani lascia molto poco all'immaginazione. E sono abbastanza sicuro che arrivare a un evento elegante con un'erezione in mostra susciterebbe disapprovazione. Così, tanto per dire.

«Dobbiamo andare se vogliamo arrivare in tempo!» Urlo verso il piano di sopra, non abituato a dover aspettare qualcuno, ma godendomi questo momento.

«Non mi stai mettendo fretta, vero?» risponde con il suo tipico accento meridionale, e quando parla nella sua cantilena è ancora più adorabile.

«Non ci penso nemmeno!»

«Bravo.»

Diamine, mi pavoneggio tutto.

È facile essere felice quando torni a casa e trovi una donna sexy che ti aspetta con un sorriso e un *com'è andata la giornata?* Non mi dispiace nemmeno quando la conversazione si sposta sulle mie sessioni di terapia e sulla mia claustrofobia. Sono sbalordito per quanto Trish faccia il tifo per me. Per quanto ci tenga. Non mi era mai capitato.

Ero *io* che dovevo proteggere *lei*.

È vero, non mi ha ancora rivelato da cosa sta davvero scappando, ma io sono paziente. E quando si sentirà al sicuro, me lo dirà.

Con le mani dietro la testa, sorrido guardando verso il piano di sopra, dove Trish rischia di farci arrivare in ritardo. Per ora mi concentro sulla mia felicità. Per quanto possa sembrare un cliché, finalmente casa mia sembra una vera casa. La casa che non ho mai avuto da piccolo.

Mi alzo e mi passo le mani sulla giacca del vestito. Come al solito, quando sto nello studio per un certo tempo i miei occhi vanno alla grande foto al centro degli scaffali dietro la scrivania. La foto di me e mia madre, quando avevo sei anni. Appena prima che mio padre entrasse in politica.

La politica era sempre stato il suo obiettivo; mia madre lo sapeva quando si sono sposati. Dopotutto, il padre di mio padre era un sindaco e suo fratello un consigliere comunale. Ma volere essere in politica ed esserci *effettivamente* sono due cose diverse.

Nella foto abbiamo gli occhi quasi chiusi da quanto stiamo ridendo. Mia madre mi stringe i fianchi da dietro, probabilmente subito dopo uno dei suoi famosi attacchi di solletico.

Potrebbe essere stata l'ultima volta che mi ha fatto il solletico o che mi ha abbracciato in quel modo.

Oltre che essere una calamita per tangenti, menzogne e corruzione, una vita da politico non è generosa con le persone che ti stanno intorno. Quelle che hanno giurato di amarti e onorarti fino alla morte.

Ho visto mia madre trasformarsi da una giovane donna vivace e scherzosa che avrebbe mollato tutto per giocare a nascondino o a qualche gioco di società sul pavimento di marmo dell'ingresso, a un guscio vuoto rivestito di marchi di lusso che sopravvive a forza di Bloody Mary a colazione e di Martini a mezzogiorno. Non ride mai e sorride raramente, a meno che non sia di fronte a una macchina fotografica. Inoltre, non parla in pubblico a meno che mio padre non lo ritenga opportuno.

Vedere Trish così mi ucciderebbe.

«Che ne pensi, Capitan America?»

Mi volto in direzione della voce di Trish e sbatto gli occhi vedendo il suo corpo in posa sulla soglia dello studio.

Cercando di deglutire, faccio un passo verso di lei. «Wow.»

«Ti piace ciò che vedi?» Indica il suo corpo con un gesto teatrale mettendo in mostra il vestito bianco aderente e lungo fino ai piedi. Ha una sola spallina, rifinita con un fiocco morbido. La figura snella è esaltata dalla forma stretta sui fianchi e appena più ampia sulle gambe, quel poco che basta perché il tessuto si muova e si apra in un profondo spacco laterale.

Allunga le braccia girandosi lentamente su se stessa con le scarpe alte rosso porpora che spuntano dal bordo del vestito. Sono di un seducente color vino, di una sfumatura perfettamente abbinata al rossetto e allo smalto.

«Sei perfetta.» Il complimento non è adeguato e probabilmente è terribilmente sdolcinato, ma è vero. *Ripigliati, amico.*

Ma lei, invece di schernirsi, sembra compiaciuta della mia scelta di parole. «Beh, grazie, dolcezza.» Facendo piccoli passi molto femminili sui tacchi che probabilmente la alzano di circa dodici centimetri, Trish si avvicina con disinvoltura. Mi passa le mani sulle spalle e poi lungo i risvolti della giacca, che erano comunque già a posto (gesto che non mi aiuta nella lotta che sto combattendo contro l'erezione in corso). «Non sei male nemmeno tu.» Ammicca con quegli occhi scuri, innocenti e improvvisamente provocatori, proprio come il suo abito.

«Ehm...» Mi schiarisco la gola. «Grazie.»

Quando la guardo negli occhi, sparisce tutto. I segreti, le manipolazioni, la preoccupazione. Vedo solo Trish. Il suo amore incondizionato per le sue amiche, i suoi occhi sorridenti, il suo spirito motivato, la sua risata argentina.

«Sei tutto ciò che abbia mai voluto.»

Gli occhi scuri si ammorbidiscono e il sorriso le si allarga. Poi un'ombra le attraversa il volto.

«Trish?» Alla fine sono riuscito a diventare troppo sdolcinato?

Abbassa lo sguardo e punta una scarpa verso l'altra, con aria esitante. «Ian, io...»

Walking on the Moon risuona dietro di lei. Dalle sue labbra rosse scappa una risata. «Sarà Jules.» Si avvicina alla ringhiera dove è appoggiato una pochette bianca con le finiture rosse. Prende in mano il telefono e se lo porta all'orecchio. «Sì, potentissima?»

Non sento cosa dice Jules, ma Trish rovescia gli occhi, quindi probabilmente è qualcosa di inappropriato. «Sì, lo so. Ho già parlato con Rich al bar. Non c'è bisogno che ti stropicci le mutande per l'agitazione.» Chiude gli occhi e scuote il capo a qualsiasi cosa Jules stia dicendo, poi risponde: «Davvero non c'era bisogno che me lo dicessi, dolcezza.» Ridendo e sembrando più spontanea di prima, Trish riattacca. «Altro che *Bridezilla*, Jules ha coniato un nuovo termine: DAMONzilla.» quando la guardo accigliato lei si mette a ridere. «DAMON è l'abbreviazione di DAMigella d'ONore.»

«Ah.»

«Voleva controllare per l'ennesima volta che avessi prenotato una sezione del Big Texas per la festa di addio al nubilato di Jackie.»

«A voi piace un sacco quel posto.»

«Beh, è dove iniziato tutto.» Il suo sorriso quasi malinconico lascia il posto a un'espressione di rimpianto. «Andiamo? Non voglio fare tardi.» Mentre me lo chiede guarda la borsa, come se metterci dentro il telefonino richiedesse tutta la sua concentrazione.

«Cosa ti ha detto Jules che non avresti voluto sapere?»

Il suo volto torna a illuminarsi, e sono contento di non

essermi spinto troppo oltre. «Ha detto che non si deve preoccupare di non stropicciarsi le mutande per l'agitazione, perché tanto non le porta.»

«Sì.» Rispondo senza fare una piega. «Potevo stare senza saperlo anche io.»

Trish ride e torno a sentire le belle sensazioni di prima. Ma riconosco anche altre sensazioni, che non ho mai ammesso fin da quando l'ho vista nel parcheggio dei caravan, con il fucile in mano, che faceva le valigie per andarsene.

Impazienza. Frustrazione. Paura.

Sono sempre stato quello con più pazienza di tutti. È questo il motivo per cui sono un bravo dipendente del governo nonostante le scartoffie e la burocrazia che ostacolano i progetti, costringendoci a rinviare più e più volte le scadenze. È questo il motivo per cui sono bravo a essere più furbo di mio padre, perché riesco a vedere a lungo termine. Ed è questo il motivo per cui, nonostante abbia sempre voluto avere tutte le informazioni con ampio anticipo, non ho chiesto a Trish di spiegarmi l'investigatore privato che ha bussato alla sua porta.

Però sono stanco di vedere quell'ombra nei suoi occhi. Sono infastidito dalla sua continua riservatezza. E ho molta paura che questa donna, che tiene tutto ciò che ho sempre voluto nel palmo della sua mano perfettamente curata, un giorno sparisca.

L'improvviso bisogno di dire basta a tutto ciò e di tenere Trish a casa, al riparo da... tutto, mi attanaglia.

«Andiamo dolcezza,» mi dice Trish con la sua cantilena, camminando lungo il corridoio e ignorando il mio tormento interiore. «Non farmi partire senza di te.»

Il modo in cui sculetta nel tessuto bianco del suo abito mi fa defluire tutto il sangue dal cervello. Mi va in tilt la testa e mi si gonfia il cavallo.

È solo una raccolta fondi. Ci presenteremo, mi toglierò mio padre dai piedi, e ce ne andremo. Andrà tutto bene.

«Vengo.» Cazzo, come vorrei poterlo fare.

TRISH

SEI *tutto ciò che abbia mai voluto.*

Davvero? Osservo Ian mentre parla a una coppia vicino a noi e continuo a ripetermi in testa le sue parole. Ci siamo appena messi in fila per entrare nella sala da ballo e ho già perso conto di quante persone siano venute a salutarlo, quante persone lo conoscano da eventi passati.

Il Ritz Carlton è una cacofonia di suoni, bicchieri che tintinnano, conversazioni tenute educatamente sottovoce e un'ostentazione di ricchezza che non ho mai visto da vicino prima d'ora. Nemmeno in quella prestigiosa parte di Atlanta dove, a soli trenta minuti di distanza, il mio piccolo parcheggio per roulotte ha aiutato ad aumentare le agevolazioni fiscali.

In tempi normali osserverei in ogni dettaglio questa atmosfera, mettendo da parte piccoli frammenti di conversazione che potrei usare più tardi nelle mie storie, mi fisserei nella mente ciò che la gente indossa, le loro posture e il modo in cui si muovono in questo ambiente così sfarzoso.

Al momento, però, è tutto sfocato, come se stessi guardando da un vetro smerigliato. Non è una bella metafora per la mia vita?

Improvvisamente davanti a noi c'è del movimento e la folla si apre per fare passare una coppia. Riconosco subito i genitori di Ian. Prima di tutto perché, dopo avere scoperto chi è il padre di Ian, l'ho cercato su Google; e poi dal modo in cui tutti cercano di fermarli e dire qualcosa e stringere le mani o fare dei cenni di saluto... tutto ciò grida potere e autorità.

Il senatore si ferma a parlare con la coppia vicino a Ian, ma sua madre fa un passo in più. «Ian caro, è così bello vederti.»

Io cerco di togliere il braccio da quello di Ian così che lui la possa salutare con più trasporto, ma lui mi tiene stretto vicino a sé.

«Mamma, questa è la mia ragazza, Trish Garrett.»

Non preparata a questa dichiarazione, sbatto gli occhi. «Ehm, piacere.» Mi maledico per essere così imbranata e porgo la mano libera a Gloria Billinson Kincaid, ex reginetta di bellezza nonché erede miliardaria. Quando me la stringe, mi sento orgogliosa del mio vestito che mi è costato una fortuna e dell'acconciatura che sono riuscita a farmi grazie a un tutorial su YouTube. Nonostante ciò, la signora Kincaid è così di classe che di fronte a lei sono comunque consapevole di ogni briciola della mia povertà. Forse avrei dovuto spendere un po' di più per i cubetti di zirconi che porto alle orecchie.

«Piacere, cara. Sono felice di conoscerti.» Le sue parole sono perfettamente cortesi, ma i suoi occhi sono stranamente vacui, come se stesse recitando delle battute a memoria. Sul suo polso snello c'è un unico braccialetto tennis di diamanti, che mi ricorda Veronica. Ma mentre la Desperate Housewives, vicina di casa, lo abbina al tessuto tecnico, la signora Kincaid ha optato per uno Chanel.

La mano di Ian mi sfiora la parte bassa della schiena quando l'uomo alla sinistra di sua madre, che indossa uno smoking blu evidentemente fatto su misura, si avvicina. «E mio padre.» Ian gli fa un cenno con il capo. «Il senatore Kincaid.»

L'uomo alto e bello mi fa un ampio sorriso, studiato con cura. «Ah, sì. Mio figlio ci aveva detto che sarebbe venuto accompagnato.» Mi guarda dall'alto al basso, con un'espressione cordiale che non vacilla nemmeno un attimo.

Ringraziando il cielo per i miei tacchi da undici centimetri, tendo la mano. «Trish Garrett, signore.»

La sua grande mano racchiude per intero la mia. «Grazie per il tuo supporto, Trish. E per cortesia chiamami Richard: niente signore.»

Sento il calore salirmi alle guance. Non c'è da stupirsi che questo uomo vinca le elezioni. Ha fascino da vendere.

«Forza, su. Spostiamoci di qui.» Ci accompagna oltre gli ultimi ospiti fino a un piccolo salottino vicino alla hall del Ritz Carlton. La porta si chiude alle nostre spalle lasciando fuori tutte le conversazioni. Il senatore Kincaid fa un cenno verso le poltrone. «Vi va se ci accomodiamo?»

Agitata, mi siedo sulla poltrona imbottita rimanendo impettita sul bordo, con le gambe leggermente piegate e incrociate alle caviglie. Non sarò andata a un college esclusivo come le ragazze "giuste", ma ho visto abbastanza persone per imitarle.

Il senatore aspetta che io e sua moglie ci accomodiamo prima di prendere posto, sollevandosi i pantaloni di un centimetro sulle ginocchia prima di sedersi. «Allora, Trish.» incrocia una gamba sul ginocchio dell'altra mettendo in mostra delle eleganti calze blu scuro. «Di dove sei?»

«Hai detto Georgia, vero, caro?» La mamma di Ian tiene gli occhi bassi mentre si liscia la gonna dell'abito cremisi, quindi non riesco a capire se sta parlando con Ian o con suo marito.

Il "caro" deve essere rivolto a Ian, perché risponde lui: «Vero.»

«Uno Stato rosso,» annuisce il senatore. «Ma quando arrivano le elezioni importanti è quasi sempre diviso a metà.» Con un sopracciglio alzato, mi sorride. «Tu come voti?»

«Non addentriamoci in questi argomenti,» interviene Ian con un tono stranamente duro rispetto a quello più provocatorio di suo padre.

«È famoso per le pesche, vero?» chiede la signora Kincaid con le dita che le svolazzano sulla collana di perle, ancora senza guardare nessuno negli occhi. Lei e suo marito sembrano la coppia politica per eccellenza, con il blu dello smoking del senatore e il rosso del suo vestito che gridano America.

«Sì, signora.» Sorrido a questa attraente signora. «Le più dolci.»

«A Ian è sempre piaciuta la pesca,» dice a voce bassa il padre di Ian. Sta guardando dall'altra parte per salutare qualcuno, quindi non riesco a capire se era un eufemismo o no.

Un'occhiata agli occhi socchiusi di Ian mi fa capire che nemmeno lui l'ha capito.

Una donna bionda in abito nero e un porta blocco in mano entra nella stanza. «Buonasera a tutti.»

Ian si irrigidisce.

«Ah, Gale. Eccoti qua.» Il senatore Kincaid si alza in piedi. «Tutto in ordine?»

«Sissignore.» Gale si avvicina di molto al senatore e io sposto lo sguardo sulla signora Kincaid mentre anche lei si alza. Ma è di nuovo impegnata a lisciarsi la gonna. «Il fotografo è pronto.»

«È questo il servizio fotografico di cui mi hai parlato al telefono?» chiede Ian, alzandosi e tendendomi la mano per tirarmi verso di lui.

Gale annuisce. «Per questa campagna il rivale di tuo padre sta puntando sui valori della famiglia. Dobbiamo fare circolare una vostra recente foto di famiglia.»

Ian serra la mascella.

«Quale momento migliore di quando siamo tutti vestiti bene, no?» aggiunge il padre di Ian, senza rendersi conto della tensione crescente, oppure ignorandola deliberatamente.

«Ci dirigeremo alla stanza dove ci aspetta il fotografo privato, aggirando la folla.» Gale si volta verso di me. «La farò accompagnare alla sala da ballo, signorina Garrett.»

«Lei viene con me.» La voce di Ian è dura come la sua espressione.

«Non ha senso.» Il senatore dà una forte pacca sulla spalla a

Ian, che lo ignora. «In fondo è un ritratto di famiglia.» Il sorriso che il padre di Ian mi rivolge è il mix perfetto tra fascino e una educata richiesta. «Di sicuro tu capisci, vero, Trish?»

A sentire parlare di fotografi avevo iniziato ad avvertire il panico che mi pulsava nello stomaco. «Sì, certo.» Cerco di nuovo di togliere il braccio da quello di Ian, e di nuovo lui non mi lascia andare.

Suo padre lancia alla moglie uno sguardo indecifrabile, che però lei capisce. Con voce implorante appoggia una mano sulla spalla del figlio. «Non sarebbe bello avere un ritratto di famiglia aggiornato, caro?»

Vedo la risolutezza di Ian vacillare di fronte a sua madre, i cui occhi azzurri sono molto simili ai suoi. Per fortuna, questa volta quando mi tiro indietro mi lascia andare. Decisamente *non* voglio che la mia foto circoli dappertutto. Il mio movimento attira il suo sguardo e lui apre la bocca per dire qualcosa. Ma parlo io per prima.

«Va tutto bene, sul serio.» Gli faccio ilpiù splendente dei sorrisi anche se so che, a differenza di quello del senatore, il mio non merita di essere fotografato.

Ian dilata le narici e vedo che vorrebbe controbattere, però annuisce in segno di accordo.

«Fantastico.» La voce di Gale sembra annoiata. Parla verso il suo polso, al piccolo congegno che vedo solo ora. «Jonathan, per cortesia accompagna fuori la signorina Garrett.»

Un uomo alto e piuttosto imponente entra nella stanza. Istintivamente faccio un passo indietro.

«E lei chi è?» Ian si intromette tra me e l'uomo.

«Guardia del corpo,» dice Gale agitando in aria i suoi appunti. «Il meglio del meglio.» Poi si mette in movimento e con passo deciso nelle sue decolleté nere attraversa la stanza dal pavimento di marmo, seguita dal senatore e da sua moglie.

«La accompagno alla sala da ballo, signor Kincaid,» dice Jonathan tirando su con il naso. «Non si preoccupi.»

Intuendo che Ian è pronto a litigare di nuovo, mi costringo a prendere il braccio della guardia del corpo, anche se lui non me lo ha offerto. «Va tutto bene, smetti di agitarti.» Allontano Ian con un gesto della mano. «Tu vai a fare la foto.»

Ian lancia un'occhiata alle spalle di suo padre e sospira. «Ci metto solo un minuto.» Si abbassa verso di me e mi bacia la guancia.

«Va bene, va bene.» Gli prendo la guancia con la mano che ho libera e lo tengo così da potermi godere lo sguardo intenso dei suoi occhi azzurri. «Ora vai. Io mi prendo un po' di champagne e me ne sto lì, ad apparire fantastica.»

Questo gli strappa un sorriso. «Mi sembra interessante.»

Ma mentre lo guardo che segue suo padre fuori dalla stanza e sento Jonathan che costringe i miei piedi riluttanti a seguirlo, capisco che per passare la serata avrò bisogno di ben più che un po' di champagne.

QUINDICI
DUBBI CRESCENTI

IAN

AVREI DOVUTO DIRE DI NO.

È l'unica cosa a cui riesco a pensare mentre seguo i miei genitori verso l'ascensore e poi al piano di sopra, fino alla sontuosa distesa di stanze all'ultimo piano del Ritz. Ci faremo la foto in una suite. Ovviamente.

Forse Trish non l'aveva capito, ma io mi sono accorto che saremmo stati "manovrati" nel momento in cui, all'entrata, ci hanno sfilato dalla coda. E quando è arrivata Gale, subito dopo che mio padre aveva chiesto una chiacchierata privata, i miei sospetti sono stati praticamente confermati.

Hanno separato me e Trish con la scusa di un ritratto di famiglia.

Famiglia, come no.

«Vi do dieci minuti, poi torno da Trish.»

«Tu ti preoccupi troppo,» dice Gale, muovendosi sempre con passi sicuri. «La stanno trattando con i guanti bianchi. Scortata nella sala da ballo, con una selezione privata di vini e antipasti nell'attesa. Sta bene.»

Gale inserisce la chiave nella porta e ci fa entrare. Mia madre china il capo per ringraziarla mentre passa. Non ho idea se sappia della lunga relazione tra Gale e mio padre.

Quando io l'ho scoperta, volevo assolutamente farlo sapere a mia madre. Però, da bravo quindicenne, non sono riuscito a trovare un modo per farle capire che avevo scoperto mio padre che si portava in casa un'altra.

Ora, passati tanti anni, non so nemmeno se a mia madre interesserebbe.

Nella stanza, due persone che non avevo notato si fanno avanti dall'area del bar: una donna con una macchina fotografica intorno al collo e un uomo che ha in mano dei dischi di tessuto riflettente.

«Pensavo di preparare qui.» La fotografa indica il divano. «Lo possiamo girare con il retro al balcone, con le tende che fanno da cornice.»

«Bene, bene.» Mio padre afferra un bicchiere di scotch che Gale sembra avere tirato fuori dal nulla. «Però assicuratevi che ci siano le bandiere.»

«Già provveduto,» dice Gale battendo le mani. E, come se fosse il set di un film storico, due persone escono da una delle camere da letto, ognuna con un grande e pesante pennone: uno con la bandiera del Texas e l'altro con la bandiera a stelle e strisce. Nel frattempo la fotografa e l'assistente iniziano a sistemare le luci.

Appaiono altre due persone: una di loro infila dei fazzoletti nel colletto della camicia di mio padre e gli spolvera il viso di cipria, mentre l'altra si china a lucidargli le scarpe.

Mia madre è seduta perfettamente eretta sul bordo di una sedia della sala da pranzo e la sua espressione perennemente vacua sembra non turbata né dal tempo né dalla delusione.

Una giornata come un'altra in questo circo che è la mia famiglia.

Fisso torvo Gale. «Dieci minuti.»

Ho la mascella che sembra sul punto di spaccarsi.

«Dovrebbe bastare così.» La fotografa abbassa la macchina fotografica. «Ho fatto delle foto fantastiche.» Annuisce a mio padre. «Ha una bellissima famiglia, signore.»

Alle sue parole mio padre si pavoneggia mentre io cerco di liberarmi il viso dal sorriso forzato. Ci sono voluti davvero solo dieci minuti, ma sono sembrati eterni.

Bussano alla porta e sono così esasperato dallo stare qui con mio padre che ci metto un attimo a registrare il volto familiare che entra nella suite.

«Ian?»

Io sbatto le palpebre sorpreso. «Brenda?» La ragazza dai capelli biondi e gli occhi azzurri che conoscevo dai tempi della scuola entra nella stanza, seguita dall'ex sindaco di Dallas, McGowan, e sua moglie: i genitori di Brenda.

Mio padre si fa avanti, con la mano tesa. «Teddy. Sono contento di vederti qui.» I due vecchi amici si stringono la mano mentre mia madre fa i complimenti alla signora McGowan per il suo vestito. Rivolgendosi alla mia vecchia amica, mio padre le prende entrambe le mani. «Brenda cara, sei fantastica.»

«Grazie, signore.» Lei fa un sorriso, ma dall'espressione corrucciata capisco che è forzato.

«Chiamami Richard. Dopotutto ora sei cresciuta, no?» Allarga le braccia, costringendo anche lei a fare altrettanto, prima di guardarla dall'alto al basso. «Guardala qui, prima la laurea a Baylor, e ora a Dallas e Houston a gestire eventi di beneficenza.» Mi guarda da sopra la spalla. «Una donna incredibile, eh?»

Ed eccoci qui. Avrei dovuto sapere che c'era qualcosa in arrivo quando non ha fatto una piega dopo che gli ho detto che sarei venuto alla serata accompagnato, nonostante volesse che trovassi qualcuno di sua scelta. Mi aveva fatto pensare di assecondarmi, invece alla fine ha fatto quello che ha voluto.

Ho le mani strette a pugno che stanno praticamente tremando.

«Bello vederti, Bren.» Faccio un respiro profondo. Io e Brenda siamo cresciuti all'ombra di uomini politicamente importanti, quindi lei capisce che il mio comportamento ostile non ha nulla che fare con lei, ma è dovuto alle dinamiche delle nostre famiglie. Questa comprensione ci aveva aiutato a legare in passato.

Mentre si allontana da mio padre per andare ad abbracciare mia madre, Brenda fa una smorfia. Altre botte sulle spalle e complimenti mormorati, e poi arriva da me. I nostri genitori continuano con il loro atteggiamento. E anche se mio padre cerca di catturare il mio sguardo per suggerirmi di fare qualcosa, io non colgo. Osservo lo spettacolo mantenendomi distaccato.

«È stato bello vedervi tutti, ma ora devo tornare dalla mia ragazza.»

Sorseggiando il suo drink, mio padre respinge la mia dichiarazione. «Ma dai, Gale ha detto che la ragazza sta bene. Sono sicuro che va tutto bene.»

Lo tronco subito. «Per cortesia, scusatemi.»

La mano di Brenda sul mio braccio mi blocca. «Potrei parlarti per un attimo?» Indica il balcone dietro di noi.

Dal bar, mio padre mi fa un sorrisetto, la sua irritazione di prima sparisce quando vede me e Brenda insieme. Solleva persino leggermente il bicchiere che ha in mano, come se stesse rendendo onore alle sue macchinazioni.

Tanto basterebbe per farmi scappare infuriato, ma l'espressione sul viso della mia amica mi ferma. Ai tempi del college, ogni volta che le pressioni della vita pubblica diventavano eccessive, lei c'è sempre stata per me. Sarei uno stronzo se ora la piantassi in asso.

Volgendo le spalle a mio padre accompagno Brenda fuori dalla porta-finestra e l'aria fresca sulla pelle è un sollievo dopo l'atmosfera soffocante che c'era dentro. Raggiungo la ringhiera e guardo oltre, verso le luci delle auto in movimento, ma da questa altezza il rumore del traffico è solo un lontano ronzio.

«Sono gay.»

Sbianco e guardo incredulo la mia amica d'infanzia. «Ah, okay.» Lei continua a fissarmi, quindi aggiungo: «Congratulazioni?»

Questo manda in frantumi la sua facciata di pietra e vedo di nuovo il sorriso che ricordo da anni fa. «Idiota.»

Ridiamo e l'imbarazzo svanisce.

Scuoto la testa, incrocio le braccia e mi appoggio con la schiena alla ringhiera. «Non che non sia felice che ti sia confidata con me, ma c'è un motivo per cui hai sentito il bisogno di dirmi che sei gay?»

«Perché spero che le mie inclinazioni sessuali ti aiutino a far desistere tuo padre dal suo piano, piuttosto ovvio e arcaico, di una relazione pianificata tra me e te.»

«Ah.»

«Sì, "ah".» Brenda mi si avvicina e i suoi occhi scrutano il paesaggio urbano notturno. «Mi ci è voluto un sacco di coraggio per fare coming out con i miei genitori super conservatori, ma l'ho fatto. Papà l'ha presa meglio di quanto pensassi quando ho annunciato che non solo sono gay, ma che esco con una donna da più di un anno.» Brenda fa una pausa per riflettere. «Probabilmente il fatto che avesse già abbandonato il suo incarico ha aiutato.» Mi dà un colpetto con la spalla. «Ma ora *tuo* padre l'ha innervosito, con i suoi tentativi di convincermi che dovrei sposare te e mettere da parte la mia ragazza.» Le nocche delle mani che stringono la ringhiera le si sbiancano. «Come se fossimo negli anni Cinquanta, o qualcosa del genere.»

La confidenza che c'è tra di noi, nata dalla comprensione di cosa significhi vivere con dei genitori al centro della scena pubblica, cala su di me come un logoro blazer del country club degli anni che furono.

«Sono contento che tu sia uscita allo scoperto, Brenda. Facevo il tifo per te.»

«Solleva di scatto le sopracciglia. «Lo sapevi?»

«Lo sospettavo.» Mi chino verso di lei, ricambiando il colpetto. «Voglio dire: come avresti potuto resistermi per tutti quegli anni?»

Brenda leva gli occhi al cielo. «Idiota.»

«Non potresti semplicemente apparire a un paio di eventi con la tua fidanzata, e far sapere alla gente che non bazzichi dalle mie parti?»

«Non sarebbe carino nei confronti di Chrissy.»

«Chrissy?»

«La mia ragazza.» Le si illuminano gli occhi, il che mi fa sorridere. «Lei non è ancora uscita allo scoperto. Suo padre è un pastore, come quelli alla TV che riempiono le chiese come fossero arene da basket.»

«Dannazione. Non ti sei scelta una cosa semplice.»

«Ne vale la pena.» Si incupisce. «Inoltre, non è corretto da parte mia coinvolgerla in tutto questo. Se lo facessi, la starei usando. Ciò che devo fare è rimanere salda nei confronti dei miei genitori.»

Le parole di Brenda mi colpiscono in pieno. Penso a Trish, che è chiaramente a disagio con ciò che la circonda, tuttavia io l'ho portata qui. Avevo pensato di fare il figo. Di evitare un confronto non necessario.

Avevo pensato che la mia filosofia del non-confronto, come quando ho fatto manovre nascoste per sfilarmi dalle Olimpiadi e iscrivermi all'MIT, avrebbe funzionato anche qui. Nello specifico, arrivare questa sera a braccetto di Trish.

Però va anche detto che l'MIT è stato l'inizio della mia claustrofobia, e intanto Trish è al piano di sotto con una guardia del corpo mentre io sono prigioniero con quella che mio padre ha scelto come mia moglie.

Rendermi conto che in fin dei conti non sono poi così intelligente come pensavo, non è una bella cosa.

Mi allontano dalla ringhiera, con il cuore troppo pesante per queste barre di metallo. «Devo tornare dalla mia ragazza.» La tiro verso di me per un rapido abbraccio sul fianco. «Però ti chiedo scusa per mio padre, Brenda. Gli dirò di farsi da parte.»

«Grazie.» Brenda ricambia l'abbraccio prima di lasciarmi andare. «Per ciò che vale, la tua posizione è ancora più difficile,» dice, con un sorriso nella voce. «Il senatore è più importante del sindaco, e poi mio papà è in pensione.» Mi dà un'occhiata e fa un sorrisetto. «Inoltre, senza offesa, mio padre non è stronzo nemmeno la metà del tuo.»

Buttando la testa all'indietro rido e il suono riecheggia sopra la città. «Non sono mai state dette parole più vere.»

Trish

Avrei dovuto dire di no.

Quando Ian mi ha chiesto di uscire con lui, avrei dovuto dire di no. Quando ho scoperto che suo padre era un senatore, avrei dovuto dire di no. E quando quella guardia del corpo così seria mi ha detto di starmene nell'angolo, vicino al guardaroba, avrei dovuto dire di no.

Tuttavia eccomi qua, con un flûte di champagne vuoto in mano come se facessi tappezzeria al ballo di fine anno mentre aspetto Ian e mi piango addosso per le mie scelte di vita.

Sono abbastanza sicura che dovrei sentirmi offesa per la posizione in cui mi ha sistemato la guardia del corpo, ma invece ne sono contenta. Tutto l'insieme, il vestito, il posto, i riflettori... Non ero preparata. Sono imbarazzata per il fatto di avere pensato che sarebbe stato un evento simile a quelli per la raccolta fondi al country club di alto livello dove lavoravo quando ero a casa. Rispetto a questa sera, a quei tempi ci sarebbe stato un giornalista, una foto degli addetti ai lavori, e una manciata di persone, non tutta questa folla.

Se avessi saputo che sarebbe stato così non sarei venuta. Nemmeno se mi fossi detta che questa esperienza sarebbe potuta diventare preziosa per un prossimo libro.

La luce accecante di altri flash fotografici dalla stanza davanti a me rimbalza sui candelieri di cristallo. Mi rintano ancora di più nell'alcova del guardaroba.

«Eccoti qua!»

Sorpresa, per poco non mi stiro il collo con lo scatto che faccio quando una voce risuona dalla stanza affollata.

Vedo arrivare verso di me una bionda prosperosa in un abito aderente verde smeraldo, modello sirena, con i capelli tutti cotonati in su. «Rose?»

Quando è a trenta centimetri di distanza si piega in avanti e mi appoggia una mano sulla spalla. «Ah, cazzo, è difficilissimo muoversi con questa cosa addosso.» Cerca di fare un respiro profondo ma le esce un rantolo. «Ora capisco perché avete rifiutato l'unico vestito da damigella che mi piaceva.»

Non faccio cenno al fatto che il vestito era stato bocciato perché la faceva sembrare Barbie Prostituta, come dice Jules. Mi guardo intorno, preoccupata che il suo saluto abbia attirato l'attenzione. Per fortuna la folla è perlopiù radunata intorno alla porta, come se stessero aspettando qualcosa. «Cosa ci fai qui?»

«Sto con te, ovvio.» Si mette dritta e si guarda intorno. «Perché ti nascondi?»

«Non mi sto nascondendo.» Lei inarca un sopracciglio castano chiaro, ma per fortuna ignora la mia bugia. «A proposito.» Fa un passo indietro e mi osserva dalle scarpe allo chignon. «Sei uno schianto con quel vestito.»

«Oh.» Il complimento mi porta a drizzare le spalle, non mi ero accorta di essermi ingobbita.

«Grazie.» Passo la mano sulla stoffa cercando di ridestare l'emozione che avevo sentito prima. Amo quest'abito. Amo come Ian mi guarda quando ce l'ho addosso. Però qui, lontano da quelle persone raffinate e dalle loro vite raffinate sento che potrei anche calciare via le scarpe e togliermi questo vestito da migliaia di dollari e disseppellire i pantaloncini e la canottiera di Wallmart che portavo quando stavo a piedi nudi nel retro della roulotte dei miei nonni.

Il tessuto chiaro e opaco sembra quasi nuziale sotto il bagliore delle plafoniere. Mi piace pensare di avere scelto il bianco perché il non-colore mi fa risaltare i capelli scuri e il rossetto magenta preferito. Ma, se devo essere onesta, la mia parte eccentrica l'ha scelto pensando al ballo da ingresso in società che non ho mai avuto. Una tradizione meridionale, alla quale quasi tutte le mie compagne di scuola hanno partecipato, e alla quale io non sono mai stata andata, nemmeno come invitata. Tranne che per servire cocktail al country club prima di farmi strada nel campo dei servizi, in qualità di ballerina esotica.

Come se mi avesse letto nel pensiero, Rose ridacchia, dandomi una leggera gomitata sul fianco. «Non sono molte le spogliarelliste che si possono vestire di bianco.»

Io rovescio gli occhi al cielo, ignorando la pugnalata che mi ha dato quella battuta che voleva essere del tutto innocua.

Rose si solleva il vestito verde smeraldo senza spalline per evitare che le tette le saltino fuori. I capelli biondi e indomiti sono raccolti in alto e sciolti sulle spalle e il tessuto dell'abito è così aderente che sembra stia per scoppiare. Su Rose niente è misurato. E credo che mai potrebbe esserlo.

Scrollandomi di dosso i miei inutili pensieri tristi, le rendo il favore e la squadro da capo a piedi. «Anche tu sei uno schianto, dolcezza.»

«Cazzo, se non lo sono!» Rose prende il mio bicchiere vuoto e lo getta in una pianta lì vicino. «Andiamo a prenderci qualcosa di un po' più massiccio, vuoi?» Mi trascina dietro di lei, per fortuna non troppo velocemente, limitata com'è dal suo abito. «E forse anche qualcosa da bere, dato che ci siamo.»

Ian ha mentito.

Aveva detto che sarebbe tornato entro dieci minuti e ne sono passati già sessanta.

Quindi eccomi qua, seduta a un tavolino vuoto mentre sorseggio un Gin Tonic annacquato, insieme a una ereditiera del petrolio miliardaria che sta cercando un'avventura da una botta e via.

Rose fa un grosso sospiro, mettendo alla prova le cuciture del vestito. «Mi sembra di capire che sei piuttosto introversa, piccola.» Fa una risatina. «Chi avrebbe mai pensato che una spogliarellista potesse essere introversa?»

«Ex spogliarellista, grazie tante.» Mi pento seriamente di avere confessato quel pezzo del mio passato.

«Sì, sì.» Rose cerca di respingere la mia puntualizzazione, ma lo fa mentre con la mano regge un drink. Metà va a finire sulla tovaglia bianca davanti a noi. «Cavoli.» Si guarda velocemente intorno, stabilendo un contatto visivo con la cameriera che aveva corrotto per avere un servizio rapido. Dopo un cenno, la ragazza si precipita al bar. «Comunque...» Rose butta giù il resto del suo drink. «Sì, dicevamo...»

«Io introversa?» ci penso un po'. «Immagino sia vero. La maggior parte degli scrittori lo è.»

«Ma non ti *annoi*?» Pronuncia l'ultima parola strascicandola, come se fosse un bambino piagnucoloso. «Tipo, in questo momento.» Rose china la testa sulla mano, tenuta in alto dal braccio appoggiato al tavolo. «Io sono così annoiata.»

Rido. «Sì, si vede. Ogni volta che capita a me, io mi invento delle storie o raccolgo informazioni da usare poi in un libro. Trovo che le persone siano affascinanti.» Anche minacciose, ma questo non lo dico.

Rose continua a fare il broncio.

Passo in rassegna le persone che sembrano importanti, fino a quando trovo ciò che sto cercando. «Ecco.» Punto un dito, poiché il drink di troppo che ho bevuto mi impedisce di preoccuparmi delle mie buone maniere. «Prendi quella donna là, con la stola di pelliccia bianca.»

Rose si raddrizza, individuando la persona di cui sto parlando. «Pelliccia? È settembre e siamo a Houston, per l'amor del cielo. È roba da anni Ottanta.»

Mi volto sulla sedia. «E se non fosse ricca e quella stola fosse tutto quello che sua nonna le ha lasciato, e fosse qui questa sera in cerca di un ricco marito che la aiuti a ripagare i debiti di famiglia?» Rose spalanca la bocca, ma io schiocco le dita richiamandola. «Oppure, se fosse la trappola di un gruppo di animalisti e lei si fosse sacrificata per farsi cospargere tutta di vernice rossa, per una protesta politica?»

Rose ride. «Avrebbe scelto lo Stato sbagliato per una

protesta di quel tipo. Il Texas è lo Stato simbolo, quando si parla di pelli, pellicce e qualsiasi altra cosa antianimalista.»

Annuisco, pensando agli stivali da cowboy, alle cinture e alle giacche in pelle che si vedono ogni sera al Big Texas Saloon.

Rose finisce il resto del suo drink e studia la donna. «Penso che sarebbe più carino se fosse una assassina e sotto la pelliccia avesse un coltello di ceramica fissato alla schiena.» Mi fa un sorrisetto. «Audrey Cole non ha ancora scritto un romanzo d'amore con suspense e azione.»

Mi fa ridere. «No, immagino che...»

God Bless America risuona dalle casse, e io faccio un salto sulla sedia.

Rose indica le porte di fronte a noi. «Deve essere il senatore che fa il suo ingresso trionfale.» Ci alziamo entrambe in piedi, cercando di vedere meglio.

Il senatore e sua moglie attraversano la folla a passo lento, stringendo mani e salutando come fossero dei reali, mentre entrano nella stanza. Flash di fotocamere e persone che esultano neanche fossimo alla parata del ringraziamento.

Che ci sta: a quanto pare sono questi gli onori che spettano a un senatore degli Stati Uniti.

È ciò che c'è *dietro* l'uomo che mi fa sgranare gli occhi modello guardone nei pressi di un incidente stradale.

È Ian. E non è solo.

«E quella chi è?» Rose mi guarda, accigliata. «C'è qualche troietta da fare fuori?»

«Non lo so.» Guardo affascinata, mente la donna al fianco di Ian sorride, prende la mano di un'esile signora anziana con entrambe le sue e si china a baciarle una guancia. «Non è che sembri una troietta.»

«E allora?» Si stringe nelle spalle, con le tette che sballonzolano all'altezza dei miei occhi. «Ho appena detto che quella ricca signora è un'assassina.»

Ignorandola, mi concentro su Ian. Vorrei che fosse l'unica cosa che vedo, ma il mio sguardo continua a spostarsi sulla donna vicino a lui. Non si stanno toccando. La bella donna alta bionda e sofisticata non si ferma nemmeno a posare per le foto insieme a lui. Però è lì. E io sono qui.

«Caspita, pensi che li abbiano fotografati a sufficienza?» Rose soffoca una risatina. «Sono già stata a eventi politici come questo, e di solito l'atmosfera è più tranquilla. Solo una manciata di candidati che chiacchierano con gli influencer locali, poi un pranzo eccessivamente costoso e un noiosissimo discorso di promesse che nessuno mai manterrà.» Per nulla turbata da quello che dice, mi guarda in attesa. «Vuoi andare a riprenderti il tuo uomo?»

Ero così occupata con la bionda che non ho guardato Ian. Ci provo ora, ma non appena intravedo la sua nuca, la folla si chiude e io lo perdo di vista. Ian riemerge solo quando il senatore e la sua famiglia raggiungono il loro tavolo.

Osservo, distaccata, mentre Ian sposta la sedia della bionda prima di sporgersi e stringere la mano di un altro uomo.

Rose è insolitamente silenziosa mentre osserva me che guardo Ian sedersi vicino alla ragazza mentre la folla si siede ai tavoli vicini.

Quando alcuni ritardatari vengono verso di noi sul retro, Rose mi dà una leggera gomitata: «Ehi, vuoi uscire?» Sorride, anche se sembra un sorriso un po' tirato. «Non sei esattamente la persona con cui speravo di usare questa battuta questa sera ma, beh, sempre meglio che andare a casa da sola.» Mi offre il braccio come un vero gentiluomo.

Io lo afferro e sbatto le ciglia sugli occhi umidi. «Grazie, Rose.» Schiarendomi la voce mi costringo a sorridere. «Lo apprezzo molto.»

«Tranquilla.» Mi guida lungo la parete laterale della sala da ballo verso l'uscita. «E comunque, tutte queste persone presuntuose di solito sono delle vere merde.»

SEDICI
CONTROLLO DANNI

Ian

«Dove è Trish?» chiedo a mio padre, prendendo posto al tavolo.

Lui non risponde e continua a fare ampi cenni con il capo alle persone tutto intorno.

«Sono sicura che sta bene,» dice Gale, seduta alla destra di mio padre senza sollevare gli occhi dai suoi appunti.

Io faccio un respiro profondo con le narici che mi si dilatano. «Non è quello che ho chiesto.»

Probabilmente sorpresa per il tono che ho usato, l'amante di mio padre si gira di scatto verso di me e solleva un sopracciglio accuratamente arcuato, come si fa quando si incontra qualcosa di spiacevole. «Ho detto a Jonathan di portarla al tavolo quando era pronta.» Si guarda intorno in maniera plateale. «Poiché non è qui, posso solo immaginare che abbia trovato più interessante la sua compagnia. O magari è al bar.» Tira su con il naso prima di scrivere qualcosa. «Forse si sente più a suo agio là, considerato da dove viene.»

Ignorando i suoi insulti nemmeno tanto velati, mi concentro solo sull'ultimo. «Hai verificato da dove arriva?» La penna di Gale si blocca sugli appunti, ma lei non solleva lo sguardo. «No, ma probabilmente dovrei.» Inclina il capo e scrive qualcosa. Alla fine mi guarda, particolarmente pallida ed emaciata. «Nel senso, che un bar le sarà sicuramente più congeniale che stare qui seduta con persone come noi.»

«Quindi hai mentito.»

Brenda e i suoi genitori guardano con curiosità Gale, che sta iniziando a capire che non ho intenzione di lasciar perdere.

«Hai detto che Trish veniva trattata bene, mentre la tua guardia del corpo l'ha scaricata in modo che tu potessi fare ciò che volevi.»

Gale fa una risatina. «Ma dai, Ian, sul serio.»

Mia madre passa le mani ai lati del piatto per lisciare la tovaglia. Questa donna trova sempre delle pieghe da lisciare. Continuerebbe a farlo fino a consumarsi le mani. È ciò per cui è stata addestrata.

È maledettamente fastidioso.

E mi rendo conto che sto facendo la stessa cosa anche io.

Mi alzo in piedi.

«Che fai?» mi chiede con premura mio padre, parlando nel tono più basso che il suo fastidio gli permette. «Siediti.»

Quando rispondo, non sento né rabbia né frustrazione. Mi sento solo sfinito. «No.» La parola mi alleggerisce le spalle dal bagaglio di una vita intera. «Vado a cercare la mia fidanzata.»

Prima che mio padre, che ora sta sgranando gli occhi, possa ribattere, Brenda si intromette: «E comunque, solo perché si sappia, sono lesbica.»

Suo padre si soffoca con un sorso di whisky e sua madre abbassa il mento, con un sospiro.

Gale cancella qualcosa sui suoi appunti. Forse il nome di Brenda.

Un rossore screziato che si abbina alla sfumatura delle scarpe di Trish si fa strada sul collo di mio padre. La mamma preme più forte le mani sulla tovaglia.

Ridendo, mi abbasso e bacio una guancia di Brenda. «Prima o poi ci dovremmo trovare per presentarci le nostre rispettive ragazze.» Faccio una pausa. «In un posto privato. Solo noi.»

Lei sorride e mi accarezza la mano appoggiata sulla sua spalla. «Mi piacerebbe molto.»

Il resto del tavolo è stranamente silenzioso quando me ne vado, anche se posso sentire gli occhi di mio padre che mi perforano la schiena mentre mi allontano.

Non me ne frega un cazzo.

Non la trovo. Sono andato al bar, nonostante la condanna insita nell'insinuazione di Gale, perché qualsiasi persona normale avrebbe avuto bisogno di bere qualcosa per affrontare questo spettacolo di merda. Non c'era. Nemmeno nei bagni.

L'ho chiamata e le ho mandato almeno un milione di messaggi, ma non ho ricevuto nessuna risposta.

Sto per interrompere mio padre a metà del suo discorso per chiedergli dove cazzo è la mia fidanzata quando vedo la guardia del corpo vicino alle porte della sala da ballo.

«Dov'è Trish?»

A parte un sopracciglio inarcato, l'uomo non risponde.

Sarei colpito dalla sua impassibilità se non fosse per il presentimento che sento farsi strada dentro di me. «Dove. È. Trish?»

Alcune persone si voltano a guardare. Siamo abbastanza lontani dal palco da non interrompere il discorso di mio padre, però stiamo disturbando i tavoli più vicini alla porta.

La guardia del corpo sospira. «Ho accompagnato la signora

in questione nella sala da ballo e l'ho lasciata vicino i bagni sul retro come ordinato.» Con il mento indica la direzione dalla quale sono appena arrivato.

Lasciato. Ordinato. Sono parole che mi scavano dentro, affilate come coltelli. «E poi te ne sei *andato*?»

Un altro sospiro. «Sì. Gli ordini che ho ricevuto non includevano di farle da babysitter per l'intera serata.»

Stringo e rilascio i pugni alcune volte, cercando di ricacciare indietro la furia che mi sento bollire dentro. Non so se sono più arrabbiato con mio padre o con me stesso.

Sto per mettermi a urlare solo per il gusto di farlo. Giusto per fare incazzare le persone che fanno incazzare me, ma poi mi squilla il telefono. Lo tiro fuori dal taschino e sono sollevato quando vedo il nome di Trish.

Esco dalla stanza aggirando la silenziosa guardia del corpo e faccio scorrere il pollice sullo schermo. «Trish?»

«Ehilà.» La sua voce sembra più bassa, più sussurrata di quando parla nel suo solito tono scanzonato, meridionale.

«Dove sei?» Cammino davanti alle porte della sala da ballo, impedendo ad alcune persone di entrare, ma non mi interessa.

«Rose e io stiamo aspettando il parcheggiatore.»

Mi fermo sui miei passi costringendo una coppia dietro di me a cambiare strada all'ultimo momento per non urtarmi. «Rose?»

«Sì.» Una risatina. «Ci crederesti? Mi ha fatto una sorpresa. Mi ha trovato sul retro mentre ti aspettavo ed è rimasta a farmi compagnia mentre ... beh, mi ha fatto compagnia.»

I coltelli scavano ancora più in profondità. Mi giro su me stesso, quasi urtando un'altra coppia e attraverso a passo veloce l'atrio. «Perché siete dal parcheggiatore?»

«Beh, sembravi così impegnato e c'erano così tante persone...» Si schiarisce la voce. «Davvero, non vedevo nessun motivo per rimanere.»

Non vedeva il motivo per rimanere? Non sono io il motivo? No, il problema è che io non le ho dato un motivo.

Perché sono un idiota.

«Questa notte vado a dormire da Rose, quindi non preoccuparti per me. Puoi, ehm, fare tutto quello che devi. O che vuoi, immagino.»

Passo oltre il portiere che sembra un bradipo e spalanco le pesanti porte di vetro. La prima cosa che vedo è una Rose da urlo, con le mani sui fianchi, che risplende sotto le luci del portone del Ritz. Solo quando si sposta i capelli di lato, noto Trish vicina a lei, con le spalle piegate, che le stringe la vita.

«È Capitan Stronzo?» Sento la voce di Rose sia di persona che attraverso il telefono. «Dovresti dirgli che...»

«Rose, smettila,» la ammonisce Trish con un cenno della mano.

Faccio pochi passi rapidi ed è a portata di mano. «Trish.»

«Ian!» Spaventata, a Trish cade il telefono e lei cerca di prenderlo al volo più volte, come fosse una patata bollente, fino a quando non lo afferra saldo e se lo stringe al petto. «Mi hai spaventata.»

Le metto le mani sulle spalle, odiando il modo in cui sta piegata su se stessa. «Mi dispiace un sacco.» Non so se questa sera ci saranno scuse a sufficienza.

«Dov'è la tua ragazza?» Il commento sarcastico fa trasalire Trish, quindi capisco che non si riferiva a lei. Nell'attesa della mia risposta, Rose batte con un piede a terra, e questo la fa vibrare tutta.

Per educazione tengo gli occhi fissi sulla parte alta dell'acconciatura. «Brenda?»

«Brenda.» Rose soffoca una risatina. «Chiaro che si chiama *Brenda*. È così...» Sbuffa, non trovando la parola che stava cercando. «Vabbè. Brenda è un nome stupido.»

«Non è la mia ragazza, è solo un'amica di famiglia. La conosco dai tempi del liceo.»

«Capisco.» Ma il tono di Rose implica che non capisce per niente. «E tu hai accompagnato questa *amica* a questa serata e l'hai fatta sedere vicino a te per caso oppure l'hai deliberatamente sostituita alla tua vera fidanzata perché te l'ha detto tuo padre?»

«No.» Riesco a dire tra i denti prima di rivolgermi a Trish. «Non è andata così. Sul serio. Non volevo...» Mi passo la mano tra i capelli. «La sua famiglia è stata invitata al piano di sopra nella suite dopo che ci siamo fatti la foto. È stato un caso che siamo scesi tutti insieme.» So che non è del tutto vero, ma non penso che mi sarebbe di aiuto dire a Trish che la mia famiglia l'aveva fatta nascondere di proposito in un angolo perché pensavano che io meritassi di meglio.

Studio l'espressione di Trish cercandoci delle tracce di rabbia o un accenno di perdono, ma non c'è niente. È come se i suoi lineamenti fossero stati meticolosamente studiati per nascondere i suoi veri sentimenti.

Le stringo di più le spalle. «Ti ho cercato prima di entrare. Mi è stato detto che eri vicino alla porta ma...»

«La macchina è arrivata!» Grida Rose vittoriosa.

Trish fa un passo avanti, ma io sposto il peso da un piede all'altro. «Ti prego, non andare. Mi dispiace.»

La sua espressione impassibile crolla e Trish mi fa un sorriso che però non le illumina gli occhi. «Nulla di cui dispiacersi.» Ha la voce vivace, ma in modo artefatto. «Puoi divertirti alla grande alla sfarzosa mega-festa di tuo padre, mentre io passo la notte da Rose.» Il suo sorriso si allarga. «Ci possiamo vedere dopo.»

«Non è necessario.» Lascio le spalle di Trish e rovisto nelle tasche in cerca del biglietto per il parcheggiatore. Mi incammino e lo consegno al ragazzo che sta tenendo aperta la portiera a

Rose. Insieme a un centone perché si sbrighi. Il ragazzo si guarda la mano e sparisce. «Vengo via anche io.»

Quando vede che il parcheggiatore si muove rapido, lei si acciglia. «Ma pensavo che tu volessi...»

«Venire qui è stato un errore. Mi dispiace.» Non posso fare a meno di ridere. «Cristo, mi dispiace per questo casino di serata.»

«Andiamo via o no?» Si intromette Rose avvicinandosi alla sua macchina.

Vorrei pregare Trish di venire con me, scusarmi ancora un po', ma freno il mio impulso. Se Trish vuole andare con Rose, non la biasimo. Per il modo in cui è andata questa serata non posso biasimare altri che me stesso.

Trish cerca qualcosa nel mio sguardo, anche se non so bene cosa. Per fortuna, dopo un attimo guarda Rose e scuote il capo.

Rose fa una faccia spazientita. «Lo immaginavo.» Si abbracciano e Rose sussurra a voce sufficientemente alta perché io senta: «Ricordati che ho una distesa di terra e un mucchio di badili.» Mi guarda socchiudendo gli occhi al di sopra della spalla di Trish. «Basta una parola.»

La risata argentina di Trish mi calma il cuore che batte all'impazzata. «Grazie dolcezza.» Stringe forte Rose ancora una volta prima di lasciarla andare. «Per tutto.»

Rose mette un broncio esagerato. «Adesso sì che vado a casa da sola.» Trish ride di nuovo quando Rose mi punta contro un artiglio rosso dall'aspetto letale. «Sei in debito.»

Non ho idea di cosa le dovrei ripagare, o come, ma annuisco lo stesso. «Okay, allora.» Rose sale nella sua Aston Martin metallizzata, sulla quale in qualsiasi altro momento avrei sbavato, e ci saluta agitando le dita della mano dal finestrino del guidatore. «Ciao ciao, stronzetti!»

Trish risponde al saluto sorridendole. Un sorriso che si attenua quando si gira verso di me.

Trish

Dopo che i miei nonni sono morti e io non sapevo come fare a sbarcare il lunario, non ho avuto difficoltà a dormire. Ho dormito della grossa anche la prima notte che me ne sono andata di casa con la coda tra le gambe e le lacrime sulle guance.

Ma stanotte il sonno mi evita. Il che è estremamente fastidioso, dato che vorrei proprio mettere la parola fine a questa giornata.

Sfilo la mano da sotto il braccio che Ian ha appoggiato su di me e sfioro lo schermo del telefono sul comodino. Le due e un quarto di mattina. Tecnicamente, la giornata è terminata, ma io sto ancora lasciando che gli eventi di ieri rovinino il mio oggi. Sbadiglio, e gli occhi stanchi e secchi mi lacrimano. Ian si muove leggermente, tirandomi verso di sé, come se una stretta abbastanza forte mi impedisse di andarmene.

Invece lo farò.

Ieri sera me ne sono resa conto.

Voglio dire, ho sempre saputo che dopo il matrimonio me la sarei data a gambe. Ma il mio subconscio magari sperava in una conclusione diversa, anche quando io gli dicevo che non c'era.

Il mio subconscio è uno stupido.

Ieri sera Ian ha parlato per tutta la strada. Mentre le luci della città si affievolivano nel fioco bagliore dell'autostrada in periferia, lo sentivo dire cose come *amica di famiglia, lesbica, parodia del padre*, e non tutto aveva un senso. Ma l'ho ascoltato. Ho perfino annuito quando alla fine, dopo che si era sfogato, gli ho detto che capivo. Ed era vero. Forse non ho capito i dettagli della serata, ma ho afferrato molto bene la situazione.

Io non sono una Brenda. Non sarò mai una Brenda. E qualsiasi cosa succeda in futuro, i genitori di Ian non vorranno mai che io posi nelle loro foto di famiglia, né che sieda al loro tavolo.

È meglio finirla qui piuttosto che continuare a nutrire la speranza di qualcos'altro. Perfino il mio subconscio l'ha capito. Probabilmente è per questo che non riesco a dormire.

Ihh-oohh.

Quando sente il suono, Ian sbuffa contro il mio collo e io guardo accigliata il telefono che si è illuminato.

Da quand'è che ho questo raglio come notifica?

Allungo la mano ancora una volta, faccio scivolare il braccio sulle lenzuola fresche e riesco a togliere il telefono dal caricabatterie usando una sola mano. Per vederci bene nella forte luce, devo strizzare gli occhi.

Un messaggio di Rose.

Sorrido. Alla raccolta fondi, mentre bevevamo Gin Tonic nell'attesa di Ian, le avevo dato il mio cellulare. Non aveva voluto metterselo nella scollatura perché pensava che sarebbe stata la goccia che avrebbe fatto... saltare le cuciture dell'abito, per così dire.

Non mi dovrebbe sorprendere che mentre lo usava per cercare qualcosa abbia cambiato tutte le mie suonerie.

Il suo messaggio è una emoji scioccata, seguita da un link web. Poi appare un secondo messaggio.

Sicura che non serve che ti venga a prendere?

Aspetto un attimo prima di aprire il link, controllando che Ian dorma ancora. Il suo petto che si alza e si abbassa con ritmo regolare appoggiato alla mia schiena mi dice che sta dormendo.

Il link mi porta alla pagina web delle notizie cittadine, dove appaiono foto dell'élite di Houston in abiti lunghi e brillanti, postate dagli organizzatori della serata. In primo piano Ian, con il braccio teso verso la donna che ha accompagnato al salone da ballo. La didascalia recita: Il figlio del senatore e ingegnere NASA Ian Kincaid con la sua ragazza Brenda McGowan. La signorina McGowan è la figlia dell'ex sindaco di Dallas Theodore McGowan, e secondo fonti ben informate, una amica *molto* intima della famiglia Kincaid.

Rose mi manda l'emoji di un badile.

Sono una scrittrice. So che le parole possono insinuarsi e dare forma a una situazione. Stando a ciò che ha detto Ian, non c'è niente di falso in ciò che ha scritto il giornalista. Un'amica dei tempi della scuola *è* un'amica intima.

E so che Rose probabilmente vuole che faccia un casino con Ian per questa foto, ma nello stomaco inizio a sentire una specie di presagio che non ha nulla a che fare con la presunta ragazza di Ian.

Ripensando alla serata, rivedo tutti i miei movimenti. Quando il senatore ha fatto il suo ingresso, c'erano abbastanza flash, con tutti i giornalisti che volevano attirare la sua attenzione, ma in quel momento io ero ben distante dalla folla. Nemmeno quando ero seduta vicino a una vera e propria ereditiera del petrolio sono stata avvicinata da qualcuno con una macchina fotografica. Non ricordo di avere visto neanche un flash puntato verso di me.

Mentre faccio di tutto per convincermi di ciò, sento il terrore che mi si accumula nello stomaco.

«Trish?» Il mormorio assonnato di Ian mi vibra sulla nuca.

«Scusami.» Spengo subito il telefono e la stanza torna al buio. «Stavo solo, ehm, prendendo nota di un'idea che mi è venuta per il libro.»

Si accoccola contro di me, con i fianchi che mi spingono sui glutei. «Che tipo di idea?»

Sorridendo nonostante l'ansia che mi sta facendo rivoltare dentro, mi spingo verso di lui. «Non quel tipo di idea.» La sua mano mi percorre il corpo sotto la canottiera, mentre l'evidenza della sua eccitazione si fa più pressante. «Però potresti sempre cercare di ispirarmi.»

Tornati a casa eravamo troppo stanchi per fare sesso, o così avevo pensato. Probabilmente è più facile che Ian fosse stato cauto nei miei confronti dopo il fallimento totale della serata, mentre io ero troppo assorbita nei miei pensieri deprimenti per pensarci.

Ma ora, mentre mi afferra i seni e gli slip mi si bagnano, penso che il sesso potrebbe essere la soluzione alla mia nottata insonne.

In fondo, me lo posso godere ancora per poco.

Questa ragazza è semplicemente troppo stupida per vivere.

Seleziono una grande porzione di testo sulla quale ho sputato sangue nelle ultime due ore e cancello tutto. Emma, la protagonista del nuovo libro che sto scrivendo, è il nuovo tormento della mia esistenza. Nelle storie d'amore ci sono un mucchio di diverse categorie di protagonisti, maschili e femminili. Forse tutti hanno sentito parlare del collaudato maschio Alfa. Poi ce ne sono altri: l'agente speciale, il maschio Beta, il miliardario, il mutevole. Anche per le donne ci sono categorie, e una delle meno femministe e più irritanti è l'eroina "troppo stupida per vivere". Si tratta della ragazza che si infila nei vicoletti bui quando è inseguita, o che urla e piange al primo cenno di conflitto tra lei e il protagonista.

In generale, è fastidiosa e riporta l'intera categoria femminile indietro di cinquant'anni, tuttavia la mia Emma l'ho disegnata proprio così.

Ieri ho dato la colpa delle mie scelte infelici alla mancanza di sonno, anche se ero riuscita a distrarmi con due tremendi orgasmi che mi hanno quasi condotto al coma quando Ian mi aveva fatto un amore lungo, lento e intenso.

No. Non avevamo fatto l'amore. Era stato sesso. Sesso fantastico, ma comunque sesso.

Ora che sono quasi pronta per tagliare gli ormeggi e partire, me lo devo costantemente ricordare.

Come dicevo, dopo il sesso fantastico ero distrutta. Quindi quando ho scritto che Emma aveva schiaffeggiato l'eroe ed era fuggita nel cuore della notte senza nessun motivo apparente, mi ero semplicemente detta che ero troppo stanca per scrivere bene ed ero sgattaiolata fuori mentre Ian si faceva un po' di vasche.

Gli avevo lasciato un biglietto dicendo che c'era una sessione di wedding-planning dell'ultimo minuto, e che sarei tornata più tardi. Alla fine, sono arrivata quando lui già dormiva, che in effetti era "più tardi".

Non c'era nessun incontro per pianificare il matrimonio, ma parte del mio piano per prendere le distanze da Ian è evitarlo. Invece, ero finita da Heartbreakers. Purtroppo non c'era una lezione di pole dance quella mattina, ma Angela mi ha fatto entrare lo stesso. Immagino di avere avuto l'aria di qualcuno che ha bisogno di starsene da sola, perché mi ha semplicemente indicato un palo inutilizzato e mi ha lasciato fare esercizio mentre le altre ballerine facevano le prove per le loro serate. Poi ho dato da mangiare alle anatre in uno stagno nel parco, da brava vecchietta solitaria che sono destinata a diventare, e infine mi sono messa guardare le stelle dal retro del mio furgone ignorando tutti i messaggi di Ian.

Oggi sono al lavoro con otto ore di sonno buone. Quindi non c'è motivo per cui debba chiedere alla mia eroina di rinunciare a tutto ciò che si è costruita: la carriera, la casa, gli amici, solo per potere provare al protagonista che lei lo ama.

Bleah.

Richiudo il portatile e appoggio la schiena alla sedia da lettura. No, non è la *mia* sedia da lettura. È *una* sedia da lettura.

Più precisamente, la sedia *di Ian*. Una sedia su cui non posso avere nessuna pretesa e mai l'avrò.

È buffo come questo mi intristisca.

Ripigliati, Patty Ann. Devo fare la donna adulta solo per pochi giorni ancora. Per il tempo che manca tra oggi e il matrimonio di Jackie. Se tolgo la serata di addio al nubilato di giovedì sera e la giornata di terme per le damigelle di venerdì, e poi aggiungo il fatto che Ian questa settimana è super-impegnato al lavoro per organizzare il viaggio in Germania e per andare dalla terapista per la sua claustrofobia, alla fine mi rimangono solo tre notti. Solo tre notti in cui mi devo tenere alla larga da lui.

Sento il rumore di un'auto e tendo le orecchie. Il suono si affievolisce mentre l'auto passa oltre. Mi dà fastidio essere delusa per il fatto che non è Ian. Un'occhiata al cellulare mi dice che ho ancora un po' di ore.

Dato che scrivere oggi mi sembra una battaglia persa, raccolgo tutte le mie cose e rientro. Dovrei guardarmi Buffy l'Ammazzavampiri, o vedere se su Netflix c'è già Wonder Woman. Immedesimarmi in forti protagoniste femminili mi porta a liberarmi da questi pensieri così assurdi.

DICIASSETTE
COMUNICAZIONE INTERROTTA

IAN

LE FORTI luci fluorescenti del Laboratorio di Galleggiamento Neutro della NASA, normalmente capaci di rendermi felice, perché io adoro questo posto, non riescono a calmare l'ansia che mi sento crescere dentro.

Nemmeno ora che sono riuscito a trovare il tempo per una bella nuotata prima di un allenamento per una passeggiata spaziale.

Oggi sono fuori dalle postazioni di lavoro, ho i muscoli esausti per l'allenamento fatto, e Trish è a casa mia, probabilmente a scrivere a bordo piscina. Dovrei sentirmi benissimo, seduto qui nella stanza di controllo del laboratorio di galleggiamento in qualità di direttore della EVA (attività extra-veicolare) per il progetto Bartolomeo da un miliardo di dollari.

Invece no.

«Bodie, ruota il braccio di dieci gradi in senso antiorario e poi sposta di sette centimetri e mezzo il punto più basso,» dice Simon, uno dei due astronauti nella vasca. «Così dovremmo trovarci nella posizione giusta per portarlo in posizione di ingaggio.» Simon Anderson è l'astronauta tedesco e capo ingegnere che guiderà le passeggiate della Bartolomeo necessarie per installare la nuova piattaforma commerciale.

«Roger.» La voce di Bodie, anche se sott'acqua e in una tuta spaziale da centotrentasei chili, mi arriva forte e chiara.

Nella sala di controllo siamo tutti incollati ai nostri schermi a guardare i due astronauti che lavorano secondo il protocollo EVA stabilito.

Il piano della NASA è di iniziare qui l'allenamento per la passeggiata spaziale Bartolomeo per poi terminarlo al DLR, il Centro Aerospaziale tedesco. Sarà in Germania che l'equipaggio terminerà la propria formazione insieme al DLR, all'Agenzia Spaziale Europea (ESA), al gigante aerospaziale Airbus e, si spera, insieme a me.

Anche se al momento sono più in tensione per la morettina meridionale seduta a bordo piscina che all'idea di viaggiare in aereo.

Due sere fa, tornando a casa dall'evento di mio padre, ho spiegato tutto a Trish. Che ero stato incastrato dopo la foto di famiglia, che pensavo l'avrei trovata ad aspettarmi al tavolo quando sono arrivato. Che me ne sono andato quando ho visto che lei non c'era. Lei ha annuito per tutto il tempo in cui le ho raccontato la mia storia. Quando ho finito di parlare, arrivati a casa, mi ha persino detto che capiva.

L'ho seguita dentro la casa silenziosa, e il fruscio del pesante tessuto del suo vestito da sera era l'unico rumore che si sentiva. Ero sicuro che avrebbe trovato qualche scusa per dormire nella stanza degli ospiti e sinceramente non l'avrei biasimata se l'avesse fatto.

Invece si è preparata per venire a letto con me. Ci siamo lavati i denti insieme, nel mio bagno, davanti allo stesso specchio. Prima di infilarci sotto le coperte insieme, nello stesso letto, abbiamo preso i pigiami dal nostro cassetto condiviso. Dopo un attimo di esitazione ho un po' forzato la mano e l'ho tirata verso di me, appoggiandomi alla sua schiena con il petto. Lei non si è né irrigidita né scostata. Sulle sue labbra non è passato nemmeno un sospiro di irritazione.

Dopo quella schifezza di serata era più di quanto meritassi. Anzi, era tutto quello che avrei mai voluto insieme a Trish.

Quindi, perché mi è sembrato tutto così... unidirezionale?

Sean, il direttore di volo responsabile della installazione e attivazione della Bartolomeo si appoggia allo schienale della sedia e il rumore del cuoio mi richiama al momento presente. «Ian, quando abbiamo terminato il cablaggio facciamo una pausa per preparare un piano dettagliato del nostro viaggio al DLR.» Mi indica la stanza. «Abbiamo il numero giusto di persone per finalizzare i nostri obiettivi per uno scambio tecnico.»

Il resto della squadra è composto dal capo istruttore, il responsabile del DLR, il nostro collegamento con la ESA, la squadra EVA e gli specialisti dell'unità di mobilità extraveicolare (EMU), e tutti sembrano d'accordo.

«Sissignore,» mi raddrizzo sulla sedia. «Mi piace.»

Mi concentro sugli schermi giganti analizzando ciò che sta succedendo proprio fuori dalla grande finestra panoramica della sala di controllo che si affaccia sulla piscina. Simon e Bodie lavorano seguendo i vari step per collegare alla piattaforma Bartolomeo i cavi di alimentazione e di trasmissione dati che si trovano lungo la parete esterna della Stazione Spaziale Internazionale, nonché per installare una serie di altre connessioni e un'antenna ad alta velocità per l'attivazione e i controlli dei futuri utenti commerciali. Prendo nota di quanto tempo serve per ogni passaggio, completando le informazioni per un'analisi successiva e, se necessario, per rivedere il tutto.

Oltre all'equipaggio, la NASA sta anche utilizzando il

braccio robotico canadese per aiutare a manovrare la Bartolomeo nella sua posizione di installazione oltre al Robonaut. La quantità di abilità, conoscenze e denaro in quella piscina profonda dodici metri, è sbalorditiva.

Mi sento percorrere da un brivido di eccitazione. Amo il mio lavoro. Si dice sempre che il periodo di massimo splendore della NASA è stato durante le missioni Apollo, e non è del tutto falso. Però ora la NASA è pronta per una nuova era di splendore. Stiamo tornando sulla Luna, non per piantare una bandiera nella polvere grigia e dire che l'abbiamo conquistata, ma per svolgere esplorazioni scientifiche. Ora studieremo, analizzeremmo e valuteremo. E dopo la Luna, Marte. Sono sicuro che prima di morire vedrò persone, in tuta spaziale con l'emblema della NASA, che cammineranno sul pianeta rosso.

Anche ora, proprio qui, proprio in questa stanza, si stanno realizzando cose nuove. Le aziende, e non solo i governi, stanno utilizzando la Stazione Spaziale Internazionale per ricerche scientifiche sulla microgravità. Ricerche che saranno completate nel nuovo laboratorio Bartolomeo. La lista d'attesa per le ditte commerciali che vogliono stare sulla Bartolomeo è lunga, e ci sono varie entità che stanno mordendo il freno per entrare nello spazio. Aziende che producono calzature per l'atletica, ricercatori medici, biochimici e perfino produttori di cosmetici. La lista è lunga e devo concentrarmi.

Quando Bodie e Simon terminano il loro elenco di procedure e vengono riportati in superficie da Ricky e dal suo equipaggio di sommozzatori, tiriamo tutti un sospiro di sollievo.

È stato solo poche settimane fa che un'astronauta è quasi morta nel Laboratorio di Galleggiamento per mano di qualcuno deciso a vendicarsi.

Mike, il responsabile dell'addestramento, ci istruisce. «Dovremo passare dal Centro Astronautico Europeo a Colonia e rivedere la logistica e quanto appreso in questo allenamento e nell'allenamento che faremo al NBL tra due settimane.» Tamburella con la matita sul tavolo. «Possiamo dedicare quattro ore alla squadra EVA e alla squadra di robotica, convocare il DLR e l'Airbus per la loro competenza tecnica, e vedere quali altre efficienze si possono realizzare.»

Sean annuisce. «D'accordo. Con tutti gli enti presenti possiamo anche scegliere chi sarà il cervello dell'equipaggio,» dice mentre con la penna indica lo schermo dove Bodie e Simon si stanno spogliando con l'aiuto dell'equipaggio NBL, «per vedere se servono ulteriori manovre, strumenti o logistica per il caso specifico. E decidere se l'equipaggio deve solo pensare all'installazione dei cavi, o se devono dedicare tempo ad aiutare con installazioni di emergenza come oggi...» Mi guarda in attesa.

«Mi sembra tutto perfetto.» Prendo un respiro profondo. «Assicuriamoci anche di poter fare le giornate che abbiamo programmato al Centro di Controllo Columbus a Monaco.» Nonostante il trasferimento da Colonia a Monaco significhi ulteriore tempo in un mezzo pubblico affollato o, ancora peggio, in un aereo minuscolo, è essenziale riuscire a mettere piede nel Controllo Missione tedesco. «Dobbiamo interagire a tu per tu con i controllori di volo sul lato Columbus, vedere cosa stanno monitorando mentre procedono le EVA per la Bartolomeo, e garantire che tutti i feed video e audio corretti siano disponibili per la squadra principale, per il DLR e per l'Airbus.»

Il rappresentante ESA, Paul, aggiunge: «Potrebbero essere necessarie altre trasferte, ma è evidente che sarà meglio prevedere di fare addestramento e operazioni insieme, durante la prossima sessione.»

Qui tutti vogliono garantire il successo alla Bartolomeo; è il modo migliore per assicurare l'espansione della commercializzazione dell'orbita terrestre bassa.

«Inoltre...» Mike fa una pausa a effetto, ammiccando con le sopracciglia. «Oktoberfest!» L'informazione è accolta da uno scroscio di applausi, il che fa sorridere persino Sean, normalmente scontroso. Mike commenta dicendo che sua moglie ha già prenotato il biglietto per accompagnarlo.

Questo mi rincuora subito.

Perché non ci ho pensato prima? Trish amerebbe l'Oktoberfest.

Dice che è un'osservatrice di persone. E quale posto migliore per osservare gente, se non un festival della birra in Europa? Ripasso mentalmente le procedure sulla mia lista di viaggio. Ho già sostituito il biglietto aereo che mi ha pagato il governo con uno di prima classe. E ho perfino riservato il sedile vicino al mio per avere quel po' di spazio in più che potrebbe fare la differenza tra un volo tranquillo e un attacco di panico claustrofobico. Tutto quello che devo fare è mettere il nome di Trish sul biglietto che ho comperato.

Uno dei tizi del DLR ride. «Per cortesia, dimmi che hai cambiato l'hotel. Nessuna moglie vuole stare negli hotel europei che passa il governo.»

«Lo so, lo so.» Mike ride con lui, facendo una espressione incredula. «Ha deciso lei dove staremo.» Scuote la testa. «Io però non capisco: avevo una camera gratis, già pagata. Non staremo in camera nemmeno per metà del tempo, quindi perché cambiare?»

«Smetti di lamentarti.» Si intromette la voce scontrosa di Sean. «Mettila così: ci sono più probabilità che tua moglie faccia sesso con te in un letto d'albergo di merda o in un hotel scelto da lei?»

Mike annuisce lentamente con gli occhi spalancati, come se Sean l'avesse appena illuminato sul senso della vita. «Proprio così.»

Hotel. Sì. Devo decisamente cambiare hotel. Ho scelto quello dove stavano tutti i dipendenti del governo, perché era stato approvato dallo zio Sam ed era vicino alla DLR, ma come probabilmente ha già visto la moglie di Mike, sembra molto spartano. Forse a Trish piacerebbe stare al Savoy. O forse in un Bed and Breakfast.

Già. Annuisco a me stesso. Un Bed and Breakfast sembra più nelle corde di Trish. A lei piacerebbe un'esperienza autentica. Apro il calendario sul telefono chiedendomi se ne saranno rimasti dato che l'Oktoberfest è già iniziato. Dovrei...

«Terra chiama Ian.»

«Eh, cosa?» Lascio cadere il telefono sul tavolo.

«Stai calcolando la distanza dal bordello tedesco più vicino, o che?» dice Sean con una risatina.

«Sean.» Mi pizzico il ponte del naso. «Ne abbiamo già parlato. Non puoi dire cose del genere. Se qualcuno sporge denuncia poi te la vedi tu con le Risorse Umane.» Ripenso a quando, al controllo missione, ha detto in pubblico a Julie Starr di preparare la borsetta prima di uscire per la passeggiata spaziale. «Gesù, non posso credere che non l'abbiano già fatto.»

Sean si appoggia allo schienale e la sedia di pelle scricchiola di nuovo. «Arriva un punto nella propria carriera, e anche nella vita, in cui si diventa una specie protetta. Sono abbastanza fortunato da trovarmici vicino.» Beve un sorso dall'immancabile tazza di caffè. «Quindi smettila di agitarti, Kincaid.»

Davvero, non si può fare a meno di voler bene a questo tizio, per quanto sconveniente sappia essere. «Okay, nonno.» Sorrido e Sean si acciglia al suo nuovo soprannome. «Ora che abbiamo sistemato tutti i dettagli del viaggio, devo uscire.»

Sean fa una risatina. «Vattene, maledetto scroccone.»

Rido, prendendo la borsa del mio portatile. Ho un appuntamento per la terapia, ma prima devo passare per casa a sorprendere la mia ragazza. E, se sono fortunato, vedrò un altro dei suoi bikini.

Trish

«Trish, sono a casa!»

Sento il rumore delle chiavi che tintinnano quando colpiscono il piatto vicino alla porta e io reprimo il sorriso che sento arrivare. Facendo il decimo respiro profondo da quando ho sentito aprire la porta del garage un minuto fa, mi preparo con cura un sorrisino educato prima che Ian entri in salotto, dove mi sono accampata.

Alla fine ho guardato una esagerazione di film coreani invece dei film sulla forza delle donne come avevo originariamente pianificato. Nessuno sa quale tormento interiore ne risulterà domani in quello che scriverò.

Ian appoggia la borsa del computer vicino alla mia sulla panca di fianco alla porta finestra. Vedere le nostre cose vicine, come se appartenessero a quel posto, mi fa deglutire.

I passi rapidi di Ian esitano quando vede che ho smontato il fortino di cuscini e coperte che avevamo costruito, ma mi sorride. «Ho notizie fantastiche.»

Non posso fare a meno di restituirgli il sorriso, guardandolo saltellare con quelle scarpe lucide e probabilmente terribilmente care. «Non ti ho mai visto così emozionato.»

Ride, passandosi la mano tra i capelli e scompigliandosi i riccioli biondi. «Onestamente, non credo di esserlo mai stato.» Il suo sorriso gli mette in evidenza le rughe ai lati degli occhi, il che lo rende ancora più bello. A volte mi chiedo se è vero o se qualcuno ha fatto un sondaggio tra un gruppo di donne, ha scelto le caratteristiche preferite e lo ha creato in laboratorio, per distruggere qualsiasi donna razionale. Cioè quelle come me.

Faccio un altro respiro profondo cercando di calmare le farfalle che ho nello stomaco. «Immagino che la simulazione oggi sia andata bene?»

Il suo sorriso si fa incerto di fronte al mio tono così accuratamente annoiato, e mi sento terribilmente in colpa. Ma Ian continua, ridendo ancora di più. «Sì, ma non è questo che mi emoziona così.» Fa una pausa. «Beh, non del tutto.»

Faccio finta di essere interessata alla televisione, spostando il cursore sul menù di film internazionali disponibili. «Ah?»

«Ha più a che fare con te, in verità. *Con noi.*»

La mia mano tesa si blocca, facendo partire il trailer di un giallo spagnolo. Spengo la TV. «Noi?» il mio sguardo si sofferma sullo schermo mentre abbasso il telecomando.

«Sì.» Ian fa il giro e mi si mette di fronte. «Durante la riunione al Laboratorio questa mattina mi è venuta questa grande idea.» Inizia a camminare, ma si ferma quando si accorge che con due dei suoi lunghissimi passi ha già attraversato lo spazio lasciato libero dai mobili. Senza la TV a distrarmi, mi concentro sulla sua bellezza, sull'elegante camicia azzurra infilata con cura nei pantaloni che gli calzano perfettamente e gli sottolineano la vita sottile. Ogni dettaglio parla del suo reddito, nonostante le maniche arrotolate che gli mettono in mostra un'ampia quantità di pelle esageratamente sexy.

È difficile rimanere distaccata. Specialmente quando mi prende le mani e mi tira in piedi, con gli occhi azzurri che si illuminano mentre mi fissa.

«Ti porto con me in Germania.» Il suo sorriso accecante mi fa sbattere gli occhi.

Il mio cervello si rifiuta di capire.

Scambiando la mia sorpresa per entusiasmo, sorride ancora di più, cosa che non avevo pensato possibile. «Quando vado in viaggio di formazione per la missione Bartolomeo, ti porto con me.» Rimane in attesa, come se fosse un bravo cagnolino che ha finalmente imparato a presentarsi quando sente il suo nome.

«No.»

Il suo sorriso si smorza. «Perché no?» Mi lascia le mani per poter gesticolare. «Ci sarà l'Oktoberfest. Pensa a quante persone potrai guardare.» Si scompiglia di nuovo i capelli. «Magari potresti anche descriverle in uno dei tuoi libri.» Quando vede che la mia espressione non cambia, si acciglia. «Se è per i soldi, non preoccuparti. Ho già acquistato il biglietto per il posto vicino al mio.» Si stringe nelle spalle. «Vabbè, l'ho comperato per avere più spazio nel volo, ma se sarà occupato da te, sono sicuro che non mi sentirò claustrofobico.» Mi guarda ammiccando con le sopracciglia. «Mi hai già aiutato una volta.»

Ah. Eccolo, il vero motivo. Avrei dovuto saperlo.

«Avevo anche pensato di prendere un albergo migliore, ma poi ho pensato che un Bed and Breakfast sarebbe stato più nel tuo stile.»

Già, un hotel a cinque stelle non va bene per una ex spogliarellista. Mi mordo la lingua, impedendomi di parlare. A essere onesti, Ian non lo sa. Se lo sapesse...

Abbandono la tentazione di rivelargli il mio passato. Non è questo il momento. Volevo dirglielo ancora prima della raccolta fondi, prima che mi rendessi conto quanto stupida ero a sperare che potessimo stare insieme. Ma ora... ora non ce n'è bisogno.

Aspetto che Ian finisca la sua lunga descrizione della vacanza che non farò mai con lui. I castelli, il cibo. Riprende a camminare, mentre ipotizza di poter prolungare il viaggio, magari facendo una crociera lungo il Danubio. Per tutto il tempo io mi rifiuto di sentirmi in colpa per quello che sto per fare.

È ora. Non volevo che finisse così. Avrei dovuto metterci la parola *Fine* quando eravamo al parcheggio del Ritz Carlton e sarei dovuta tornare a casa in macchina con Rose. Ma sono stata debole, e adesso eccoci qua, con lui che in qualche modo pensa che, dopo quello schiaffo in faccia che è stata per me la serata, io e lui siamo un *noi*.

«No.» La mia voce si intromette nei suoi vagheggiamenti sui vigneti e sul dolce vino tedesco.

«No?» Fa una risata imbarazzata, passandosi la mano tra i capelli. «In che senso? Non ti piace il Riesling?»

«Non so nemmeno cosa sia, ma, certo, immagino di no. Nel senso, che in fondo sono una ragazza da Bed and Breakfast.»

Questo attira subito la sua attenzione. «Come?»

D'accordo, forse è stato un po' infantile. «Non importa.»

«Non ti va un Bed & Breakfast?» Prende fuori il telefono. «Perché posso prenotare qualsiasi cosa da un'altra parte. Pensavo solo che ti sarebbe piaciuta un'esperienza più genuina.»

Merda. È vero. Io preferirei stare in un Bed & Breakfast e odio il fatto che lui lo sappia.

«Senti, ti serve solo il passaporto, e al resto ci penso io.» Passa con l'indice sul telefono prima di girarlo verso di me per mostrarmi la foto di un castello. «Possiamo stare qui.»

Mi mostra la foto di un castello dall'aspetto moderno. «Hotel München Palace.» Lo guardo sbattendo gli occhi. «Vuoi stare in un castello?»

Mi prende il viso tra le mani. «È il minimo per una regina.»

Lo guardo decisamente accigliata. «È la cosa più di cattivo gusto che abbia mai sentito.» Tuttavia sento che sto cedendo.

Lui ride, sfiorandomi un sopracciglio con un pollice. «Sì, ma non per questo è meno vera.» Mi passa le labbra sulle mie. «Vieni in Germania con me, Trish.»

Porca paletta. Mi riprendo e faccio un passo indietro. «No.» Siamo ancora troppo vicini, così faccio il giro del divano e lo uso come separatore tra di noi. «Non ho nessuna intenzione di essere la tua copertina di Linus.»

«Copertina di Linus?»

Provo a raccogliere un po' di indignazione ma probabilmente il mio atteggiamento sembra più una ripicca infantile. «Per la tua claustrofobia.»

«Non è per questo che ti ho invitata.»

«Io...»

«Io voglio che tu venga con me. Che *stia* con me.»

Incrocio le braccia al petto, determinata nella mia risolutezza.

Passandosi una mano sul viso emette un gemito. «Perché sento che mi sfugge qualcosa?» La sua frustrazione è quasi tangibile.

Speravo di non uscire del tutto allo scoperto, ma forse è meglio così. Rimango immobile, ma alzo lo sguardo verso di lui. «Me ne vado, ti ricordi? Dopo il matrimonio di Jackie. Non c'è motivo per cui tu modifichi i tuoi piani di viaggio. Non sarò nemmeno qui.»

Dalla sua espressione, sembra che gli abbia dato uno schiaffo.

Ian

«Hai ancora intenzione di scappare via?» Di tutte le cose che Trish avrebbe potuto dire, questa è quella che mi sciocca più di tutte. Voglio dire: stiamo vivendo *insieme*. E non solo perché entrambi stiamo usando gli stessi metri quadri. Lei si è trasferita con tutte le sue cose in camera mia. Nella *nostra* camera. Abbiamo scelto da quale parte del letto vogliamo stare. I nostri spazzolini stanno nello stesso bicchiere.

Si volta dall'altra parte guardando fuori dalle finestre che danno sul cortile posteriore. «Non sto scappando.»

Io faccio una risata sprezzante e il mio entusiasmo di prima si sta spegnendo. «Sembra che tu stia scappando da me.» Dovrei essere superiore a tali commenti malvagi e altezzosi. Ma non lo sono. Le mie emozioni sono fuori controllo e sto facendo fatica a trovare un modo per pensare a questa nuova Trish. O meglio, alla vecchia Trish, che però io avevo dimenticato. Forse sono stato troppo ottimista.

«Sapevamo entrambi che non sarebbe stata una cosa permanente.» Incrocia le braccia sul petto. Mi rendo conto solo ora che sta indossando una mia vecchia T-shirt. Come può dire queste cose mentre indossa i miei abiti? Mi sembra un controsenso. «Quando avrò ripulito il mio casino ti potrai riprendere la stanza.»

«A me piace la nostra stanza incasinata.» Ed è vero. Ogni singolo capo d'abbigliamento buttato sopra i miei, è una prova del fatto che non sono solo. Che sto condividendo la mia vita con qualcuno. Con lei.

Non dice niente.

Vorrei chiederle che cosa è successo, ma lo so. Per quanto dica che mi capisce, non avrei mai dovuto portarla all'evento di beneficenza. Brenda aveva ragione: sono stato un codardo. Ho preso la via facile.

«Se è per la serata, mi dispiace...»

«Per cortesia, basta scuse.» Cerca di sorridere ma in qualche modo sembra triste. «Ti ho detto che sto bene.»

Nella sua voce c'è un tono di definitivo che non mi piace. Sollevo le sopracciglia e ricambio il suo sorriso, cercando di dare un po' di leggerezza a questa situazione. «Quando nei tuoi libri descrivi donne che dicono "Sto bene," lo pensano mai davvero?»

Non abbocca e il suo tono è deciso come prima. «Questo non è uno dei miei libri.»

Rinuncio alla leggerezza e decido per una ritirata strategica. Ero andato troppo avanti pensando che la questione del suo alloggio fosse stata risolta. Prima quella, poi pensiamo alla Germania.

«Ne parliamo dopo. Tra venti minuti, ho l'appuntamento

con la dottoressa Brown. Mi ero solo fermato tornando dal lavoro per...» Rido di me stesso e di tutto quello che mi ero immaginato su questo viaggio in Germania. «Fa niente.» Faccio un respiro profondo e tiro verso di me Trish per un abbraccio. Lei non lo ricambia, ma nemmeno si tira indietro. Una piccola vittoria. «E se torno a casa con qualcosa da mangiare?»

Ora tocca a lei sospirare, come se stesse cedendo a qualcosa nonostante le resistenze. «Va bene. Scegli tu cosa.»

Le prenderò il suo preferito: tutto. Ci faremo di nuovo il fortino con i cuscini, faremo un picnic e la convincerò a non andarsene dopo il matrimonio. A rimanere fino alla Germania. Poi a rimanere per sempre.

DICIOTTO
ALZARE GLI SCUDI

Ian

«Dovrebbe essere molto orgoglioso di sé stesso e di quanto ha ottenuto.» La dottoressa Brown sorride e la sua espressione è esattamente l'opposto di come mi sento io ora. «Contatterò il suo medico di famiglia perché le prescriva un po' di Xanax.» Solleva un sopracciglio da sotto gli occhiali da lettura. «Non faccia l'eroe. Lo prenda. Solo una volta, non più di trenta minuti prima del volo.» Tamburella con la penna sull'immancabile blocco per gli appunti. «Renderà le cose più semplici a lei e alle persone che le stanno vicino, e non lo dovrebbe vedere come un fallimento nei confronti delle sue paure.»

Mi fissa fino a quando annuisco in segno di accordo. Avevo sperato di non avere bisogno della medicina, e sì, avevo pensato che prenderla sarebbe stato indice di fallimento. Ma al momento la mia ansia ha ben altri problemi.

«Continui solo ad affrontare i suoi problemi, invece che tenerli sotto controllo, e sono sicura che avrà sempre meno bisogno di ansiolitici sintomatici.» Mi studia il viso, accigliandosi di fronte alla mia espressione. «Che c'è che non va? Pensavo che le sarebbe piaciuta l'idea di non avere bisogno di farmaci in futuro.»

«No. Non è quello. Mi raddrizzo sul cuscino del divano. È quello che ha detto sull'affrontare le cose invece che tenerle sotto controllo.»

«Ah.» Abbassa la penna. «Quello.» Abbassa gli occhi sugli appunti e poi annuisce, come se fosse d'accordo con se stessa su qualcosa. «Ian, da quando ci siamo conosciuti e mi ha raccontato della sua vita, mi è apparso chiaro che è estremamente bravo a gestire le cose, no? Consideri solo tutto quello che ha raggiunto, pur con la sua fobia.»

Io mi agito leggermente sul divano, avvertendo un senso di inquietudine. «Penso di sì...»

«Ogni successo e ogni tappa intermedia è qualcosa di cui dovrebbe essere orgoglioso. Voglio che capisca che quello che sto per dire non diminuisce affatto le sue conquiste.»

Mi osserva di nuovo mentre io annuisco, anche se non so assolutamente su cosa sono d'accordo.

«Comunque.» Fa una pausa, come se stesse soppesando le parole. «C'è una grande differenza tra gestire le cose e affrontarle.» Si infila la penna dietro l'orecchio, liberandosi le mani per poter gesticolare meglio. «Prendiamo la sua claustrofobia, per esempio. Ha sistemato e gestito le cose della sua vita in modo da poter comunque continuare a fare quello che faceva, anche se con il limite della paura. Dopo essere stato seduto troppo a lungo nella sua postazione va a fare una passeggiata, fa in modo che le porte rimangono aperte durante gli incontri e rifiuta qualsiasi progetto che richieda molti viaggi.» Distende e accavalla di nuovo le gambe, mettendosi più a suo agio, mentre io mi sento più inquieto. «Anche nella sua vita personale ha gestito le cose. Ha ristrutturato la casa in modo da avere il minor numero di porte o muri possibile, con tanto di finestre grandi e senza scuri.

Guida con i finestrini abbassati. Mangia all'aperto quando...» Incrocia il mio sguardo e sbatte le ciglia vedendo la mia espressione. «Sembra turbato da tutto questo. Mi può dire il motivo?»

Ripenso a ciò che Brenda ha detto all'evento. «Pensa che... io lo faccia anche in altre aree della mia vita?» Anche se la domanda sembra piena di speranza, sono abbastanza sicuro di ciò che mi dirà. Soprattutto quando vedo che la sua espressione si ammorbidisce.

«È venuto in terapia perché aveva una scadenza vicina e un obiettivo specifico: poche settimane e un viaggio in aereo. In questo tempo ho cercato di fare il meglio per rimanere concentrata sulla sua claustrofobia. A ogni modo, abbiamo toccato anche la questione genitori e infanzia, così da potere capire da dove origina la sua paura degli spazi chiusi. Ho ascoltato, e ricordo ogni parola che mi ha detto.» Tamburella sugli appunti con una nocca. «E ho preso appunti nel caso in cui lei volesse proseguire i nostri incontri.»

So già la sua risposta, ma ho lo stesso bisogno di sentirla. «E?»

La dottoressa Brown mi fa un sorriso con le labbra strette. «Lei ha imparato a gestire le cose così bene perché ha dovuto farlo per tanto tempo. E, da quanto capisco, lo sta ancora facendo.»

Prendo un respiro profondo, cercando di controllare la frustrazione che sento crescere. «Ma non è quello che fanno tutti? Gestire? Voglio dire: qual è la differenza tra gestire le cose e affrontarle?»

Annuisce un po' di volte. «Chiedo scusa. Ha ragione, non sono stata chiara.» Appoggia gli appunti a faccia in giù sul tavolino tra di noi e solleva una mano con il palmo verso l'alto. «Quando la gente gestisce le cose, le tratta con cura. Direziona eventi, persone e cose nel modo più efficiente, in base alle circostanze. *Gestire* significa supervisionare.» Solleva l'altra mano.

«Quando invece si *affrontano* le cose, si agisce e si *fa* qualcosa per introdurre un cambiamento; non ci si limita ai confini costituiti dai parametri o dai limiti del problema. Affrontare qualcosa può anche significare accettare le cose che non si possono cambiare. Gestire significa accettare le cose che si possono e si devono cambiare.»

Mi sento un enorme peso addosso, come se mi fossi tuffato troppo a fondo e la pressione mi stesse tenendo sotto. «Quindi sono un codardo.»

«No,» risponde la Dottoressa Brown rapida e decisa. «Affatto. E chiedo sinceramente scusa se in qualche modo le ho dato questa impressione.»

Mi sento i suoi occhi addosso, ma non posso smettere di guardarmi i piedi, rivedendo tutte le decisioni che ho preso in passato.

«Ian.» Attende fino a quando mi riprendo dalla mia trance e sbatto gli occhi per guardarla. Vedendo la mia espressione fa un sospiro. «Lei ha avuto una formazione decisamente *singolare.* Data la posizione di suo padre, la chiusura in se stessa di sua madre e i livelli di stress ai quali è stato esposto nel suo ambiente negli anni della crescita, non ci poteva essere altro modo di sopravvivere se non quello di gestire le situazioni nelle quali si è trovato.» Fa una pausa. «Perché pensa che la sua claustrofobia abbia alzato la testa nel momento in cui ha compiuto diciott'anni e se ne è andato da casa?»

«Pensavo fosse stato il viaggio in aereo.»

«Certo, quello è stato il catalizzatore, specialmente se si considera che aveva appena schivato i progetti che suo padre faceva su di lei da tempo. Ma credo anche che sia stato un meccanismo di difesa messo in atto dal suo cervello. Lei è cresciuto risolvendo problemi: i problemi dovuti alla necessità di gestire le aspettative dei suoi genitori cercando allo stesso tempo di rimanere fedele a se stesso. Con l'allentarsi di quelle restrizioni, grazie alla distanza che è riuscito a mettere tra lei e i suoi genitori, il suo cervello ha voluto aggrapparsi a ciò che era familiare. Continuare a lavorare all'interno di limitazioni. Pertanto, l'aereo, la rappresentazione di tutto ciò che si stava lasciando alle spalle, è diventato un sostituto. Le ha permesso di ricostruirsi un ambiente in qualche modo familiare.»

Prima di ora non avevo mai capito il senso della emoji con il cervello che esplode. Penso che la dottoressa Brown mi abbia fatto esplodere. Abbasso gli occhi ancora una volta e do una rapida occhiata all'orologio. Devo andare a prendere i take-away che ho ordinato da tutti i posti preferiti di Trish e andare da Walmart a ritirare le due coperte di ciniglia extra-large che ho acquistato online mentre ero in anticamera, in attesa del mio turno. Altri esempi di me che gestisco le cose: sto cercando di gestire Trish, invece di affrontare i nostri problemi.

«Questo passo, di venire a parlare con me e di voler affrontare la sua claustrofobia, è prova del fatto che è uscito da quella situazione.»

Rido, per nulla gentile. «Non è stata un'idea mia. Io non volevo nemmeno venire.»

«Però è venuto.» Sembra avere così tanta fiducia nel mio desiderio di cambiare, che quasi mi dispiace scardinare la sua opinione.

Mi costringo a guardarla negli occhi. «Sono venuto da lei solo per fare felice Trish e perché questa cosa l'avrebbe fatta parlare con me.» Mi piego in avanti e mi afferro i capelli con le mani. «Cristo, anche quando sto affrontando qualcosa, è solo perché sto cercando di gestire qualcos'altro.»

«Trish?» La terapista, nonostante la sua lunga esperienza, non riesce a nascondere l'interesse nella sua voce.

«La mia ragazza.» Mi stringo di più i capelli. «A dire il vero, non so nemmeno più che diamine sia. Pensavo...» Mi butto indietro sul divano, occhi al soffitto. «In pratica, se non fosse stato per Trish, io non sarei mai venuto. Mi sarei autoconvinto che non volevo la promozione, avrei rinunciato, fornendo una scusa plausibile al mio capo, e sarei andato avanti con la mia vita *gestendo* ogni cosa.» Mi pizzico il ponte del naso e i miei ricordi felici di sesso fatto nell'armadio e pompini nella dispensa ora sono solo un'ombra sbiadita. «È lei che mi ha aiutato con i compiti per la terapia di esposizione.»

«Capisco.»

Me lo posso immaginare. Scommetto che lei capisce bene quanto inetto sia questo rampollo di una famiglia di politici. Quanto io abbia girato intorno le cose invece di affrontarle a testa bassa. Cazzo. Non ho neanche chiesto a Trish da che cosa deve scappare, troppo preoccupato che stesse scappando da me.

«Vorrebbe parlarmene?» Riprende gli appunti dal tavolo. «È il mio ultimo paziente della giornata. Non mi dispiace se rimaniamo di più.»

La sua espressione è tornata neutra, e questo è il suo modo per cercare di non influenzare le mie decisioni. Ma so che vuole che io parli. E so che io ho bisogno di farlo.

«D'accordo.»

«Ottima decisione.» Sorridendo, si sfila la penna dall'orecchio. «Perché non inizia a raccontarmi come vi siete incontrati lei e Trish?»

Finalmente, sorrido.

Trish

Dio benedica Rose West.

«Quindi... Capitan America vive qui, eh?» Rose passeggia

davanti al bancone della cucina, con gli occhi che spaziano da una parte all'altra. Al braccio, il borsone vuoto che le ho dato io.

Tutto quello che ho fatto è stato chiamarla e dirle che avevo bisogno di aiuto per fare le valigie, e Rose era già qui. Niente domande, niente spiegazioni.

Avevo già agganciato il rimorchio al furgone mentre aspettavo che arrivasse. Speravo che al suo arrivo avrei avuto tutto già sistemato e le valige quasi finite, ma mi ci è voluto più del previsto. È stato come se il mio corpo si fosse mosso al rallentatore.

«Già.» Metto le chiavi nel piatto vicino alla porta, bloccandomi improvvisamente quando mi rendo conto di quanto naturale sia diventato quel gesto. Di quanto a casa mi senta qui da Ian.

È decisamente ora di andare.

Avevo sperato di passare ancora un po' di notti con lui prima di partire, ma la sua idea di portarmi in Germania mi ha fatto cambiare i piani. Si è spinto oltre ciò che gli potevo dare. E adesso ho bisogno di uscirne.

«Ho avvertito la security del tuo arrivo.»

Annuisco, con occhi ancora fissi sul portachiavi.

«Quindi quando arrivi al cancello non ci saranno problemi.»

«Grazie... Un attimo, cosa?» Finalmente colgo le sue parole. «Quale cancello?»

«Del ranch, ovvio.» Solleva gli occhi al cielo. «Non avrai pensato che ti avrei fatto le valigie e ti avrei mandato in giro per il mondo alla cazzo, vero?»

«Alla cazzo?»

«Stai zitta.» Rose arriva tutta impettita, rovescia le chiavi, e infila la ciotola nella borsa vuota. «Ti informo che stai andando al ranch.»

Non mi trovo nella posizione di dire di no, poiché il mio piano era stato di accamparmi in qualche parcheggio fino al matrimonio. Il ranch è decisamente meglio. «Grazie.» Guardo accigliata il borsone. «Ma perché hai preso la ciotola delle chiavi?»

«Perché no cazzo? Da come la guardavi mi sembrava che ti piacesse. E secondo me, qualsiasi donna che deve fare le valigie e andarsene quando l'uomo non è nei dintorni ha probabilmente diritto di portarsi via un po' della sua merda.»

«Veramente non è così. Io...»

«Non hai detto che il tempo è prezioso?» Gli stivali risuonano sul pavimento di legno mentre si incammina verso le scale.

«Ehm, sì.» Le corro dietro, sentendomi piccola nelle mie scarpe da ginnastica.

Si volta, scuotendo il borsone che le pende dalla mano. «Allora prendiamo le tue cose e andiamo.»

Seguo i suoi passi veloci su per le scale.

«Ragazza!» Rose si butta sul letto, con gli stivali che le penzolano dal bordo. «Per essere abituata a vivere in uno spazio piccolo, hai un casino di roba. Dio solo sa come farai a rimettere tutto nella tua roulotte.» Di solito il pensiero di rimettere magicamente ogni cosa al suo posto e di usare le mie fantastiche abilità organizzative perfezionate in tanti anni di vita in roulotte, mi rende felice.

Però ora non sono felice.

«Perché continui a mettere in valigia roba che non è mia?» Frugo a fondo nella sacca che le ho dato tirando fuori uno dei costumi di Ian. «Ma daiii!» Apro un cassetto del comò e ripongo il costume da bagno. «Giuro che ci avrei messo la metà del tempo, e saremmo già via di qui se avessi fatto da sola.»

Ancora coricata sulla schiena, Rose alza le spalle. «Pensavo che volessi un ricordo.»

L'immagine di Ian che indossa esattamente quel costume, i

suoi muscoli scolpiti bagnati e scivolosi per la nuotata, mi fa deglutire.

Poi trovo un menu da asporto del ristorante cinese dove abbiamo ordinato la sera in cui abbiamo costruito il fortino di cuscini. Il nostro picnic davanti al film coreano. Butto il menu sul ripiano del comò e ricaccio indietro le lacrime.

Non ho bisogno di souvenir per ricordarmi il tempo che ho passato qui. Ho la brutta sensazione che sia già scolpito nel mio cuore.

«E so bene che fa ridere, detto da una ragazza con un attico di duecentottanta metri quadri in centro città, ma a che caspita gli serve tutto 'sto spazio? Bizzarro che un single abbia una casa così grande.» Si tira su sui gomiti guardandosi intorno. «Pensavo che la casa di Capitan America sarebbe stata più fica. O, almeno, arredata meglio. No, dai, davvero. Chi è che vive così?»

Qualcuno che è claustrofobico.

I miei occhi corrono all'armadio, ancora con le porte aperte. Il ricordo di Ian che si scaraventa fuori da quelle porte con la fronte imperlata di sudore e il petto che gli si gonfia per il panico a ogni respiro, mi stringe il cuore già dolorante.

Mi butto sulla spalla una delle ultime due sacche. «Forza. È ora di andare. Siamo fortunate che non sia ancora tornato.»

Lentamente, Rose si rimette in piedi. Afferra la tracolla dell'altra borsa, ma non la solleva. Invece, mi fissa particolarmente seria. «So che ti ho detto di trasferirti al ranch, ma...» Sospira come se non volesse ammettere qualcosa. «Sei *sicura* che devi andare via?» Quando non rispondo, lei insiste. «Dovresti almeno parlarne con Ian prima. Ma poi: vuoi davvero andare?»

No, non lo voglio. Questa sacca è effettivamente pesante, ma sulla mia spalla sembra cemento. Come se fosse piena di tutte le scelte sbagliate che ho fatto in passato. Decisioni e scelte che mi fanno essere così diversa dal tipo di donna che potrebbe rendere felice un uomo come Ian. E lui si merita davvero di essere felice.

Ian Kincaid, ingegnere della NASA e figlio di un senatore degli Stati Uniti, stava bene prima di incontrarmi e starà bene quando me ne sarò andata. Questa convinzione quasi mi spezza in due, facendomi rendere conto che l'invito per la Germania è stato provvidenziale. Ma far le valigie e andarmene è molto più difficile di quanto pensassi. Se aspetto ancora qualche giorno potrei non riuscire più a farlo. Mi sono ambientata troppo bene. In questa casa. Con Ian.

Immagino sia questa la cosa divertente di mettere le radici, per quanto superficiali quanto quelle che mi sono concesse dalla mia immaginazione. Una volta che inizi, ne vuoi sempre di più. Vuoi andare più a fondo.

Ho lasciato che questa grande casa, questa bolla che mi sono creata, mi separasse dalla realtà. Nella dimora di Ian, con le enormi finestre senza tende e con il suo arredamento spartano, mi sono permessa di credere di avere un'opportunità. Qualcosa di diverso di un momento passeggero.

È buffo cosa pochi metri quadri possano fare alla propria autostima.

Scrollandomi di dosso questi pensieri, raddrizzo le spalle e mi sistemo la borsa. «Già, è ora...» Faccio una pausa e inclino il capo verso Rose capendo improvvisamente il suo strano atteggiamento. «Mi hai rallentata di proposito? È per questo che ti trascini lentamente in giro e metti in valigia cose che sai dovrò rimettere giù?»

Con una smorfia, mette in mostra i denti bianchi. «Beh...»

Io spalanco abbastanza la bocca da poter prendere al volo qualche mosca. Poi assottiglio gli occhi.

Vedendo la mia espressione, Rose fa un passo indietro. «Buona, buona, non ti arrabbiare. Stavo solo...»

«Farai meglio a prendere quella roba e a portare di corsa il tuo culo giù dalle scale.» Parlando a denti stretti, indico la sacca ai suoi piedi con un'unghia che ho appena scheggiato, e la mia voce risuona tagliente. «Perché se Ian arriva a casa prima che noi siamo partite, succederà un casino.»

Sgranando gli occhi, Rose si solleva la borsa sulla spalla. «Diamine, non si può neanche fare un favore a un'amica...»

CINQUE MINUTI dopo Rose sbuffa mentre solleva l'ultima sacca, piena di scarpe, per portarla dalla casa al garage.

Io indico la borsa alla mia destra. «Giuro che se si rovina anche un solo tacco, diventerò velenosa.» Sono ancora decisamente arrabbiata perché mi ha rallentata, anche se alla fine, una volta che abbiamo portato tutte le borse al piano terra, ha preso il ritmo.

Rose sbuffa. «Sei ancora incazzata?» Fa un cenno con la mano «Non importa. Fa niente. Le persone basse sono buffe quando sono infuriate.»

Batto a terra il piede, rendendomi conto troppo tardi di avere appena confermato le sue parole.

Sorride. «Visto?»

Faccio un respiro profondo e mi dico che io amo questa ragazza. Che se la strangolo, poi me ne pentirò. Guardo l'orologio. E poi, ci vorrebbe troppo tempo per nascondere il cadavere.

L'appuntamento di Ian dovrebbe già essere terminato. Sono fortunata che avesse delle commissioni da fare prima di passare a prendere la cena. Se la mia fortuna continua forse riesco a essere via di qui quando arriva.

Aprendo la porta della roulotte, con l'altra mano indico la borsa. «Tu solleva da quella parte. La mettiamo sul pavimento insieme alle altre e poi sistemo tutto quando arriviamo al ranch.»

Nonostante siamo in due, facciamo un sacco di fatica a sollevare le scarpe per portarle dentro.

«Finalmente.» Rose si butta su uno dei divani della roulotte. «Abbiamo finito?»

«Sì, quindi alzati da lì. Basta perdere tempo.» La tiro su dai cuscini. «Devo solo recuperare la borsa del computer e poi ce ne possiamo andare.»

Rose incespica in avanti ed esce. «Quando arriviamo, mio fratello e Jules faranno meglio a darsi una calmata, o mi incazzo.» Si tira fuori il telefono dalle tette. «Penso che Jules si diverta a farmi sclerare. Se le mando un messaggio dicendole che arrivi tu, magari riesce a frenare le sue manifestazioni di affetto in pubblico.» Guarda verso sinistra, dalla porta aperta del garage, e fa un sussulto. «Beh, diamine.» Si morde il labbro e porta lo sguardo verso di me, ancora in piedi sulla soglia della roulotte. «Non guardare adesso, ma è appena arrivato Capitan America.»

La macchina di Ian si ferma esattamente di fianco alla mia roulotte.

«Cazzo.»

Alla mia imprecazione, che di solito non uso, le sopracciglia di Rose si alzano di scatto.

«Rose?» Ian esce e guarda nella nostra direzione. «Cosa ci fai tu qui?»

Con la coda dell'occhio vedo Rose che sposta lo sguardo tra me e Ian, probabilmente cercando qualche indizio su come comportarsi. Ma io fisso Ian, memorizzando il suo volto, preparandomi per un addio anticipato.

«Bene,» dice Rose strascicando le vocali. «Io sto per andare.» Cammina lentamente all'indietro fino a uscire dal garage, continuando a spostare gli occhi dall'uno all'altra. «Ci vediamo dopo?» La sua domanda ha un tono di speranza, anche se non so esattamente cosa stia sperando.

Io annuisco, senza togliere gli occhi da Ian.

«Stai partendo?» Ian sbatte la portiera dell'auto e fa il giro della sua Audi. A giudicare dall'espressione, è furioso. «Ora?»

«Ciao!» Rose corre lungo il vialetto sgambettando verso la sua macchina parcheggiata sul marciapiede.

E mi lascia lì con un Capitan America molto arrabbiato, seppur molto sexy.

DICIANNOVE
RITIRATA

Ian

Mi costringo a fare un respiro profondo, ma i miei pugni si stringono lungo i fianchi come se avessero una vita propria. «Eravamo d'accordo di parlare quando tornavo.»

Trish abbassa il capo e qualche ciuffo le scende dall'acconciatura raccolta.

Un altro respiro profondo. Tutto quello che voglio fare è abbracciarla, dirle che va tutto bene, farla sedere con me, cercare di dimenticare tutta questa storia, ma non posso. Basta gestire. «Perché scappi, Trish?»

«Non sto scappando.» Si stringe nelle spalle, apparendo più piccola del solito nelle sue sneaker. «È solo ora che me ne vada.»

«Sappiamo tutti e due che non è vero. Puoi mentire a te stessa se vuoi, ma non a me.»

Ha un sussulto.

«E non sto parlando di ora. Voglio dire: da sempre. Voglio sapere tutto.» Faccio un passo verso di lei, ma mi fermo subito quando le sue spalle hanno un fremito. Respiro profondo.

«Trish.» La mia voce è calma, controllata, l'opposto di come mi sto sentendo. «Dimmi perché ti sposti così spesso. Perché stavi aspettando con un fucile carico e pronto quando ho bussato alla tua porta l'altro giorno? Cos'è questa storia dell'investigatore privato che ti sta cercando?»

Trish sussulta. «E *tu* come sai dell'investigatore privato?»

Merda. Mi ero dimenticato che Jules me l'aveva detto in confidenza.

«Io...»

Socchiude gli occhi. «Hai chiesto in giro informazioni su di me?»

«No.» Esito, di fronte all'occhiata mortale che mi rivolge. «Beh, solo una volta. Volevo solo...»

«Volevi solo, eh?» Salta giù dalla roulotte atterrando sul pavimento del garage e girandosi per chiudere la porta. Con la mano ancora sulla serratura, parla senza sollevare la testa. «Mi avevi detto che non l'avresti fatto. Che non avresti fatto domande.»

Faccio un altro passo in avanti, questa volta non mi fermo fino a quando le arrivo a pochi centimetri. «Forse il problema è proprio questo: non ho fatto queste domande *prima*.»

Allungando la mano, le afferro le spalle e la giro verso di me. Lei si rifiuta di guardarmi. «Dimmi cosa sta succedendo.»

«Non ti interessa,» dice a voce bassa.

«Non te l'avrei chiesto se non mi interessasse.» Quando rimane in silenzio faccio un sospiro e la mia agitazione fa capolino al di sotto della mia calma apparente. «Dai, te l'ho chiesto con gentilezza.»

Con le mani sui fianchi si scuote di dosso le mie mani e i suoi occhi scuri lanciano scintille verso di me. «E dato che il grande e potente Ian Kincaid chiede, io *devo* semplicemente rispondere, giusto?» Fa una risatina sarcastica. «Beh, e che ne diresti se io non te lo volessi dire?»

«Ma perché? Non ha nessun senso.» Mi passo le mani tra i capelli e li stringo, cercando con tutte le forze di non cedere alla tentazione di scuoterla fino a farla ragionare.

Accigliata, mi oltrepassa per andare in casa. «Mi dispiace, ma è meglio così.»

«Come è possibile?» La seguo, contento che stia andando in casa, piuttosto che dentro al suo furgone che ha già la roulotte attaccata, pronto per partire.

Spalanca la porta e si dirige in cucina con passo deciso. Io devo afferrare la porta al volo per impedirle di sbattere dietro di lei. «È meglio se ci salutiamo adesso, piuttosto che più tardi quando sarai arrabbiato.»

«Non potrei mai arrabbiarmi con te.» Tiro fuori la chiave della macchina dalla tasca e la appoggio nel piattino come se fossi in pilota automatico.

Trish si aggira per la cucina. «Che mucchio di sciocchezze. Sai benissimo che lo sei anche ora.»

«Trish...»

«No.» Si gira ancora una volta, questa volta tendendo la mano verso di me come per tenermi a distanza. «È meglio così. Ricordati solo di me tutta ben vestita, che sembro tutto ciò che hai desiderato in vita tua. Anche se è esattamente l'opposto di ciò che sono o delle mie origini, è comunque meglio della verità.»

Aggrotto le sopracciglia, confuso, poi mi ricordo ciò che le ho detto mentre scendeva dalle scale nel suo abito bianco. «Magari quella sera quando eri ben vestita ti ho anche detto che eri tutto quello che volevo, ma potrei dirlo anche quando sei in pigiama, in costume da bagno, o a culo nudo vicino alla piscina.» Al suo sguardo incredulo scuoto la testa. «E cos'è questo discorso sulle tue origini? L'unica che ha dei problemi in merito sembri essere tu.»

«È per questo che ti sei fatto fotografare insieme a Brenda?»

Sbatte le palpebre, sorpresa quanto me dal suo commento sarcastico.

Ma è colpa mia. Come ha detto la dottoressa Brown, se non fossi stato così impegnato a gestire la situazione e l'avessi affrontata, magari non sarei mai andato a quella raccolta fondi. Io e Trish avremmo potuto rimanere spaparanzati davanti alla TV, con un altro ricco banchetto di cibo da asporto intorno a noi, a guardare qualche serie televisiva straniera e a coccolarci. A fare crescere il nostro rapporto, a costruire fiducia. Forse così lei non mi avrebbe tenuto dei segreti.

Stringo i denti, ora più arrabbiato con me stesso che con lei. «Non è stata un'idea mia. Io avrei voluto farmi vedere con *te* al mio braccio.»

«Certo.» Annuisce, con aria malinconica. «Questo è quello che hai detto.» Sospirando va verso la panca vicino alla porta finestra e afferra la tracolla della borsa del suo computer. Mi fa un piccolo sorriso. Un sorriso triste. «E magari ci credi anche, Ian, ma cambierà. Se saprai di più su di me e su chi sono, cambierà.»

«No.» Cerco di mettere nella mia voce ogni grammo di convinzione che ho. «Non succederà.»

«Sì.» La sua voce, anche se più dolce, è altrettanto sicura. «Succederà.»

Rimaniamo lì, a tre metri di distanza, ognuno di noi convinto di avere ragione. Nessuno dei due vuole cedere.

«Immagino che non lo sapremo mai, a meno che tu non me lo dica.»

«Pensi così, ma...»

«Dimmelo.» La mia voce risuona nella casa, la mia rabbia, la mia frustrazione riecheggiano tra le stanze semi vuote.

Lei sussulta. «Ti prego. Voglio che tu ti ricordi di me come...»

«Dimmelo.»

Lei solleva la testa verso il cielo, come se stesse sperando in un intervento divino. Quando non arriva, la abbassa. «D'accordo.» Mettendosi la borsa sulla spalla, viene verso di me con un'espressione che non ho mai visto prima. «Lo vuoi sapere?»

«Sì.» Allungo le mani verso di lei, ma lei si allontana. «Fidati di me, Trish.»

Un altro sorriso triste, ma questa volta mi guarda dritto negli occhi. «Iniziamo da lì. Tu mi conosci come Trish Garrett. Conosci il mio pseudonimo, Audrey Cole. Il mio *vero* nome è Patricia Anne Garrett LaRue.»

«Perché hai cambiato nome?

«Inizialmente perché ero una spogliarellista. Ora perché sono una criminale ricercata.»

Sbatto le palpebre ripetendomi nella mente quello che ho appena sentito. Poi rido. «Buffo.» Faccio un passo indietro e mi appoggio al bancone della cucina. «È una specie di test, eh? Mi prospetti lo scenario peggiore, così quando me la svigno hai dimostrato la tua tesi?» Continuando a sorridere scuoto la testa. «Tu, spogliarellista e criminale?» Ridacchio. «Già, come no.»

I secondi passano e la sua espressione seria e sconsolata non si modifica. L'ironia che avevo avvertito un secondo fa svanisce, lasciandosi dietro uno strano presentimento. Mi ripeto ancora una volta le sue affermazioni, questa volta pensandoci bene e sovrapponendo queste nuove informazioni con ciò che già so. Il nome falso, il passato misterioso, il suo spostarsi in continuazione. L'investigatore privato che bussa alla sua porta. Più ci penso, più le cose vanno loro posto. «Ah.»

«Sì, "ah".» Gli occhi le si riempiono di lacrime e sembrano ancora più scuri. Profonde pozze piene di segreti che non ho mai esplorato. «Non sono solo una bambina bastarda, abbandonata da sua madre e che non sa nemmeno chi è suo padre, ma sono cresciuta fino a diventare il cliché più tipico: una spogliarellista accusata di furto.» Si sistema la borsa sulla spalla.

Mi vergogno ad ammetterlo, ma uno dei miei primi pensieri è chiedermi cosa farà mio padre quando lo scoprirà.

«Se rimango mi troveranno. E nemmeno tuo padre sarebbe in grado di tenere a bada la stampa. Per non parlare della reazione della NASA. Un impiegato governativo, in attesa di una promozione in cui sono coinvolti anche partner internazionali, che ha una storia con una criminale?» Fa una risata breve e secca. «Addio, carriera.»

I miei pensieri sono altrove, cerco di vedere più in là, di pianificare la mia prossima mossa, di trovare un modo per proteggerla. Sta ancora parlando e intanto fa il giro del bancone della cucina, ma percepisco le sue parole e movimenti in modo confuso. La mia mente è troppo impegnata a percorrere possibili scenari, a cercare una soluzione per questo rompicapo, ora che finalmente ho più tasselli.

Mio padre. Il mio lavoro. Le sue origini. Il suo arresto.

Forse può vivere con il suo pseudonimo di scrittrice, Audrey Cole? Potremmo sposarci. Questo obbligherebbe mio padre a tenere segreto il suo passato se non vuole che la sua carriera collassi. Alcune persone la potrebbero considerare una mossa azzardata, ma a me l'idea di sposare Trish sembra fantastica.

Per stare al sicuro potrei trovare un lavoro da qualche altra parte così da non essere troppo vicino al governo. Amo la NASA, ma amo di più Trish.

Amo. Sì, la amo. Tutte le cose che mi ha detto non contano. Beh, il fatto che è una criminale sì, ma è una cosa che possiamo sistemare. Possiamo affrontarla insieme. Come avremmo dovuto fare dall'inizio.

Rilasso la mascella, cercando di bloccare il rimbombo che improvvisamente mi riempie le orecchie. Sbatto le palpebre, rimettendo a fuoco la stanza. «Trish, cosa hai...»

Se ne è andata. «Cazzo.» Il brontolio non era nella mia testa, perché lo sento ancora. In un attimo sono fuori dalla porta, quasi sbatto contro la mia auto. La rimessa della barca è vuota.

Corro fino alla fine del vialetto, guardando lungo la strada. Vengo colpito dal bagliore della roulotte argentata di Trish mentre percorre la curva del nostro isolato. Torno di corsa alla mia macchina, salgo e premo il pulsante di avviamento.

Niente.

Mi tocco le tasche, ricordandomi che ho lasciato la chiave nella ciotola. Salto di nuovo fuori e nella fretta per poco non scardino la porta della cucina.

La ciotola è vuota.

Ha preso le mie chiavi.

Trish

«Ehi, Nanerottola!» Jules scende di corsa i gradini del ranch e corre lungo il viale tra la polvere che ancora turbina intorno alla roulotte. «Come stai...» Il suo sorriso scompare quando sbatto la portiera del furgone e le lancio un'occhiata che la fulmina. «Ehm...»

Come un cowboy che sta per sfidare qualcuno a uno scontro a fuoco sotto il sole di mezzogiorno, entro nel suo spazio personale. Abbiamo entrambe le sneaker quindi lei è molto più alta di me, ma io sono sufficientemente arrabbiata per non preoccuparmene. «Pure tu?»

Ci vuole un attimo, ma vedo il momento esatto in cui Jules capisce perché sono incazzata. «Oh, merda.»

Io inarco un sopracciglio mentre aspetto la sua spiegazione.

«Okay, so che sembra brutto.» Solleva entrambe le mani sulla difensiva. «Non avrei dovuto dire niente.»

Incrocio le braccia sul petto.

«È solo che mi ha preso in un momento di debolezza, venendo a disturbarmi mentre stavo inserendo nuovi comandi nel simulatore.»

Comincio a battere un piede a terra.

Lei sbuffa in una specie di risata. «Capitan America era seriamente preoccupato.» Smette di sorridere quando vede che io non sto affatto sorridendo.

La mia parte razionale sta cercando di dirmi che non sono veramente arrabbiata con Jules. Ferita sì. Ma non arrabbiata. In verità devo solo rimproverare me stessa per questa catastrofe che è la mia vita. Ma non posso fare a meno di sfogarmi.

«Ed era così preoccupato da convincerti a buttare la tua amica sotto un treno? L'amica che ti ha dato un posto per dormire quando poche settimane fa eri in fuga dai tuoi segreti?»

Jules incurva le spalle. «Cazzo.»

Io non ho mai preso a calci il cucciolo di nessuno, ma immagino che la faccia di Jules in questo momento sia quella del padrone di un cucciolo preso a calci.

«Hai ragione.» Annuisce. «Ho infranto il codice delle amiche. Zoccole prima, maschi poi.» La sua espressione solenne è in contrasto con il suo gergo. «Sono un totale fallimento come amica.»

Sospiro, e la mia rabbia mi abbandona rapidamente quando vedo Jules così tanto angosciata. «No. Non potresti mai essere un fallimento come amica.»

«Invece sì. Io...»

«Ehi, Trish!» Mi volto e vedo Holt che viene verso di noi dal fienile. Da bravo cowboy gentiluomo, si sfiora la tesa del cappello in segno di saluto, prima di avvicinarsi per mettere il braccio intorno a Jules.

Solo che lei lo schiva.

«Lascia perdere.» Jules lo caccia via con uno schiaffo sulla mano.

«Cosa?» Holt si acciglia guardandosi la mano e poi di nuovo Jules. «Perché?»

«Perché mi hai reso debole. Mi sono intenerita da quando ti ho incontrato. Sembro una cartolina di Natale!» Dice l'ultima frase sollevando le mani in aria, la sua rabbia pari alla confusione di Holt.

«Cosa c'entrano ora i biglietti di auguri? E perché sei...»

«Stasera niente sesso!» esclama Jules battendogli l'indice sul petto. Con foga.

Holt si massaggia nel punto dove è stato colpito, aprendo e richiudendo la bocca come un pesce spiaggiato.

Io dimentico la mia rabbia e per poco non mi soffoco, ridendo. «Dai, Jules, davvero, non serve...»

«Le amicizie tra donne sono difficili.» Si passa una mano sul viso. «Davvero pensavo di aiutare te e Ian a mettervi insieme, invece ho incasinato tutto. Mi sarei dovuta accontentare di offrirvi qualche bevanda calda e di starmene tranquilla.»

«Perché, tu pensi di essere tranquilla?» chiediamo insieme io e Holt.

Jules socchiude gli occhi, e io e Holt facciamo insieme un passo indietro, di nuovo in perfetta sincronia.

«Faccio finta di niente, dato che...» mi indica con un cenno del capo, «tu sei giustamente arrabbiata con me...» poi si rivolge a Holt. «E tu stai per diventare sessualmente frustrato.»

Giurerei di sentire Holt piagnucolare.

Jules mi afferra un braccio e mi porta dietro la casa principale. «Vieni, inizierò a fare la pace con te prestandoti Biscottina.»

«Biscottina?» Guardo dietro di me Holt che sta sollevando polvere dando calci in giro. «Mi presti la tua mucca?»

«Sì.» Jules passa davanti al portico e poi, alla fine della casa, svolta.

«Cosa intendi per "prestarmi la tua mucca"?» Seguo Jules e faccio due passi a ogni passo dei suoi. «Io non ho spazio per una mucca.»

«Non in quel senso.» Giriamo un altro angolo e vedo un fienile in miniatura. Un minuscolo fienile per un solo animale. Colorato di... rosa?

Inciampo. «E quello cos'è?»

Jules mi afferra al volo senza smettere di camminare. «La casa di Biscottina.»

La sua mucca ha una casa. Ovvio!

Jules si ferma e mi lascia la mano per aprire il cancello laterale. Mi spinge dentro e saluta allegra Biscottina. «Ehi dolcezza, ti ho portato un'amica.»

Biscottina ignara, o indifferente, continua a stare nell'angolo più remoto, vicino alla sua casa, mangiando da un grande secchio di metallo.

Jules chiude il cancello: lei fuori, io dentro. «Ehm, tu non vieni?» Anche se non capisco bene dove sono.

«No, questa è una questione privata tra te e Biscottina. Non mi voglio intromettere.»

«Oh.» È tutto quello che riesco a dire mentre fisso Biscottina, sperando che mi possa dare più indicazioni della sua proprietaria.

Biscottina sventola la coda. Non ho idea di cosa significhi.

«Cosa aspetti?» Jules mi guarda accigliata, facendomi segno di proseguire. «Vai. Abbracciala.»

«Cosa?»

«Hai capito. Ti sto prestando la mia mucca. È un fantastico animale di supporto emozionale.»

«Tu hai bisogno di un animale di supporto emozionale?»

Jules si tira indietro come se le avessi dato uno schiaffo.

«Ovviamente no. Cristo. Sto solo dicendo che lei *lo è*.» Jules fa una risatina. «Perché cazzo una tipa tosta come me avrebbe bisogno di un animale di supporto emozionale?» Ma mentre lo dice non mi guarda in faccia, quindi sono abbastanza sicura che la mia tostissima amica passi un sacco di tempo ad abbracciare la sua mucca.

Jules si china sulla staccionata e mi spinge avanti, e io per un pelo non finisco dentro una montagna di cacca di mucca.

«Forza.» Puntando in avanti il braccio, indica di nuovo la vitella. «Abbraccia. Ora.»

Non sapendo che altro fare, vado verso Biscottina, sempre con gli occhi bassi, assicurandomi che le mie sneaker non si macchino di marrone.

Mi fermo a mezzo metro dalla mucca. Una volta ho sentito che non si deve disturbare un cane che mangia, e non so se vale anche per i bovini. Ma quando mi giro per guardare Jules, lei mi incoraggia, annuendo da dove si trova, al di fuori della staccionata. Rassegnata al mio fato, sospiro e mi rivolgo alla bestia. «Ehm, ehilà, Biscottina. Come stai?»

Un altro colpo di coda.

Incerta, allungo la mano e gliela appoggio leggera sul fianco.

Un grande occhio marrone sbatte nella mia direzione, mentre lei abbassa ancora una volta la testa nel suo secchio di trifoglio. Il collare di strass tintinna quando sbatte sul bordo di metallo.

«Abbracciala!» grida Jules, facendomi fare un salto. Biscottina non fa una piega.

Mi sa che sono l'unica che si sente in imbarazzo qui.

Con un respiro profondo, le passo la mano sul fianco e intorno al collo, sollevando l'altra sotto il mento.

Temendo si possa spaventare o mi possa mordere, dapprima le mie mani la sfiorano appena. Ma Biscottina continua a ruminare. Non appena mi arriva il tepore che emana dal suo fianco, le appoggio le braccia intorno con un po' più di convinzione. Dopo qualche minuto inizio ad appoggiarmi a lei a peso morto, e la sua solida mole mi sostiene.

Nel giro di poco, sto abbracciando Biscottina con tutta me stessa e iniziano a scendermi grosse e silenziose lacrime. Il battito del suo cuore mi risuona forte sotto l'orecchio che le ho appoggiato al collo. È un battito regolare e pesante, che a ogni vibrazione mi calma un po'. Fa da ritmo alla colonna sonora dei miei ricordi recenti. Tutti che hanno a che fare con Ian.

Le braccia di Ian intorno a me. Il suo bacio. Il suo sostegno silenzioso. Ian che mi fa l'amore in giardino, dicendomi quanto forte e coraggiosa sono.

Poi mi ricordo lo shock sul suo viso quando gli ho detto la verità. Fino a prima di vedere la sua espressione vacua, con gli occhi offuscati dallo shock, non mi ero resa conto che non avevo abbandonato la speranza. Ma quando l'ho sentito borbottare qualcosa su suo padre e il suo lavoro, quel piccolo inutile filo di speranza si è spezzato. Insieme al mio cuore.

Più piango, più stringo Biscottina. Lei rimane immobile, sopportando il mio abbraccio, fino a un bel po' dopo che il metallo ha smesso di tintinnare, che il suo trifoglio è terminato, e che si è fatta notte.

«Sono un'idiota, sai.» Tiro su con il naso e mi strofino gli occhi, probabilmente rossi e gonfi. «Da quando ho visto quell'uomo perfetto, in piedi in un bar all'aperto con la sua camicia buona e i pantaloni cachi nel pieno dell'estate texana, già sapevo che avvicinarmi a lui non mi avrebbe portato a niente di buono.»

Biscottina sbatte di nuovo la coda.

«Sarei dovuta partire quel giorno.»

Per la prima volta Biscottina si muove, voltando la testa verso di me, con i grandi occhi marrone che mi fissano immobili. Rimaniamo così, guardandoci l'un l'altra, fino a quando non vengo scossa dal rumore di una zanzariera che sbatte.

Mi allungo, con la schiena che mi fa male per essere stata piegata così a lungo e le braccia intorpidite per avere stretto così tanto.

Però mi sento meglio.

Strofino il naso su Biscottina, grattandola dietro le orecchie come farei con un cane, e mormorandole delle dolci parole di ringraziamento. Alla fine, con passo svelto se ne va al suo fienile rosa sbattendo la coda mentre cammina.

Dentro il petto il cuore è ancora pesante e ammaccato, ma la mia anima sembra più leggera.

Tornando alla roulotte pesto della merda di mucca.

VENTI
MOMENTO NERO

IAN

«ARRANGIATI, KINCAID,» al telefono la voce impenitente di Jules mi colpisce la testa, già dolorante.

«In che senso, arrangiati?» Do un calcio alla sedia, facendola roteare da dietro la scrivania. «Sei tu che hai detto a me dell'investigatore privato.» Chinandomi, apro di nuovo tutti i cassetti, per verificare che davvero la chiave di scorta non sia nascosta lì, da qualche parte.

«Prima le pupe, poi i bulli.»

La mia mano si blocca a metà della ricerca. «No, dai. Ma fai sul serio?»

«Sì. Sono seria.» Fa un respiro profondo come se in qualche modo fosse infastidita da me. «Senti, te l'ho già detto, Trish è arrivata al ranch sana e salva. Adesso è là fuori con Biscottina.»

Sbatto il cassetto della scrivania e mi dirigo verso la cucina a passi pesanti. «La tua mucca?»

«Sì. L'Operazione "Animale di Supporto Emozionale" è stata avviata.»

«Cristo.» Mi servono degli amici nuovi. O qualcosa da bere. O almeno un antidolorifico.

Svoltando l'angolo, mi blocco per osservare la mia cucina normalmente ordinata e immacolata, che in questo momento sembra il teatro di un'esplosione. Cassetti aperti, pentole e tegami sul pavimento, carte e utensili ovunque. Metto Jules in vivavoce e appoggio il telefono sul bancone. «Sai una cosa?» Con entrambe le mani strappo fuori il cassetto delle cianfrusaglie dove avrebbe dovuto essere la mia chiave di scorta e butto tutto sul pavimento. Niente neanche qui. «Appena trovo la chiave di scorta vengo subito al ranch. Ci parlo io con Trish.»

«Ah, sì, a proposito.»

Rovescio anche il cassetto successivo. Niente.

«Non la troverai.»

Blocco le mani sul terzo cassetto. «Perché no?»

«Trish ha detto qualcosa a proposito di farti recapitare *due* chiavi. Quindi sono abbastanza sicura che abbia preso anche quella di scorta.»

«Sul serio? Ho un incontro di lavoro domani mattina.»

Jules ridacchia. «Mai sentito parlare di Uber?»

Improvvisamente distrutto, mi appoggio con la schiena ai mobili della cucina e mi strofino il viso con entrambe le mani come se in qualche modo potessi cancellare ciò che Jules ha appena detto. Ma non ci riesco.

Mi chiedo quanto tempo servirà al concessionario per farmi delle chiavi nuove.

«E poi, non sei sulla lista.»

«Quale lista?» Magari con un sovrapprezzo potrebbero...

«La lista della security per l'accesso alla proprietà.»

Dilato le narici e lancio un'occhiata fulminante in direzione del telefono, apparentemente così innocuo, sul ripiano di marmo. «In che senso non sono nella lista?» afferro il telefono e grido.

«Perché cazzo non sono nella lista, Starr?» Qualsiasi parvenza di calma alla quale mi ero attenuto sparisce e sento la faccia che mi si scalda e la pressione del sangue che aumenta. «Prima c'ero.»

«Sì, beh, ma era *prima* di Trish. Dopo Trish ho dovuto toglierti.»

Mi sta parlando come se fossi un bambino piccolo, e per fortuna non è qui, perché probabilmente cercherei di strangolarla.

Faccio un respiro profondo dal naso ed espiro dalla bocca e provo di nuovo a convincerla. «Rimettimi su quella lista.»

Lei schiocca la lingua. «Non se ne parla, Kincaid. Come ho detto, ora ti devi arrangiare.»

È strano che lo schermo non si crepi da quanto sto stringendo il telefono.

«Ehi, però la cosa buona è che per il matrimonio tornerai sulla lista. Quindi, ecco fatto.» Il suo tentativo di calmarmi è frustrante quanto le sue cazzate.

«Okay, bene.» Faccio un respiro profondo e cerco di mettere a fuoco. In effetti il ranch è il posto migliore per Trish. C'è la security, che Holt ha convocato in anticipo per il matrimonio. Dilato le narici. A quanto pare c'è un elenco di persone che non possono entrare nella proprietà. Inoltre, Trish ha detto che sarà al matrimonio.

Il matrimonio. Mancano pochi giorni ma mi sembra un'eternità. Questo significa che ho tempo fino ad allora per sistemare le cose. Trovare una soluzione. *Affrontare* la situazione.

Annuisco tra me e me. Procediamo con ordine: mi servono più informazioni. «Dimmi il nome dell'investigatore privato che è venuto alla roulotte di Trish.»

Jules sospira. «Ian, sai che non posso.»

«Sì. Puoi.»

«Ehi...»

«Lo farai perché a questo punto, che importa? Tanto Trish sa già che me ne hai parlato.»

«Beh, sì, ma...»

«E lo farai perché se vuoi avere un ruolo qualsiasi nelle prossime EVA per l'installazione della Bartolomeo, farai quel nome. *Ora.*» Dovrei essere nauseato per quanto assomiglio a mio padre, ma non me ne frega più niente.

Quando finalmente Jules parla, la leggerezza a cui sono abituato è sparita e la sua voce è dura e bassa. «Kincaid, non provare nemmeno a fare casini sul lavoro. Non è giusto.»

«In amore e in guerra tutto è lecito, Starr.»

«Amore, eh?» Riesco quasi a sentire la sua espressione mentre leva gli occhi al cielo. «Già, immagino che l'amore faccia fare delle gran cazzate.» Per fortuna il tono della voce non sembra quello di una persona assetata di sangue.

«Nome?»

«D'accordo, però se te lo chiede, io il nome te l'ho detto prima. Non ho voglia di finire nei guai due volte per la stessa cosa.»

«Parola di lupetto.»

Questo le strappa una risatina. «Gary Ranos. Se il distintivo che mi ha mostrato era autentico, viene dalla Georgia.»

«Grazie Jules.»

«Sì sì, vabbè.»

«Jules?» La voce di Trish, leggera e cadenzata, mi investe dal telefono.

«Sono qui, Nanerottola!» grida Jules, senza nemmeno preoccuparsi di allontanare il telefono dalla bocca. «Ci vediamo al matrimonio,» mi sussurra, e poi riaggancia.

Mi servono cinque minuti buoni della respirazione controllata che la dottoressa Brown mi ha insegnato in caso di attacco di panico per claustrofobia. A quanto pare funziona bene anche quando hai il cuore a pezzi e sei frustrato.

Dodici ore più tardi, dopo una notte insonne, un passaggio fino al concessionario e l'acquisto di una nuova rete virtuale privata, sono immerso in modalità risoluzione rompicapi, nell'attesa delle chiavi nuove.

Non volendo usare il mio computer di lavoro per cercare informazioni su un crimine o un investigatore privato, mi sono registrato sulla nuova rete tramite un account di posta usa e getta, così da poter fare le mie ricerche dal cellulare. Non si sa mai che il Grande Fratello ci stia guardando.

Sarò anche paranoico, ma meglio così che attirare l'attenzione delle forze dell'ordine su di me o, ancora peggio, su Trish.

Per ora so che Trish *non è* una criminale. Perlomeno, non ancora. Questo è positivo.

Ha semplicemente un mandato a suo carico, per furto. Dopo ancora un po' di ricerche, scopro che, perché un furto sia considerato un reato, gli oggetti rubati devono superare un certo valore.

Ora, io sono andato nella sua roulotte un'unica volta e, sebbene non fossi nella migliore disposizione d'animo, non mi è sembrata rivestita di diamanti. Non sembra adeguato pensare a Trish come a una ladra.

Ho anche fatto una telefonata a Gary Ranos. Risulta effettivamente essere un detective privato della Georgia. È disposto a parlare non appena il bonifico che gli ho inviato sarà confermato. Mi chiedo quanto sia corretto questo tizio, se è disposto a rivelare informazioni riservate, purché il prezzo sia giusto.

«Ci vorranno solo pochi minuti, signor Kincaid.» Alzo lo sguardo in direzione dell'addetto alla reception del concessionario, Dale, che fa capolino nella sala d'attesa. «Le porto dell'altro caffè?» Fa un cenno con il capo alla tazza vuota vicino a me.

È un caffè sorprendentemente buono. Dato però che la mia

gamba sta già saltando a mille all'ora, penso che sia meglio andarci piano con la caffeina. «Sono a posto così, grazie.»

Il telefono che ho ancora in mano squilla e per il nervosismo provocato dal caffè per poco non lo faccio cadere. «Pronto?»

«I soldi sono arrivati.» La voce di Gary Ranos mi arriva da lontano, come se la linea fosse disturbata.

Mi alzo in piedi, annuendo. «Bene.» Non voglio essere ascoltato da nessuno, così mi avvio verso la porta del concessionario. «Mi dica chi l'ha assunta.»

«Chad Mitchell.»

Spingo le porte di vetro e vengo colpito da un'ondata di calore: a quanto pare Houston ha dimenticato che è autunno. «E io dovrei sapere chi è?»

«È il figlio del giudice Randall Mitchell, quello che ha accusato di furto Patricia Anne Garrett LaRue.»

Un giudice. Fantastico.

«Mitchell mi ha assunto per trovare Patty e riportarla in Georgia.»

Mi ci vuole un attimo per capire che Patty è Trish. «Non per aiutarlo ad arrestarla?»

«No, signore.» Dalla voce ovattata e un forte schiocco, mi rendo conto che sta masticando. «Mi ha detto esplicitamente di tenere fuori la polizia.»

Ripenso a tutto quello che Jules mi ha detto sull'incontro che ha avuto con il detective privato la notte in cui è andato a bussare alla porta di Trish. «E allora perché quando è andato alla roulotte ha nominato la polizia?»

«Beh, ah, in verità...» Ranos si schiarisce la voce. «Vede, per esperienza so che le donne obbediscono più facilmente quando sentono nominare le autorità.»

In altre parole, aveva pensato di poter spaventare una donna single, tutta sola, per farle fare ciò che voleva lui. Prendo fiato, ma lascio che le maledizioni che mi sento in gola si calmino. *Concentrati.*

«Mitchell le ha detto il motivo per cui voleva che Trish tornasse in Georgia, se non la vuole fare arrestare?»

«No.» Ranos si riempie di nuovo la bocca. «Non mi ha nemmeno detto del mandato.» Deglutisce. «L'ho scoperto da solo, con un semplice controllo dei suoi precedenti prima di partire per andarla a cercare.»

Mi pizzico il ponte del naso, il dolore mi aiuta a tenere a bada la rabbia. «Che cosa ha detto quando gli ha riferito che l'aveva trovata?»

«Era contento.» Uno schiocco seguito da un rutto. «Ma poi incazzato quando gli ho detto che era sparita di nuovo.»

Faccio mentalmente un gesto scaramantico. «E da quando si è trasferita, l'ha più trovata?»

«No, ma immagino sia ancora nell'area di Houston. Quel suo furgone non ha l'aspetto di farcela a uscire dalla città.» Mastica. «È così che l'ho trovata la prima volta. A quanto pare, era il furgone di suo nonno. Non sembra che riesca a liberarsene.» Sbuffa. «I sentimenti sono sempre una fregatura.»

Mi viene voglia di dare un cazzotto a Ranos e di abbracciare Trish. Un interessante conflitto di emozioni.

«Però, con la storia della security che segue dappertutto Julie Starr e i suoi amici,» prosegue Ranos, «non sono riuscito ad avvicinarla né a scoprire dove va a dormire.» Deglutisce.

Interessante. Holt sta facendo seguire le ragazze dalla security, eh? Scommetto che Jules *adorerebbe* saperlo.

«Quanto accurato è questo suo controllo sui precedenti di Trish?»

«Il più possibile.» Il rumore di un liquido che viene aspirato da una cannuccia mi costringe a spostarmi il telefono dall'orecchio. «Ma ha un costo.»

Stringo un po' di più il naso. «Le mando il doppio di quello che le ho mandato, se me lo invia per mail al più presto.»

«Affare fatto.»

Gli do lo stesso indirizzo mail usa e getta che ho usato per la connessione privata e riattacco per disporre un altro trasferimento di denaro.

Cammino avanti e indietro davanti alla vetrata del concessionario fino a quando Dale mi chiama. «Signor Kincaid?»

Per poco non inciampo voltandomi verso la porta dietro di me. «Sì?»

La sua espressione diffidente lascia il posto a un sorriso imbarazzato. «Le sue chiavi sono pronte.» Mi porge un sacchetto con dentro cinque telecomandi.

Ho fatto fare delle chiavi in più, nel caso in cui Trish si incazzi di nuovo con me. Oppure, se spaventata del suo passato vorrà scappare via. Perché, finché non sistemiamo questa cosa, sono abbastanza sicuro che lo farà. E devo essere preparato.

«Grazie.» Prendo il sacchetto dalle mani del ragazzo. «Le serve la mia carta per...»

«No, no.» Con le mani sollevate, arretra fino alla porta spalancata. «Le mandiamo il conto a casa.» La macchina è parcheggiata qui dietro. Indica alle mie spalle. «Buona giornata.» La porta si chiude e attraverso il vetro lo guardo e noto che, mentre torna al suo bancone, si lancia degli sguardi guardinghi alle spalle. Vedo il mio riflesso sulla vetrata e noto che ho i capelli per aria e sembro un pazzo. Metto a fuoco e vedo che tutte i clienti dentro al negozio mi stanno fissando. Tra il mio andare avanti e indietro, la telefonata e tutti i gesti che ho fatto, devo essere stato un bello spettacolo.

Mi dirigo al parcheggio dove mi aspetta la mia macchina ed entro, gettando il sacchetto di chiavi sul sedile del passeggero.

Sul telefono mi arriva la notifica di un'e-mail.

Accendo l'auto, giusto per non sciogliermi per il caldo, e scorro gli allegati che Ranos mi ha mandato.

Più scorro, più mi fa male il cuore.

Non tanto per me, ma per la piccola e pallida morettina che mi fissa dalle foto allegate. C'è una foto di Trish alla scuola elementare. Una ragazzina con le codine e un sorriso tutto storto. Il certificato di nascita dove il padre risulta "sconosciuto". La denuncia di scomparsa di persona relativa a sua madre. Una coppia del mutuo cointestato dei suoi nonni sulla loro casa mobile, seguito dai loro certificati di morte. Un'altra foto di Trish, questa ai tempi del liceo, con lo sguardo già troppo maturo per la sua età.

Documenti della scuola che la descrivono come una mente sveglia e dotata, e le borse di studio che ha vinto. Fatture del college. E infine la pubblicità di uno strip club di una Trish quasi irriconoscibile, piegata all'indietro vicino a un palo con una gamba che punta a soffitto, in un bikini rosso di lustrini che le copre a malapena il seno.

In ogni foto è bellissima. E l'amo sempre di più a ogni nuova informazione che leggo.

Ma mi ferisce sapere che se ne vergognava troppo per parlarmene.

C'è anche una foto di un bel tizio sulla ventina, con una Trish più giovane. È un selfie, e Trish lo sta baciando sulla guancia.

Lo odio già e non so chi sia.

Alla pagina successiva, c'è un'altra foto del tizio. Questa volta è più vecchio, in giacca e cravatta in piedi davanti a uno studio legale. Mitchell & Watkins. Deve essere Chad Mitchell.

Chiaramente, Ranos ha mandato anche un altro dossier, su Chad Mitchell, attualmente partner senior di un importante studio legale della Georgia. Lo studio fondato da suo padre. Morto tre mesi fa di infarto.

Chiamo il numero di Mitchell indicato da Ranos. Nessuna risposta, nessuna segreteria telefonica. Figuriamoci. Anche se riuscissi a beccarlo al telefono immagino che non sarebbe disposto a parlare.

Per qualche motivo, Mitchell vuole che la situazione con Trish rimanga segreta. È ovvio che, se le informazioni di Ranos sono attendibili, erano coinvolti sentimentalmente. A quanto pare, a qualche punto tra il college di Trish e il suo lavoro allo strip club.

Ma dopo che il giudice l'ha accusata di furto, Trish ha lasciato la città e pochi anni dopo Mitchell ha sposato la figlia di un'importante famiglia del sud.

Faccio il numero dello studio legale.

«Ufficio Legale Mitchell & Watkins. Come posso esserle utile?»

«Devo prendere un appuntamento con Chad Mitchell. Il più presto possibile.»

«Mi dispiace, il signor Mitchell è fuori città per un pranzo in memoria del suo defunto padre. Ha chiesto di non prendergli nessun appuntamento per oggi o domani. Posso metterla in programma per la prossima settimana.»

Merda. Una settimana non va bene. Sarà dopo il matrimonio. Dopo che Trish se ne sarà andata.

«Capisco. È un peccato.» Dilato le narici e mi preparo per quello che sto per fare. «Vede, sono Ian Kincaid e mio padre, il senatore degli Stati Uniti Richard Kincaid mi ha chiesto di parlare personalmente con il signor Mitchell riguardo a una questione legale urgente in Georgia, che deve essere affrontata immediatamente.»

Nel silenzio che segue immagino la segretaria mentre valuta tutte le possibili conseguenze di un rifiuto a un potenziale cliente così importante. «Se può rimanere in linea, signore, faccio un altro controllo.»

«Certo.» Appoggio la testa allo schienale dell'auto. Mi faccio leggermente schifo.

Un attimo dopo la segretaria torna in linea con un'aria completamente diversa. «Signor Kincaid, il signor Mitchell sarà felice di incontrarla domani pomeriggio al suo rientro in ufficio.»

«Molto bene.»

«Le tre possono andare bene, signore?»

Faccio due calcoli. L'ufficio legale di Atlanta è a circa dodici ore di macchina. Se guido senza pause, passando per casa solo a prendere una borsa e fermandomi solo per fare rifornimento, dovrei farcela abbondantemente. Ingrano la retromarcia e passo la telefonata sul Bluetooth.

«Le tre vanno benissimo, grazie.»

Faccio manovra ed esco dal parcheggio, pensando che forse avrei fatto meglio ad accettare l'offerta di Dale di quella seconda tazza di caffè.

Sarà un viaggio molto lungo.

Trish

«Te l'avevo detto che sarei stata bene con qualsiasi cosa.» Jules si pavoneggia davanti allo specchio dorato del camerino.

«Questa non è una cosa qualsiasi, è un Vera Wang,» la informo, incapace di sentirmi meno che favolosa in tutto quello chiffon drappeggiato intorno a me. Quando giro, fa perfino la ruota.

Rose si sistema le tette nel corsetto increspato. «Perché noi siamo Vere Gnocche!»

Ridacchiando, Jules e Rose si battono un pugno.

«Va tutto bene?» La sarta finge di non avere appena sentito

due donne adulte fare battute volgari nel suo atelier di alta sartoria.

Ho anche notato che questa volta non ci hanno offerto neanche un Mimosa. Forse è una cosa positiva, visto che questa sera abbiamo la festa di addio al nubilato.

«Gli orli vanno bene?» La donna fa un passo indietro guardando il pavimento con il metro in mano. «Avete le scarpe che indosserete al matrimonio, giusto?»

«Sì, ma non pensavo che la nanerottola avrebbe indossato dei trampoli.» Jules mi dà un colpo sulla spalla con l'indice, facendomi cadere addosso alla parete.

Io, Rose e Jules dovevamo indossare tutte le stesse scarpe. E lo stiamo facendo. Più o meno. È che io ne ho trovato un paio identiche, solo con una zeppa di cinque centimetri più alta.

Mi rimetto in piedi e mi liscio la gonna perché la sarta la controlli. «È che non volevo sembrare una bambinetta mentre cammino lungo la navata dietro i vostri culi da Amazzoni.»

«Ma ti prego: non sai la fortuna che avrai, ad avere questo direttamente davanti agli occhi.» Jules si dà uno schiaffo sul didietro.

Scuoto la testa, ridendo, ma cerco di rimanere ferma mentre la donna mi gira intorno camminando come una papera, controllando e ricontrollando la lunghezza. «La tua umiltà non conosce confini, dolcezza.»

«È solo una delle tante cose che Holt ama di me.»

«Una delle tante, eh?» Ieri sera ho scoperto a mie spese che quando tira una certa aria, è meglio tenersi alla larga. Appena ho messo il piede nella casa ristrutturata, con tutti i suoi spazi aperti, sono rimasta sconvolta da ciò che stava succedendo sul bancone della cucina.

Non guarderò mai più una paletta da cucina nello stesso modo.

La prossima volta che mi serviranno dei fazzolettini per

asciugarmi le lacrime mi arrangerò con un rotolo di carta igienica.

«Così impari ad auto-infliggerti l'astinenza.»

Jules si stringe nelle spalle, con un sorrisetto in volto. «Non ci posso fare niente se il ragazzo è affamato di... oh-oh...» Abbassa lo sguardo sulla sarta, che le si è avvicinata con gli spilli in mano.

«Chiedo scusa!» borbotta, ma sappiamo tutte che non dice sul serio.

«Ti sta bene.» Rose non cerca nemmeno di mascherare le sue risate. «Nessuno vuole sapere i dettagli della vita sessuale del proprio fratello.»

Giro la schiena allo specchio e al loro sguardo diretto e mi abbasso la cerniera del vestito. Già, alcune cose si possono tenere riservate. Mi infilo la T-shirt blu e la gonna a pieghe con l'elastico in vita. Mi tengo le scarpe per ammorbidirle un po' prima del matrimonio. E così non sembro la nana che sono.

«Niente da fare.» Jules, ancora immobile, dopo essere stata punta da uno spillo, aspetta che la sarta le faccia un cenno di approvazione prima di togliersi le scarpe. «Amare vuol dire non avere segreti.»

«In quel caso mi puoi amare un po' meno, Starr,» commenta Rose scherzando. «Le tue bravate da letto te le puoi tenere per te.»

Ridono entrambe, ma io non riesco nemmeno ad atteggiare le labbra a un sorriso. «Tutti abbiamo dei segreti.»

«Beh, certo, immagino di sì.» Jules si abbassa la cerniera, assolutamente a suo agio a mostrare le tette davanti a tutte. «Ma non con le persone che amiamo.» Appende l'abito e afferra la T-shirt. «L'ho imparato a mie spese, eh?»

Rose annuisce seria, come se stesse ripensando a ciò che è successo a Jules poche settimane prima.

«Ora non c'è proprio niente che Holt non sappia su di me. E

mi ama lo stesso.» Inclina la testa di lato, apparentemente soppesando ciò che ha appena detto. «O magari mi ama *proprio perché* sa tutto di me?»

La sarta gonfia la gonna di Rose e controlla l'orlo.

«Io non ne so molto di storie d'amore, non avendone mai avuta una.» Rose si guarda allo specchio. «Ma devo dire che sono d'accordo con Starr.»

Jules annuisce, raccogliendo i pantaloni dal pavimento dove li aveva lasciati poco fa. «Non potresti non esserlo.»

Rose leva gli occhi al cielo, ma continua: «Mio padre non ha mai saputo molto di nostra madre.» Si stringe nelle spalle, facendo alzare l'orlo. La sarta schiocca la lingua. «Nessuno di noi sapeva niente, né lo sappiamo oggi. Secondo i racconti di mio nonno, mia mamma a un certo punto è, tipo, apparsa dal nulla. Più crescevo e più mi rendevo conto di quanta fatica facesse mio padre. La amava, ma era come cercare di aggrapparsi a del fumo: non c'era sostanza. Troppe domande senza risposta.»

«Il fatto che lei non fosse fedele non ha aiutato.» Jules incrocia lo sguardo di Rose e si blocca. «Ah, senza offesa.»

«Tranquilla.» Un sorriso triste si fa strada sulla bocca di Rose. «Comunque quello era solo uno dei tanti segreti, nemmeno tanto segreti, che avevano tra di loro. A volte lei se ne andava e nessuno sapeva se sarebbe tornata. Papà, non sapendo mai il motivo della sua fuga, pensava sempre fosse colpa sua. La tensione cresceva e lui passava sempre più tempo con le sue macchine, sfogandosi a cento miglia all'ora sul circuito.» Rose mi guarda dritta negli occhi, come stesse parlando *a* me e non *di* sua madre.

Forse è così.

Quando anche l'ultimo orlo è stato controllato, la sarta raccoglie le sue cose ed esce di fretta dalla grande sala fitting a testa bassa, evitando di incrociare i nostri sguardi. Forse l'abbiamo costretta ad ascoltare un po' troppe informazioni riservate, ma almeno questa volta non siamo ubriache sfatte.

Jules si infila gli stivali da moto sbattendoli rumorosamente a terra. Drizzandosi si controlla allo specchio e appare tanto sicura di sé con la T-shirt di Captain Marvel e jeans larghi e a vita bassa, quanto lo era un minuto fa agghindata in un vestito d'alta sartoria. «È fantastico sapere che la persona che ami sa tutto di te e ti ama lo stesso.»

Le parole di Jules mi congelano da capo a piedi.

«Sì, sì, sei amatissima.» Rose si toglie il vestito a fatica, dato che al suo seno generoso serve un doppio bustino. «Però se sento un'altra volta quanto sei amata, mi metto a urlare.»

Appoggiata alla parete con le braccia incrociate sul petto, Jules le fa un sorrisetto. «Vuoi dire che non vuoi sapere che tuo fratello mi ama così tanto che ieri sera è stato disposto a insozzare la sua preziosa cucina con del sesso sudato e fantasioso?»

A Rose crolla la testa. «Cristo, lo sai, vero, che è anche la *mia* cucina?»

«Oh, sì.» Come se fosse il cattivo di un film, Jules si accarezza il mento senza attenuare il suo ghigno malvagio. «Magari per un po' evita di mangiare sul bancone. Non sono sicura che Holt si sia ricordato di dargli una bella pulita.

Continuano a battibeccare, cosa che di solito trovo divertente, ma la mia mente non riesce a focalizzarsi sui loro insulti.

Sentendo Rose che parla del suo passato e Jules della sua storia d'amore, mi rendo conto di quanto egoista sono stata. Tenerle all'oscuro dei miei segreti magari le protegge, ma è una cosa che protegge più me. E quando sarò andata via, si chiederanno perché me ne sono andata? Penseranno che sia stata colpa loro?

Se non posso raccontare loro la verità mentre sono qui potrei almeno fargliela sapere dopo che me ne sono andata? Così almeno non si preoccupano, non si faranno domande né si sentiranno in qualche modo responsabili per la mia partenza.

Riemergo dalla mia trance solo quando sento Jules che parla a voce altissima del suo sesso con Holt mentre Rose canticchia "la la la" con le mani sopra le orecchie.

«Okay, okay, smettetela.» Apro la porta della sala fitting e spingo fuori Rose e Jules, con Rose che saltella su un piede solo mentre cerca di infilare l'altro nello stivale. «Se voi due non la finite di raccontare i vostri traffici, va a finire che ci buttano fuori a calci.»

A giudicare dalla coppia madre-figlia che ci fissano e si sussurrano qualcosa mentre passiamo, la voce alta di Jules si è fatta decisamente sentire. La proprietaria del negozio ci aspetta vicino all'uscita con una mano pronta a spalancarci la porta. Nonostante l'aria condizionata al massimo, ha il viso rosso e lucido, e il sorriso è finto come quello di un manichino.

Una volta fuori, Jules mi prende a braccetto. «A proposito di buttare fuori a calci, tu sai cosa mi serve per revocare il divieto di Ian di avvicinarsi al ranch per il matrimonio, vero?»

Il suo nome mi fa scattare. Dopo la mia sessione di supporto emozionale con Biscottina, mi ero buttata a capofitto sui preparativi dell'ultimo minuto con Jules e la wedding planner. Alla festa di addio al nubilato di questa sera ci aveva pensato Rose.

Ma basta il suo nome per riportare tutto alla memoria. Le cose buone, quelle incredibili, e i rimpianti.

E mi rendo conto che non ho solo le mie amiche da informare.

VENTUNO
CHECKLIST DA POLSO

Ian

Mi sono già preparato in testa quattro lettere di protesta per i dipartimenti dei trasporti della Louisiana, del Mississippi, dell'Alabama e della Georgia. I quattro Stati attraverso cui mi ha portato il mio viaggio di quasi milletrecento chilometri la notte scorsa. Anche se forse dovrei farne una quinta e mandarla al Texas, dato che nemmeno il viaggio attraverso Houston è stato tutto rose e fiori.

Tra corsie chiuse, deviazioni e limiti di velocità ridotti a causa di lavori stradali, sono arrivato ad Atlanta solo alle tre di mattina. Un viaggio lungo, reso ancora più difficile da tutte le telefonate di lavoro e le riunioni a cui ho dovuto partecipare via telefono. Oltre alle centinaia di e-mail a cui ho risposto ogni volta che ho fatto una sosta per fare rifornimento o per mangiare qualcosa.

Avevo appena appoggiato la testa sul cuscino della camera d'albergo quando mi è suonata la sveglia.

Dopo una doccia e cinque tazze di caffè, mentre entro nel

parcheggio dell'ufficio di Gary Ranos situato vicino a un edificio abbandonato, mi sento più o meno vivo.

Vedremo.

L'Audi becca in pieno una buca che non avevo visto e la violenta scossa mette alla prova sia le sospensioni che la mia schiena. Amavo la mia macchina: la velocità, il lusso. Ma quando spalanco la portiera ed esco, ho i muscoli e le ossa che scricchiolano come se avessero vent'anni in più, e mi viene voglia di darle fuoco.

Mi dirigo verso la porta con la scritta Gary Ranos, Indagini Discrete, dove lampeggia una tremolante insegna al neon con disegnato un occhio con sopra un cappello fedora.

Il clima di Atlanta non è molto diverso da quello di Houston: caldo e umido. L'unica cosa positiva è che non è ancora mezzogiorno, quindi non è ancora soffocante.

Quando entro, la porta produce uno scampanellio. «C'è qualcuno?»

Nessuna risposta.

Da una porta dietro il bancone vuoto della reception sento un rumore di qualcosa che sbatte e poi una maledizione. Poi la porta si spalanca, andando a sbattere contro la parete.

«Kincaid?» Un uomo basso con dei baffoni mi guarda sbattendo gli occhi.

«Ehm, sì, sono io.» Mi chiudo la porta alle spalle e rivedo l'opinione che mi ero fatto su questo investigatore privato. Non so se fidarmi di un uomo che ha più baffi che viso.

«Seguimi.» Senza aspettare, si gira ed entra nel suo ufficio. «Devi avere preso un volo di prima mattina.»

Entro nella piccola stanza. «Sono venuto in macchina.» Una grande finestra mi mostra un panorama fantastico: il muro di cemento di un negozio abbandonato.

Si blocca davanti alla scrivania, aggrottando le ciglia. Forse sta anche arricciando le labbra, ma non riesco a vederlo con quei baffi. «In macchina?»

«Sì.» Nell'angolo c'è una lampada con una gamba con calza a rete al posto del piedistallo, e il paralume con le nappine.

«Perché caspita sei venuto in macchina?»

Quando gli rispondo solo con un'occhiata, solleva le mani in segno di scusa. «Non importa, non sono fatti miei.» Si stringe nelle spalle. «La gente ricca fa cose strambe in continuazione, immagino.»

«La gente ricca?» Sgombero dalle cartelline la sedia pieghevole di metallo che sta di fronte alla scrivania e mi siedo. «Quindi lei sa chi sono?»

Non capisco se l'occhiata che mi rivolge vorrebbe trasmettere superiorità o offesa, ma a me sembra solo stupida. «Beh, ovvio. È il mio lavoro.»

Non ricordo l'ultima volta che qualcuno mi ha detto "ovvio".

«Figlio di un giudice attualmente senatore.» Ranos fa un fischio, e le estremità dei suoi baffi svolazzano per il soffio. «Patty ha buon gusto in fatto di uomini.»

Una mia inclinazione del capo gli basta a fargli abbassare la testa. «Scusi, scusi, non era il caso.» Risistema i documenti che ha sulla scrivania seguendo qualche misterioso schema che potrebbe essere compreso solo da un accumulatore compulsivo. «Non è l'unico che passa le notti in bianco, sa. Sono stato sveglio tutta la notte a fare le ricerche che mi ha chiesto.»

Ieri, dopo aver fatto la valigia ed essermi messo in strada ho chiamato Ranos e gli ho detto che oggi sarei stato in città. Gli ho versato un sacco di soldi in anticipo per fargli raccogliere, entro questa mattina, tutte le informazioni che riusciva sui Mitchell e sul presunto furto.

Prende in mano il documento che stava in cima al disastro che ha sulla scrivania e lo scuote. «E troverà i risultati *molto* interessanti.» Me lo allunga, passando sopra la pila di carte in equilibrio precario.

Appoggiandomi allo schienale lo sfoglio. A ogni pagina sento che mi cresce la pressione del sangue.

La Mitchell & Watkins s.r.l. si trova nel centro di Atlanta, su Peachtree Street. Alle tre del pomeriggio si è un po' rannuvolato e la parte più calda della giornata è finalmente passata, ma nel mio abito elegante sembra ancora che ci siano dieci gradi in più.

Pur essendo partito di corsa per Atlanta mi sono lo stesso preso il tempo per scegliere il mio completo migliore. Dopotutto, sono qui in veste del rispettoso figlio di un senatore.

«Il signor Mitchell sarà subito con lei, signor Kincaid.» La segretaria, una bella donna in tailleur, mi indica una poltroncina vicina alla parete di un'area di attesa allestita come se fosse il set di una rivista di interior design.

«Grazie.»

«Gradisce un caffè?»

«Sì, grazie.» Mi siedo e incrocio una caviglia sul ginocchio. «Nero.» L'unica cosa che mi tiene in piedi da quando Trish mi ha lasciato è la caffeina. E, come la mia macchina, a questo punto sto esaurendo le energie.

Se ne va di fretta, immagino per andarmi a prendere il caffè, ma prima che torni, da una delle porte esce un uomo di altezza media con i capelli castani e in relativa forma fisica.

«Signor Kincaid?» Stende la mano quando è ancora lontano. «Sono Chad Mitchell.»

Mi alzo e gli stringo la mano, senza riuscire a evitare di fare confronti tra di noi. In fondo, a un certo punto Trish si è innamorata di lui.

«Piacere di conoscerla.» Gli stringo la mano con fermezza,

irrazionalmente infastidito quando fa lo stesso anche lui. «Grazie per avermi ricevuto con così poco preavviso.»

Lasciandomi la mano, fa un gesto per rifiutare cortesemente il mio ringraziamento. «Di nulla, di nulla.»

Fa un cenno verso la porta da cui è arrivato e mi fa entrare per primo nel suo confortevole ufficio d'angolo. I soffitti alti, il panorama della città e l'arredamento costoso sono l'esatto opposto del parcheggio per case mobili a Norcross dove sono passato dopo essermi incontrato con Ranos.

Sono sicuro che la roulotte esatta in cui è cresciuta Trish non sia più lì, ma già guidando su quel manto stradale così malridotto mi sentivo più vicino a lei, come se avessi scoperto un altro pezzettino del puzzle. Sono stato a guardare due bambini che giocavano a calcio sull'asfalto e a chiedermi come sia stata la sua infanzia.

Dopo la visita, avevo guidato per trenta minuti verso Alpharetta, dove vivono i Mitchell. Grandi proprietà con ricche dimore, con tanto di imponenti colonne bianche, costeggiavano le strade della cittadina esclusiva appena a nord di Atlanta. Erano più simili a casa mia rispetto alle roulotte di Norcross, e mi chiedo se anche Trish ha fatto lo stesso paragone quando, a Houston, l'ho ricattata per convincerla a trasferirsi da me.

È per questo che preferiva vivere nella roulotte dentro al garage, piuttosto che a casa mia? Era preoccupata di avvicinarsi troppo a un altro rampollo di una famiglia bene?

«Devo dire che la sua chiamata mi ha sorpreso, signor Kincaid,» mi dice Mitchell, distogliendomi dalla luce che entra generosa dalle finestre a tutta parete. Fa il giro della scrivania imponente e pesante, facendomi cenno di sedermi su una delle sedie più piccole davanti a lui. «Chiaramente, chiunque guardi i notiziari sa chi è suo padre, ma non pensavo che noi in Georgia avremmo avuto il piacere di suscitare l'interesse del senatore

Kincaid.» Il suo accento meridionale si fa più pesante man mano che parla.

Mi siedo, ignorando il cenno a mio padre e la spudorata mossa di potere nella scelta della sedia. «Ho sentito che recentemente ha perso suo padre.» Estraggo il telefono dal taschino. «Mi dispiace molto.»

Questa volta Mitchell annuisce e il suo atteggiamento evasivo nei confronti di suo padre assomiglia al mio. «Già, l'infarto è stato uno shock.»

Apro il telefono e invio l'e-mail che avevo preparato in precedenza. «Sono sicuro che non è stato l'unico shock.»

«In che senso?»

Ripongo il telefono e mi appoggio allo schienale incrociando le gambe. «Controlli le sue e-mail.»

Aggrottando la fronte, Mitchell si gira verso lo schermo e muove il mouse. Vedo il momento esatto in cui apre le foto allegate alla mail che gli ho appena inviato.

Quelle che mi ha mandato Ranos questa mattina.

«Sono foto mie e di mia moglie al funerale di mio padre.» Clicca un po' di volte con il mouse. Accigliandosi di più, si rivolge a me. «Non capisco.»

«E se facessi il nome di Patricia LaRue?»

Rimane immobile così a lungo che mi chiedo se stia ancora respirando.

Faccio un cenno al suo computer. «Bizzarro che al funerale sua moglie abbia addosso l'anello preferito della sua defunta madre, considerando che suo padre ne aveva denunciato la scomparsa anni addietro.»

Mitchell deglutisce.

«In effetti, dopo che il giudice Mitchell ha accusato Patricia LaRue di averlo rubato, ha ricevuto sessantamila dollari dall'assicurazione.»

«Io...» gocce di sudore gli imperlano il labbro superiore.

«Mi chiedo come reagirà la grande città di Atlanta, con tutti i suoi potenti e influenti clienti, quando sapranno che suo padre ha frodato l'assicurazione per pagarsi le proprie campagne.»

Mitchell è ancora senza parole.

«O che sua moglie è a suo agio a pranzare con l'alta società indossando prove di reati, mentre la persona accusata del furto è in fuga costante e non può stare troppo tempo nello stesso posto per paura di finire in prigione per un reato che non ha commesso.» Quando arrivo all'ultima parola sono in piedi e sto urlando.

Mitchell si fa piccolo nella sua enorme sedia. «Non lo sapevo.» La sua voce è un flebile sussurro.

«Che cosa non sapevi, *esattamente*, Chad?» Crollata la facciata, non riesco a dissimulare il disgusto nella mia voce.

«Non sapevo che non l'avesse rubato.» Devo apparire incredulo perché lui si drizza sulla sedia e tende in avanti le mani.

«Sul serio. È stato solo quando mio padre è morto che ho avuto accesso alla sua cassaforte personale e ho trovato l'anello.» Borbotta qualcosa su fatto che sua moglie aveva insistito per indossarlo.

«Vuoi dire che pensavi veramente che Trish l'avesse rubato?»

«Trish? Vuoi dire Patty?» Si stringe nelle spalle. «Beh, insomma, è una spogliarellista, quindi...» Si interrompe quando vede il mio sguardo che immagino sia raggelante.

Facendo un respiro, mi dico che ucciderlo complicherebbe solo le cose, e torno a sedermi. «Sistemeremo tutto.» Lo fisso con uno sguardo truce. «E con noi, intendo tu.»

Lui si asciuga la fronte sudata, ma annuisce.

«Ma prima, voglio che mi racconti esattamente che cosa è successo. Da quando il giudice ha accusato Trish di avere rubato, a quando assoldi Gary Ranos per riportarla in Georgia.»

Quando nomino il detective privato, Mitchell sbatte gli occhi, ma inizia parlare.

Trish

Un'ora. L'orologio digitale verde sul microonde dice che sono le cinque. Alle sei partiamo per la festa di addio al nubilato di Jackie. Estraggo da sotto il letto la sedia pieghevole di metallo e il tavolino che uso come scrivania e mi siedo. Il sedile freddo è ghiacciato sulla pelle, anche attraverso i jeans. Apro il portatile e fisso la pagina vuota. Lo schermo vuoto non è mai sembrato così scoraggiante. Ed essendo una scrittrice, questo la dice lunga.

Ora o mai più.

Da dopo la prova vestito ho riflettuto molto sul tipo di spiegazione da dare alle mie amiche per la mia partenza.

La verità, ovviamente. Ma quanto dire?

Non voglio coinvolgerle, non voglio che pensino che in qualche modo potrebbero aiutarmi, quindi meno dettagli do, meglio sarà. Ma devono anche sapere che la mia partenza è necessaria e non è in nessun modo colpa loro.

Decido di raccontare una storia. È ciò che mi viene meglio.

C'era una volta una ragazza.

Una ragazza normale. Povera.

Non era particolarmente bella, né aveva talenti. Era intelligente, ma non troppo.

Fu cresciuta nell'amore e nell'abbandono, senza sapere mai quale delle due predominava.

Fino a quando un giorno la ragazza incontrò un ragazzo. Un ragazzo che aveva tutto ciò che lei non aveva. Un ragazzo amato da tutti. E lui le dichiarò il suo amore.

Si erano conosciuti al college, un college locale, l'unica scuola che lei si potesse permettere (e solo grazie alle borse di studio e agli incassi di un dollaro alla volta al vicino strip club dove lavorava).

Il ragazzo era in quella scuola perché era stato bocciato nel livello base di inglese nella sua scuola d'élite e non voleva che i suoi amici ricchi sapessero che avrebbe dovuto rifare il corso.

«Tu sei Patty, giusto?»

La ragazza, stupita per il fatto che lo studente più popolare del college le rivolgesse la parola, si limitò ad annuire.

«Mi aiuteresti con i compiti? Sembri essere la più brava qui,» le disse facendole l'occhiolino.

Nessuno le aveva mai fatto l'occhiolino prima di allora.

In men che non si dica, dopo le lezioni si davano appuntamento nel cortile. Era proprio come le storie d'amore da college che aveva letto. E lei aveva già letto molto. Aveva anche provato a scribacchiare qualcosa.

Quell'estate, più passavano del tempo insieme, più lei si innamorava. Prima di allora non aveva mai tenuto un ragazzo per la mano. Non aveva mai avuto un ragazzo. Non aveva mai fatto l'amore.

Quell'estate, così tanti "mai" erano diventati altrettante prime volte.

Lei si riteneva fortunata perché lui non le aveva mai chiesto di andare a casa sua, né le aveva mai chiesto dove lavorasse. Poteva tenere per sé la vergogna della sua casa mobile e della pole dance. Tenere nascosti quei cliché.

Non è che lei odiasse il suo lavoro. Per quanto fosse uno strip club, era comunque un posto decoroso. Ballava in bikini e gli uomini le gettavano soldi sul palco. Le piaceva ballare e aveva bisogno di soldi. Sembrava il lavoro perfetto.

Ma sapeva. Sapeva che non era un lavoro normale. Non era una cosa di cui parlare. Così non lo faceva.

Uscivano e andavano in posti che lei normalmente non si

sarebbe potuta permettere. Lui la presentò ai suoi amici che erano a casa per l'estate. Lei si accorse che le altre le lanciavano delle occhiate piene di invidia mentre passeggiava con lui, mano nella mano.

Quando lui le disse che sua madre era morta anni prima lei gli raccontò lo stesso, anche se sapeva che scappare e morire erano due cose diverse. Era comunque qualcosa che avevano in comune: non avevano una madre.

Lui le disse che suo padre era un uomo importante, raramente a casa. Lei gli rivelò che anche suo padre era raramente a casa, anche se sapeva che raramente *e* mai *erano due cose ben diverse.*

E poi un giorno lui la presentò a suo padre. Il padre del ragazzo le sorrise. La abbracciò. La invitò a cena.

Ma c'era qualcosa in lui che la rendeva nervosa.

Fece finta di niente. Era troppo impegnata a vivere la sua felicità per preoccuparsene.

Fino a quando una sera arrivò a cena e trovò il ragazzo serio e arrabbiato.

«Sei una spogliarellista?» Aveva un'espressione che lei non aveva mai visto.

«Io...»

«Una spogliarellista che vive in una roulotte.» Lui rise, e il suono di quella risata le spezzò il cuore. «Quali altri segreti mi stai nascondendo?»

«Nessuno!»

«Non posso credere che tu ti spogli. Voglio dire, quanti uomini ti hanno visto nuda? Per quanti uomini hai fatto la lap dance? Quanti uomini ti sei scopata facendomi credere di essere ancora vergine?»

Le sue parole erano pugnalate al cuore che la trafissero nell'orgoglio e distrussero la sua autostima. «È un lavoro come un altro. Il lavoro meglio retribuito che sono riuscita a trovare per frequentare anche la scuola. E poi non sono mai completamente nuda.»

Il ragazzo fece una risatina, come se quella piccola sfumatura facesse la differenza. «Non riesco a credere di avere davvero pensato di sposarti. Grazie a Dio mio padre me l'ha detto prima che te lo chiedessi.» Scosse la testa disgustato.

«Io ti amo.» Gli afferrò la mano. Quella mano che una notte l'aveva tenuta stretta contro di lui. La mano che aveva giocato con i suoi capelli mentre lui le diceva di amarla. «Mi dispiace di non avertelo detto. Mi dispiace tanto. Ero solo imbarazzata,» balbettò lei, con le parole interrotte dai singhiozzi. «Ero preoccupata che ti saresti vergognato. Che non mi avresti più voluta.»

Lentamente, mentre le scendevano le lacrime, il ragazzo allungò la mano libera, come per asciugarle le guance. Il suo cuore ebbe un sussulto di speranza, speranza che lui l'avrebbe perdonata. Che avrebbe continuato ad amarla. Ma prima che lui potesse toccarla suo padre scese dalle scale.

«È sparito. L'anello di tua madre è sparito.»

I singhiozzi vennero interrotti dalla sensazione di smarrimento e la ragazza si concentrò per cercare di calmare il respiro. Quando si riprese, si accorse che entrambi gli uomini la stavano fissando.

Il ragazzo allungò la mano con il palmo rivolto verso l'alto. «Ridammelo, Patty.»

«Ridarti cosa?» Lei spostò lo sguardo tra un uomo e l'altro, uno triste, l'altro arrabbiato.

«Non ci provare con noi, signorina. Non so cosa ci abbia mai trovato mio figlio in te, ma ti garantisco che ora non lo avrai.» Fissò suo figlio, fino a quando il peso di quello sguardo non schiacciò il ragazzo, che chinò le spalle. «Chiamo la polizia.»

I mille pezzi del cuore infranto della ragazza andarono a sbattere contro la sua gabbia toracica. «La polizia?»

La risposta furono i passi rapidi e pesanti del padre del ragazzo che si spostava nell'altra stanza.

«Se ci ridai l'anello dimenticherò tutto.» Il ragazzo sembrava stanco.

«Non ho nessun anello.»

Lui sospirò. «L'hai già venduto? L'hai dato in pegno?»

«No. Io non l'ho rubato. Non ho rubato niente. Non so nemmeno di quale anello stiate parlando.» La forza nella sua voce lo costrinse a guardarla. Ma non con aria comprensiva, né innamorata.

«Ti aspetti che ti creda, dopo che mi hai mentito sul fatto che eri una spogliarellista?»

«Io...»

«Dopo che mi hai detto che ti servono i soldi per la scuola?»

La ragazza sentì il padre nell'altra stanza che parlava alla polizia. Il panico le risucchiò tutta l'aria dai polmoni.

«Chad... Ti giuro... Non ho preso niente.» Fece un passo avanti per prendere di nuovo la sua mano ma questa volta il ragazzo si allontanò. «Ti prego,» lo implorò la ragazza. Lo implorò di crederla. Lo implorò di perdonarla. Lo implorò di amarla.

«Vattene.»

«Cosa?»

«Vattene e basta. Ormai è troppo tardi.»

«Ma io...»

«La polizia sta arrivando!» gridò il padre del ragazzo.

Questa volta fu il ragazzo che la implorò. «Per favore, vai. Corri.»

E così lei corse.

E non si fermò più.

. . .

«Muovi quel culo!» Il grido di Jules è seguito da parecchi colpi pesanti contro la fiancata della roulotte, che mi fanno sobbalzare sulla sedia. Faccio un respiro profondo e cancello i caratteri battuti a caso per lo spavento.

Mi schiarisco la voce e mi asciugo le lacrime. «Calmati!» Sorrido, sapendo che dire a Jules Starr di aspettare è utile quanto un paio di tette su un cinghiale.

Come previsto, per tutta risposta arrivano altri due colpi e la minaccia di lasciare a casa me e il mio culo da nana.

Mando in stampa e mi alzo in piedi, stiracchiandomi come può fare in una roulotte solo una persona di bassa statura. Era un pezzo che non scrivevo qui dentro. Mi ero abituata al sole e all'aria aperta del cortile di Ian.

Quando le quattro copie della mia lettera di spiegazioni sono uscite, afferro dalla minuscola scrivania le buste già indirizzate e infilo una lettera in ogni busta.

Jackie, Jules, Rose. Le chiudo.

Ian.

Dopo aver inserito il foglio, mi blocco: il mio racconto non mi sembra abbastanza. Non per Ian. Non dopo che noi... Beh, non dopo tutto quello che c'è stato.

La risata sguaiata di Rose e quella argentina di Jackie risuonano all'esterno, mettendomi fretta.

Ci penso un attimo, poi cedo: mi siedo di nuovo e prendo un altro foglio e la penna.

Grazie per avermi mostrato che l'amore non esiste solo nei romanzi d'amore. Spero che ora tu capisca perché non posso rimanere. Non è mai stata colpa tua. Sempre mia.

Insegui i tuoi sogni, Ian... dagli spazi chiusi degli armadi alla vastità dello spazio.

Io crederò sempre in te. Ti amo, Trish.

Ho abbastanza tempo per infilare la nota dentro alla busta e chiuderla prima che la porta della mia roulotte si spalanchi.

Schizzo via dalla sedia e nascondo le lettere nella borsa prima che gli stivali da moto di Jules entrino rumorosamente.

«Nanerottola, dobbiamo andare. Smettila di metterti in tiro.» Con le mani sui fianchi, il metro e settanta di Jules sembra alto il doppio nella mia roulotte minuscola. «Vieni o no?»

«Vengo, vengo.» Afferro un paio di scarpe con il tacco da un armadietto della cucina e me le infilo. «Calmati.»

«Io sono sempre calma. Fa parte della mia natura da tipa tosta.» Osserva le mie calzature, che mi portano al livello del suo mento. «Come cazzo fai a camminare con quegli affari? Cioè, devono proprio essere così alte?»

Mi sistemo un po' i capelli davanti allo specchio, aspettando che Jules si giri per potere nascondere le lettere da qualche parte che non sia la borsa che mi prendo questa sera, ma lei non si muove.

Con un sospiro la spingo fuori dalla porta e la seguo, fino a dove Jackie e Rose ci stanno aspettando. «Ogni centimetro conta.»

«Ben detto!» commentano in coro Jules e Rose.

VENTIDUE
PUNTO DI PRESA

IAN

LA MIA STANCHEZZA è passata a un livello superiore.

E anche la mia rabbia.

Ma se non fosse per la rabbia che mi manda in circolo la caffeina, sarei collassato ore fa.

«Mi serve un appuntamento con il giudice Milton.» La voce di Mitchell è calma mentre parla al telefono con non so chi, ma continua a lanciarmi delle occhiate nervose. «È urgente.» Si preme sull'occhio il ghiaccio che gli ha portato la segretaria.

Io mi stringo nella mano il pugno ammaccato, ripensando alla mia delusione quando Mitchell è crollato al primo gancio. Avevo l'altro pugno già pronto per andargli a colpire il plesso solare, ma purtroppo non ce n'è stato di bisogno.

Mi sale ancora la rabbia quando ripenso alla sua faccia sorpresa quando un minuto dopo si è ripreso, e ha visto me che gli troneggiavo sopra. Come se non riuscisse a credere che qualcuno gli avesse davvero messo le mani addosso.

Mitchell riattacca. «Domani mattina.» Scrive qualcosa su un

foglietto. «Posso vedere presto il giudice e fare iniziare il processo.»

«Perché non l'hai fatto prima?» Scuoto il capo. «Non riesco a capire. Voglio dire: l'hai fatta cercare da Ranos, sapevi dell'inganno di tuo padre, dell'innocenza di Trish. Quindi perché c'è stato bisogno che venissi qui io per farti iniziare il processo per la revoca del mandato nei suoi confronti?»

Mitchell guarda dalla finestra e si stringe nelle spalle. «Ranos mi aveva detto che Trish lavorava a Houston. Che aveva un lavoro, che andava a scuola, che aveva perfino degli amici. Anche se forse non importava più,» dice tutto ciò senza mai guardarmi in faccia. Un chiaro segno che lui stesso sa che sta dicendo delle cazzate.

«Penso sia più probabile che tu non volessi correre il rischio di macchiare il nome di tuo padre, anche se ormai è sotto terra.»

Nessuna reazione. Guardo la foto di famiglia incorniciata sul ripiano dietro la scrivania. Mitchell e sua moglie sullo sfondo due bambini seduti in primo piano. La posa rigida mi ricorda il ritratto di famiglia che ci è stato fatto poche settimane fa alla serata di mio padre. Solo che in questa, sono le mani della donna a essere appoggiate in maniera autoritaria sulle spalle dei figli.

«Oppure, tua moglie ha scoperto cosa stavi facendo e ti ha convinto a fermarti.»

Un impercettibile sussulto mi dice che ho colpito nel segno.

«Da quanto tempo siete sposati tu e tua moglie?»

L'improvviso cambio di argomento attira il suo sguardo su di me. «Da appena dopo il college.»

Annuisco e tutte le tessere del puzzle vanno al loro posto. «Fammi indovinare. Prima il giudice è riuscito a fare fuggire Trish, poi è riuscito a presentarti alla graziosa figlia di una conoscenza potente.»

Mitchell serra la mandibola.

L'ondata di empatia che mi investe mi infastidisce. So cosa

vuol dire vivere sotto il controllo di un uomo potente. Intraprendere la via di minor resistenza.

«Perché stai facendo tutto questo?» È la prima volta che mi chiede qualcosa sulle mie motivazioni.

«Perché la amo.»

«E se avesse davvero rubato l'anello?»

«Non importa. La amo.»

Annuisce e la sua espressione abbattuta e dispiaciuta mi fa quasi pentire di avergli dato un pugno. Quasi.

Una fitta di orrore mi attraversa il petto prima che abbia la possibilità di reprimerla. Mi rendo conto che se non fosse stato per Trish sarei potuto diventare come Mitchell.

Magari non così tanto influenzabile, ma comunque infelice.

Alzandomi in piedi, allungo i muscoli, dolenti per l'immobilità. Caspita, mi farei proprio una nuotatina adesso.

«Abbiamo finito?»

Anche Mitchell si alza, lanciando il pacchetto di ghiaccio nel cestino. «Già, non c'è niente altro che possiamo fare fino a quando non incontriamo il giudice.»

«Okay, io vado. Hai il mio cellulare, se ci sono novità.» Sulla porta mi fermo, con la sensazione di dovergli dire qualcosa. Qualcosa di incoraggiante. Ma non riesco a pensare niente che non sembri condiscendente. Dovrà capire da solo come uscire dall'ombra di suo padre. O anche no.

In ascensore cerco di chiamare di nuovo Trish. Nessuna risposta. Provo con Jules e Jackie. Nessuna risposta.

Per favore Dio, fai che si comportino bene fino a quando non riesco a risolvere tutta questa merda.

Trish

. . .

«Buttate giù, zoccole!» Rose solleva il suo bicchierino mentre sta in piedi sul piolo più basso del suo sgabello al bar. «Domani mia sorella sposa mio fratello!»

Silenzio e qualche sguardo imbarazzato. Non che non ci siano stati sguardi imbarazzati da quando siamo entrate qui dentro due ore fa: Jackie con il velo di tulle bianco, e io, Jules e Rose con i berretti di colori fluo con la scritta *Amiche della sposa* decorata in strass sul davanti.

E poi c'è il glitter che Rose ha insistito per spruzzarci su tutto il corpo mentre eravamo sulla limousine.

«Ah no.» Rose scuote la testa, mentre sta in perfetto equilibrio con il piolo incastrato tra tacchi e suole, tutta luccicante tanto da sembrare una palla la discoteca sotto le luci del locale. «Volevo dire che io *guadagnerò* una sorella domani, quando questa ragazza sposerà mio fratello.» Indica Jackie, che si mette la mano sotto il velo per sistemarsi meglio gli occhiali.

L'annuncio viene accolto da applausi e facce compiaciute.

«Va bene, Rose. Ora siediti.» Le tiro l'orlo della maglia fino a quando non ricade sullo sgabello di legno.

Una volta stabile, mi appoggia una mano sul braccio. «Calmati, T.S. Ho capito.» Strascica le vocali per qualche secondo più del normale.

Inarco le sopracciglia, troppo divertita per preoccuparmi di quanto abbia bevuto. «T.S.?»

«Trish la Sciantosa.» Ringrazia con un gesto della mano un gruppo di persone che passano di lì per fare le congratulazioni a Jackie. «Trish la Sciantosa è troppo lungo da dire ogni volta.» Afferra il mio shottino e lo trangugia, portandosi i pugni al petto come se questo potesse alleviare il bruciore dell'alcol che le scivola in gola. «Soprattutto quando ho bevuto.»

«Mah, non sono sicura... T.S.?» Le braccia di Jules sono mollemente appoggiate allo schienale della sedia e ha in mano dei bicchierini vuoti. «Fa pensare a qualcosa che si becca frequentando gente conosciuta su Tinder, tipo una malattia T.S., a trasmissione sessuale.»

Rose fa una faccia sconvolta. «Grazie per il bel paragone.»

Jules sorride e ignora il tono di Rose. «Non c'è di che.»

«I conti non tornano.» Spostiamo tutte lo sguardo su Jackie, con la tiara inclinata in direzione opposta ai suoi occhiali storti.

Io guardo il tavolo, ma non è ancora ora di chiedere il conto. «Quali conti, dolcezza?»

«I conti.» Con gli occhi velati dal tessuto sottile, si porta le mani ai lati della faccia, e sembra il protagonista di *Mamma, ho perso l'aereo*. «Oh, no! I conti non tornano.»

«Puttanella.» Jules si passa una mano sul viso. «Perché diamine stai facendo i conti, ora? È la tua festa di addio al nubilato, per l'amor del cielo.»

«Pensavo che sarebbe stato utile tenere traccia dei miei livelli di alcol,» dice Jackie, come se fosse la cosa più ovvia del mondo. «Ma, per qualche motivo, la somma non viene giusta.» Cerca di prendere un sorso del suo drink ma il velo si frappone tra lei e la cannuccia. «Non ha senso.»

«Okay, ci penso io.» Rose le tira indietro il velo. «Cos'è che non ha senso?»

Jackie usa l'indice per scrivere sul tavolo quelli che devono essere dei numeri, poi scuote la testa. «Io continuo a rifare la somma, ma secondo i miei calcoli a quest'ora dovrei essere ubriaca.» Cerca di nuovo di prendere il drink e si ficca la cannuccia nel naso. «Ma sto bene.» Guardando corrucciata il bicchiere, cerca di bere di nuovo, questa volta inseguendo la cannuccia con la lingua.

«Ah, ah. Certo.» Jules le prende il bicchiere dalle mani. «Penso sia ora di fare un giro di acqua.»

«Bleah.» La testa di Rose le crolla sulla mano. «Siete davvero delle mammolette.»

Io non dico niente. Come sempre, sono sobria. Sono bravissima a dare via o a scambiare i miei drink senza che nessuno se ne accorga. Quando sei in fuga, ubriacarsi è pericoloso. Anche se è qualcosa di cui prima non mi ero mai preoccupata, questa sera la mancanza di alcol nelle mie vene mi fa sentire ancora più lontana del solito dalle mie amiche.

«Rilassatevi, amiche, non siamo a un rave.» Jules blocca la cameriera. «È ancora presto e non vogliamo che Jackie sia ubriaca al suo matrimonio.»

Rose sbatte gli occhi. «Rave? O mio Dio. Siete così anziane.»

Jules socchiude gli occhi e, avvicinandosi uno shottino alla bocca, fa segno con un dito. «Scommetto che questa signora anziana può ancora batterti, in pista.»

Proprio in quel momento inizia *Honky Tonk Badonkadonk*, di Trace Adkin, e tutte le ragazze non accompagnate corrono sulla pista.

«Sfida accettata.» Rose salta giù dallo sgabello. Indossa una camicia scozzese con il colletto e un filo d'argento nella trama, che porta stretta sui fianchi con un nodo. La canzone sembra fatta apposta per lei e i suoi pantaloncini sgambati, con gli stivali da cowboy di pelle nera di serpente.

Jules si mette in piedi e sbatte a terra gli stivali da moto: nei pantaloni aderenti di pelle nera sembra una comparsa di *Blade*. Non c'entra molto con l'atmosfera country, ma è terribilmente sexy lo stesso. «Chi vince, metterà questa canzone come suoneria sul telefono delle altre.»

«Uffa.» Rose dilata le narici. «Sai che mi piace quella che ho per te.»

Sono troppo curiosa per non intromettermi. «E che suoneria hai assegnato a Jules sul tuo cellulare?»

Rose mi lancia un sorrisetto compiaciuto. «*I am a Bitch*, di Alanis Morissette.»

Cerco di non ridere, ma non ci riesco. Jules afferra il braccio di Rose e la trascina sulla pista da ballo ovale, nel mezzo del locale.

Alla fine Jackie riesce ad afferrare la cannuccia, ma tira su solo aria. «Merda.» Abbassa il bicchiere sul tavolo con un tonfo e mette il broncio. «Adesso i conti tornano ancora meno.»

Dopo un'ora e un sacco di acqua, Jackie sembra riprendersi. Ora sono concentrata sulle altre due, che per poco non si slogano un'anca a forza di ballare per vedere chi è la migliore.

«Quando hai in mente di andare?» chiede Jackie, con gli occhi ancora sulla pista da ballo.

«Quando vuoi tu, dolcezza.» Allungo le mani e le sposto il tulle dal viso per la milionesima volta questa sera. «È la tua festa.»

«No.» Scuote la testa aprendo e chiudendo gli occhi lentamente fino a quando si ferma, come se stesse cercando di ritrovare l'equilibrio. «Intendo, quando te ne vai dalla città. Aspetterai almeno fino a dopo il matrimonio, vero?»

La fisso, gli occhi spalancati e immobili che mi fanno male per le luci multicolori che lampeggiano sopra di noi. «Come...» Guardo Jules e Rose, per controllare che stiano ancora ballando. Vedo Rose che schiaffeggia il culo di Jules a ritmo di musica e torno a parlare con Jackie. «Tu come lo sapevi?»

Jackie sorride con aria abbastanza compiaciuta da rendere orgogliosa anche la sua ormai prossima cognata e si batte un dito sulla tempia. «Non dite sempre che sono intelligente?»

Mi scappa una risatina. «È vero. *Tu* sei quella intelligente, Rose è quella scatenata, e Jules è quella tosta.»

Gli occhiali di Jackie le scivolano lungo il naso quando aggrotta la fronte. «E quindi tu cosa sei?»

Mi stringo nelle spalle cercando di fare finta che quello che dirò non faccia male. «Io sono quella che non c'entra, immagino.»

Ora più presente di un minuto fa, Jackie si spinge ancora una volta gli occhiali al loro posto. «E come sei arrivata a questa conclusione?»

Faccio un respiro, e trovo tristemente familiari il sudore, l'alcol e le decisioni discutibili. «Penso sia abbastanza ovvio. Beh, Rose è miliardaria, e sia tu che Jules siete astronaute. E io sono...» Mi stringo di nuovo nelle spalle. «Semplicemente me.» Non dovrei rattristarmi per questo. La mia mediocrità è ciò che renderà meno dolorosa la mia partenza. È per questo che mi sforzo di rimanere lontana dai radar.

Jackie si appoggia allo schienale, afferrando il tavolo con entrambe le mani come se facesse fatica a stare in equilibrio. «Non ha senso. Secondo il tuo ragionamento, dovremmo essere noi quelle diverse.»

«In che senso?»

Con cautela stacca le dita dal ripiano di legno e fa un sorriso quando riesce a non cadere. «Quanti miliardari del petrolio ci sono rispetto al resto della popolazione? Quanti astronauti? Io, Rose e Jules siamo una piccola percentuale della popolazione. Ciò fa di noi quelle diverse.» Il tulle le ricade di nuovo davanti al viso e lei se lo soffia via. «E poi se guardiamo le nostre personalità, quella diversa non sei per niente tu. Io vivo troppo dentro il mio cervello, Jules è intelligente ma irritante e Rose è... beh, Rose. Se non avessimo te, non funzioneremmo.» Soffia via il tulle di nuovo. «Se vuoi sapere come la penso, tra tutte noi tu sei quella meno diversa. Tu sei quella che fa funzionare il gruppo.»

Commossa per il suo ragionamento da ubriaca, anche se la conclusione è errata, dato che non ha tutte le informazioni, mi chino in avanti e le scosto di nuovo la stoffa dal viso.

Lei lancia un'occhiata dietro di sé, dove Jules sta cercando di fare una lap dance e Rose sta facendo finta di cavalcare un cavallo. Il cavallo sarebbe Jules. «Ma poi, a guardarci bene, eri una spogliarellista e ora sei una scrittrice dal passato misterioso. Quindi si potrebbe dire che sei tanto unica quanto una miliardaria e due astronaute.»

La mia mano si blocca a metà strada verso il bicchiere. «Passato misterioso?» Sposto gli occhi verso la mia borsa, incastrata sul retro dello sgabello, dove ci sono tutte le mie lettere.

«Ah-ah.» Jackie infila la mano nella sua borsa, e per poco non cade dalla sedia.

«Non so cosa te lo faccia pensare.» Mi sento la lingua pesante, mentre mi preparo a dire altre bugie. Allungo la mano e blocco lo sgabello di Jackie, che dondola.

«Non lo sai?» Mi guarda, accigliata. «Pensavo fosse abbastanza ovvio.»

Blocco di nuovo la nostra cameriera. Quello che intuisco mi fa capire che avrò bisogno di una bevanda più forte, qualsiasi sia la cosa che la mia amica genio sta per dire.

Jackie inizia a contare con le dita. «Uno: non usi mai carte di credito. Paghi sempre in contanti.» Inclina il capo, pensando. «Probabilmente ti piace lavorare nei bar perché ti pagano con le mance. Ho anche sentito che i gestori dei bar tendono a pagare sottobanco.» Cerca di disegnare le virgolette in aria, ma invece finisce per fare altri gesti. «Due: non parli mai di te stessa, sviando sempre la conversazione ogni volta che qualcuno ti fa una domanda. Che funziona bene con quelle due là,» indica le nostre amiche che stanno ancora a roteando sulla pista, «perché sono un po' egocentriche e ben felici di attirare l'attenzione.» Arriva a quattro dita. «E tre: ti sposti in continuazione. Quando metti insieme tutte queste cose non è irrazionale credere che tu stia nascondendo qualcosa o ti stia nascondendo da qualcosa.»

Ho ancora la mano sollevata per chiamare la cameriera, ma fisso a bocca spalancata la mia amica ubriaca ma decisamente troppo astuta. Se mia nonna fosse viva mi direbbe di smettere di cercare di catturare le mosche con la bocca.

Una cameriera con cui ho lavorato in passato, Amanda, si avvicina al nostro tavolo, guardandomi strana. Mi ci vuole un secondo a rendermi conto che ho ancora la mano sollevata. Appoggia altri bicchieri e Jackie si illumina, ma si spegne subito quando si rende conto che sono pieni di acqua.

Prima di schiarirmi la voce prendo un grande sorso dal mio. «Mi servirà anche un doppio Monkey Shoulder. Liscio.»

«Subito, Trish.»

Deve avere colto qualcosa dalla mia voce, perché non si ferma a nessun altro tavolo dopo che si allontana da noi, e va diretta al bancone.

Rinunciando a essere educata, prendo il resto del drink che Jules ha lasciato quando è andata a ballare, e lo tracanno. «Perché non hai mai detto niente?»

Jackie si stringe nelle spalle, mettendo di nuovo male il velo che ha in testa. «Onestamente, non ci ho pensato molto fino a quando non ho visto quanto ti sei impegnata, alla prima prova abiti, a negare che Ian ti piacesse. Continuavo a chiedermi perché lo facevi, quando è chiaro a tutti che lui ti piaccia. Faceva tanto "troppo rumore per nulla".»

Solo Jackie può citare un'opera del sedicesimo secolo mentre è ubriaca in un locale notturno in Texas.

«Beh, che io sia dannata!» Rose viene a sbattere addosso al nostro tavolo costringendo Jackie ad afferrarsi di nuovo al bordo. «Quella Yankee sì che sa ballare.»

«Diamine, certo che so farlo.» Jules si butta sulla sedia, con gocce di sudore che le scendono dalle tempie.

«Quindi, chi ha vinto?» chiede Jackie, senza preoccuparsi minimamente di tutta l'agitazione che mi ha scatenato dentro.

«Io!» dicono all'unisono Jules e Rose.

«Vabbè.» Rose agita una mano in aria. «Diciamo che è un pareggio. Cambierò la suoneria.»

Jules annuisce, poi passa lo sguardo tra me e Jackie. «E voi due di cosa state parlando?»

Jackie apre la bocca, e io mi preparo per quello che sta per dire. «Shakespeare.»

«Cristo, davvero?» Jules si alza in piedi e fa un cenno ad Amanda, che sta già tornando con il mio whisky. «Qui ci vuole qualcos'altro da bere, no?»

Jackie salta sulla sedia e batte felice le mani. «Un Blowjob?»

VENTITRÉ
DA NON CREDERE

Ian

Dopo due ore di lavoro in camera mi sento stranamente nervoso.

La Germania è ancora in programma. Gli incontri e le sessioni di preparazione sono stati pianificati, il team passeggeri è stato approvato e finanziato. Il mio volo è tre giorni dopo il matrimonio. Tempo a sufficienza per passare dalla dottoressa Brown a prendere gli ansiolitici e per far revocare il mandato per Trish.

Chiudo il computer. Per una volta le cose relative alla NASA sembrano le più facili da gestire. E con tutta la burocrazia posta dal governo, è tutto dire.

Chiamo di nuovo Trish. Nessuna risposta.

Diamine. Lancio il telefono sulla scrivania improvvisata della stanza d'albergo e mi strofino le mani sul viso. Avrei dovuto semplicemente presentarmi senza preavviso nel ranch dei West due giorni fa e rapirla, al diavolo la lista VIP e la security. Ora capisco perché Holt ha messo Jules sotto scorta.

Faccio una pausa su questo ultimo pensiero, e la mia mente inizia a mettere insieme i pezzi. Prendo il mio telefono malridotto e lo scorro fino ad arrivare al nome di Holt.

Risponde al secondo squillo. «Ti rispondo solo per dirti che non ti posso parlare fino al matrimonio.»

Cristo. Jules lo tiene sicuramente in pugno. Ma poi, io non dovrei proprio parlare, dato che ho guidato per dodici ore solo per incontrare un detective privato. «Non sto cercando di arrivare a Trish.» Faccio una pausa, senza muovermi. «Cioè, sì, ma non ora.» Vado alla finestra e osservo il buio della notte rischiarato dalle luci della città. «La festa di addio al nubilato è questa sera, vero? Volevo solo essere sicuro che la tua scorta sia ancora con le ragazze.»

«E tu, come sai della scorta?»

Apro la bocca per spiegare di Ranos, ma mi blocco. Non ne ho le forze. «Non importa come lo so. Tu dimmi solo che le ragazze sono insieme e stanno bene.»

C'è un attimo di silenzio, ma per fortuna Holt non chiede altro. «Sì. Ci sono due uomini con loro questa sera. L'ultimo controllo è stato due ore fa quando sono arrivate al Big Texas. Da allora non ho saputo altro.»

«Bene, bene,» dico con aria assente, ripensando alle altre serate tra donne a cui ho assistito. Trish di solito è quella tranquilla e misurata. Mentre quella più scatenata è Rose.

«Che ti succede? Cioè, so che quando sono insieme possono anche esagerare un po', ma di solito Trish le riconduce all'ordine.» Le parole di Holt rispecchiano i miei pensieri.

Appoggio una mano alla finestra, cercando di pensare cosa dire. Come spiegare. Non voglio mentire a Holt, ma non voglio nemmeno tradire la fiducia di Trish. Sento un dolore pulsante alla tempia e avverto un'altra ondata di apprensione per lei, che sta vivendo questa situazione ogni giorno da un paio di anni.

«So che le cose non stanno andando bene tra di voi.» Holt

interrompe i miei pensieri. «Ma sono sicuro che al matrimonio riuscirai a sistemare tutto.»

Già, il matrimonio dopo il quale sta programmando di scappare.

«E, a costo di sembrare malato di sport, io faccio il tifo per te. Voi due sembrate proprio ben assortiti.» Fa un sospiro e borbotta. «E forse, con tutte le sue amiche che hanno una storia, magari poi si sistema anche Rose.»

Faccio una risatina. «E dove sarebbe Jules rispetto a tutto ciò?»

«Touché.»

Ridiamo entrambi.

«Fammi solo sapere se ci sono delle novità.» Non posso fare a meno di fare un sospiro, infastidito per non essere già a casa. «Al momento sono fuori città, ma domani mattina rientro.» Il pensiero di rimanere nella mia piccola macchina per altre dodici ore mi fa urlare i muscoli.

«Tranquillo.»

Riattacchiamo e senza guardare lancio il telefono di nuovo sul letto, fissando la città. Stanco come sono, so che non riuscirò a dormire. Per fortuna ho messo in valigia un costume da bagno. Abitudine.

Ho intenzione di nuotare fino a quando non sentirò più i muscoli, fino a quando potrò finalmente addormentarmi, rassicurato dal fatto che Trish di solito tiene un basso profilo quando escono.

Dobbiamo solo arrivare a domani.

Trish

. . .

Mi passo la mano sul viso, senza preoccuparmi degli sbaffi di trucco, mentre le ragazze gridano e ridono sui loro shottini di Blowjob.

Sapevo che Jackie è in gamba quando si tratta di spazio, scienze e matematica. Anche cultura generale. Ma non sapevo che potesse essere così acuta.

Non solo ha capito che sto nascondendo qualcosa, ma ha anche fatto la corretta associazione logica deducendo che sto per scappare e per lasciare la città.

«Blowjob per tutti!» grida Rose, di nuovo appollaiata sul piolo dello sgabello, e tutti gli uomini nel bar per poco non cadono a terra a forza di ridere.

Probabilmente, avendo passato più tempo qui con queste ragazze di quanto ne abbia passato con chiunque altro negli ultimi anni, non mi sono mai resa conto di quanto chiare fossero le mie mosse.

Ovvio che Jackie, sveglia come è, se ne sia accorta.

Rose si piega verso i suoi nuovi ammiratori e poi grida verso il bar: «Meglio che vi procuriate dell'altra panna montata!» Quando gli uomini vedono il barman che riempie altri bicchieri, rimangono imbambolati. Rose ride fragorosamente.

Jules si serve e poi si siede al tavolo, mentre Jackie è impegnata di nuovo a scrivere sul tavolo con il dito. «Quante once di panna montata pensi ci siano in un barattolo?»

«Cazzo, Jackie.» Jules appoggia la mano sulla sua. «Risparmiati i conti per Flynn. Sai che a lui quella porcheria piace.»

Jackie sospira come una scolaretta. «Già, vero.» Allunga la mano per prendere il telefono nella tasca posteriore. «Adesso gli mando un messaggio con l'equazione del mio tasso alcolico.»

«No!» Rose salta giù dallo sgabello e afferra il telefono di Jackie. «Avevamo detto niente uomini questa sera. E questo vuol dire anche niente messaggi.» Butta il telefono nella sua borsa.

Poi guarda me e Jules, solleva la mano verso di noi e arriccia le dita come per dire "dateli a me".

Jackie mette il broncio, e il tulle e gli occhiali storti la fanno sembrare più adorabile del solito. «Ma Flynn si preoccuperà.»

Jules le passa il telefono senza protestare. «No, stai tranquilla.»

Chiudo la borsa e la tengo stretta in grembo, dato che non voglio che Rose veda i quindici messaggi ricevuti e le ventitré chiamate perse di Ian sullo schermo del mio telefono. Non che abbia tenuto il conto, o robe del genere.

«Perché no?» Incuriosita da questo nuovo corso degli eventi Rose si dimentica di prendere il mio telefono.

«Perché c'è lui.» Jules indica un angolo, e ci giriamo tutte. Un tizio grande e grosso sta seduto da solo al bar davanti a una pinta. «E anche lui.» Si gira e indica l'altra parte della stanza dove un uomo dall'aspetto serio, con la testa rasata, si sta guardando intorno, evitandoci accuratamente.

Jackie salta su. «E loro chi sono?»

«Security.» Jules beve un sorso di acqua.

«Che cazzo?» Lo sguardo di Rose passa dall'uno all'altro. «Per chi?»

«Per me. Per noi.» Jules si terge di nuovo la fronte imperlata di sudore. «Li ha assunti Holt.»

Rose la guarda sbattendo gli occhi, con la bocca spalancata. «E a te sta bene?»

Jules si stringe nelle spalle. «È solo che si preoccupa per me.»

«Ma ti tiene davvero in pugno.»

Rose e Jules continuano a battibeccare mentre Amanda si affretta a portarci un vassoio di bicchierini, appoggiando i nostri prima di offrire il resto a chi ne vuole.

Ogni secondo che passa il mio telefono sembra sempre più pesante. Perché mi sono arrabbiata così tanto con Ian? Perché sono scappata così? Era solo preoccupato. Stringo le mani sulla borsa. Forse dovrei...

Rose mi dà una gomitata sulla tetta. «Allora, questo te lo bevi, o hai intenzione di passarlo a me, come fai di solito?»

«No, puoi...» Le lancio un'occhiata che la fulmina. «Ehi, aspetta. In che senso?»

Una risatina soffocata e un paio di occhi levati al cielo sono tutto quello che riesco a ottenere mentre Rose butta giù il suo drink, disegnandosi una mezzaluna di panna montata sul labbro superiore. Un tizio che passa di lì inciampa mentre lei si lecca il labbro con tutta la calma che le serve. Lei gli fa l'occhiolino mentre mima una pistola con le dita.

Okay, allora forse quella astuta non è solo Jackie.

Improvvisamente mi sento un totale fallimento. Le mie amiche mi hanno scoperta. Anche Ian mi ha scoperta. Afferro più saldamente la borsa. Perché sto ancora cercando di resistere?

Rose allunga la mano per afferrare il mio bicchierino, e io le do uno schiaffo.

«Ahi.» Si strofina la mano facendo il broncio. «E questo, perché cosa era, T.S.?»

«Questo è mio, tante grazie.» Mentre tiro su la panna montata e tracanno il Baileys, per poco non mi soffoco, ma riesco a buttarlo giù tutto.

«Wow.» Jules si appoggia la testa sulla mano. «Nanerottola si prende una balla.» Corruga la fronte. «Perché mi accorgo ora che non l'hai mai fatto?» Guarda le altre ragazze per averne la conferma. «Nel senso che ti abbiamo vista brilla, ma mai ubriaca.»

Rose annuisce. «Già, perché, T.S.?»

Afferro anche il bicchierino di Jules e lo butto giù prima che lei possa protestare. Questa volta va giù meglio. «Non ne ho idea.» Tra le due dita di whisky e i bicchierini pieni di zucchero, ho il sangue che incomincia a scaldarsi e sento la mia onnipresente paura che inizia a diminuire.

Rose mi avvicina un pugno chiuso. «Era ora, T.S.»

Le colpisco il pugno con il mio.

Jackie avvicina a me il suo bicchiere: un gesto di vera amicizia, se si considera quanto lei ami questo drink e tutta la trigonometria che serve per buttarlo giù come si deve, cioè senza usare le mani.

Ignorando la matematica, io lo prendo in mano e lo tracanno.

Tre donne eccezionali e fantastiche che sono così fortunata da potere reputare amiche, che hanno sopportato i miei segreti e le mie mezze verità, mi guardano come se non mi avessero mai visto prima. Forse non mi hanno davvero mai vista.

Potrebbe essere un po' tardi nel nostro rapporto, e sicuramente non è la decisione più saggia, ma perché non dovrei passare una serata senza stare in guardia? Una serata da ragazza normale che esce con le sue amiche. Una serata in cui mi lascio andare prima che arrivi l'ora di andare a casa.

Presa la decisione, batto la mano sul tavolo. «Si va a ballare.»

Jackie salta sulla sedia. «Noi?» Il genio non balla mai a meno che non ci sia Flynn nei paraggi.

Jules si alza in piedi. «E dai, puttanella. Sono sicura che in qualche modo riesci a trovare il ritmo giusto a suon di matematica.»

Dà una botta al braccio della sua migliore amica e per poco non la manda a terra.

Rose la afferra al volo.

Ritrovato l'equilibrio, Jackie annuisce. «Sì, hai ragione. In fondo, il ritmo è uno schema sonoro misurato e ripetuto.»

Dopo avere passato la mia borsa e quella di Rose ad Amanda perché ce le tenga dietro il bancone mentre balliamo, afferro Jackie per la mano. «È proprio lo spirito giusto, dolcezza.» Anche se, francamente, l'avrei trascinata in pista anche se avesse detto di no.

Sono determinata a lasciarmi andare. E con la mia determinazione alimentata dall'alcol, mi sembra che non ci sia niente che non posso fare.

Vorrei solo che Ian mi potesse vedere ora.

Ci mettiamo un attimo a seminare la scorta.

Una scorta che sono abbastanza sicura *non* si preoccuperebbe minimamente se ci allontanassimo dal Big Texas. Ma dopo un'ora in pista, altri due giri di drink e un giro o due di shottini, abbiamo tutte voglia di fare le matte.

Rose canticchia la colonna sonora di *Mission Impossible* mentre ci facciamo strada verso l'uscita "staff only", piegate in due, con le mani giunte a formare delle pistole. Andiamo a sbattere contro le pareti e ci urtiamo l'un l'altra prima di riuscire finalmente a uscire.

Io, Jackie e Jules saltiamo di corsa dentro un Uber XL mentre Rose gli passa davanti spostandosi con degli affondi laterali.

Come ho detto, pazze. Però è troppo divertente.

Amanda ci tiene la porta aperta e ci saluta, ridendo. A volte conoscere i dipendenti ha i suoi vantaggi.

«Via! Via! Via!» Rose chiude la porta del passeggero sbattendola. L'autista ci guarda sorpreso, e probabilmente il suo cervello ha bisogno di un attimo per elaborare il fatto che quattro donne ubriache marce hanno appena fatto esplodere una bomba di glitter saltandogli dentro la macchina.

Poveretto.

«Aspetta!» Cerco di smettere di ridere mentre mi sporgo tra

i due sedili anteriori. «Abbiamo dimenticato le borse. I telefoni!» E le mie lettere.

Rose ride. «Nessun problema. Non abbiamo i telefoni, ma abbiamo i soldi!» Si tira fuori dalla scollatura una banconota da cinquanta dollari, sbattendola sul cruscotto. «Vai!»

L'autista parte. E per fortuna apre una fessura dei finestrini così che i brillantini possano volare via.

Jackie, abbastanza ubriaca da avere smesso di fare i calcoli sul suo tasso alcolico, si strappa di dosso il velo e i capelli biondi le schizzano via in ogni direzione. «Mi sposo!»

Non mi ricordo l'ultima volta che mi sono concessa così tanto divertimento. Non sto solo guardando. Sto partecipando. *Sto incitando.* «E io sono la tua damigella d'onore!» Abbraccio Jackie e per poco non mi infila in un occhio il cerchietto che ha in mano.

«Quando mi vedrà con quel vestito, Holt verrà nei pantaloni.» Jules ridacchia, poi abbassa del tutto il finestrino e mette fuori la testa, tutta sudata a forza di ballare.

«Ehi, se vomiti paghi,» dice l'autista, mentre svolta a destra verso NASA Road 1.

Quindici minuti dopo siamo da Heartbreakers.

VENTIQUATTRO
DAMIGELLE IN DIFFICOLTÀ

Trish

«Trish, sei venuta!» Angela balza in avanti, a braccia aperte con il seno generoso che ballonzola sotto il supporto inesistente del suo top a triangolo.

Ci abbracciamo e il glitter sui nostri corpi si mescolano.

«Ti dai del tu con una spogliarellista sexy!» mi dice Jules mettendomi una mano sulle spalle appena Angela mi lascia andare. «Ti stai facendo strada, Nanerottola.»

La briosa spogliarellista, con un sorriso a trentadue denti, squadra Jules dall'alto al basso. «E hai portato delle amiche con un ottimo gusto.» Mi fa l'occhiolino. «Il che è ancora meglio.»

Ci accompagna a un tavolo in prima fila, che mi sorprende sia libero, dato che il locale è abbastanza affollato per essere un giovedì sera. Fino a quando la mia attenzione non viene attratta dal gruppo vicino a noi.

«Scusatemi, al momento questo è il posto migliore, ma è vicino a quei tizi lì.» Angela indica il rumoroso gruppo alle sue spalle. «Non stanno nemmeno festeggiando nulla. Immagino siano qui solo per spaccarsi a forza di bere. Non sarebbe male se non si lamentassero mentre le ragazze ballano o, sì insomma, se lasciassero qualche mancia.» Fa una smorfia spazientita. «Vi posso spostare, se volete, ma adesso tocca a me, e sarebbe bello avervi qui davanti.»

«No, qui va benissimo!» Jackie saltella sulla sedia, con gli occhi spalancati per non perdersi nulla di quello che succede.

Angela batte le mani. «Bene. Allora ci vediamo tra pochissimo.» Se ne va, scartando di lato quando uno degli uomini cerca di toccarle il culo.

Un tizio con un blocchetto, tutto premuroso, si avvicina. «Cosa vi posso portare, signore?»

«Un uomo che serve ai tavoli di uno strip club?» Jules solleva entrambe le mani quando il cameriere la squadra. «Non che non apprezzi l'inversione di ruoli, è solo che mi sorprende.»

Si stringe nelle spalle. «Siamo a corto di personale. Si fa quel che si può.»

I tizi di fianco a noi battono le mani sul palco, chiamando fuori la ballerina come si farebbe con un cane. Anche se la ballerina li ignora, il nostro cameriere li guarda assottigliando gli occhi.

«Ehi, non si batte sul palco.»

Gli uomini non lo guardano neanche, ma perlomeno smettono di battere e di urlare.

Ci dà un'altra occhiata dispiaciuta. «Nessuno avrebbe pensato di avere così tanta gente di giovedì sera.»

Facciamo la nostra ordinazione e, vista la quantità di gente, ci fa piacere vedere la rapidità con cui arrivano i nostri drink e shot.

La musica cambia ed esce una impettita Angela in uniforme da scuola, con le pieghe della gonnellina cortissima che si sollevano a ogni passo, rivelando un tanga rosso. Sarebbe un abbigliamento super-scontato, se non le stesse così bene.

Hot for Teacher rimbomba nelle casse.

Da ex ballerina, vedo la sua forza e coordinazione. Non sta semplicemente lì a muovere il culo o a girare intorno, ma muove le gambe a tempo con la musica, quando arriva il ritornello si lancia sul palo, poi si butta indietro in uno Swan Spin, per poi atterrare accovacciata sull'assolo di chitarra.

«È la mia nuova eroina,» sussurra Rose con gli occhi spalancati.

Ma ai tipi di fianco a noi non interessa. Con la scarsezza di personale ai tavoli, penso che nessuno abbia tenuto il conto di quanto hanno bevuto. Sono così rumorosi che la musica quasi non si sente.

«Hai detto che Angela insegna questa roba?» Dall'espressione interessata di Jules, ho la sensazione che una stalla rosa non sia l'unico complemento di arredo che chiederà a Holt. Non ho mai sentito di un ranch con un palo da pole dance, ma non sarei sorpresa che Jules fosse la prima a installarne uno.

«Anche io voglio imparare.» Jackie appoggia la testa sulle mani, con gli occhi pieni di meraviglia, come se fosse di fronte a una scena natalizia, e non a delle luci stroboscopiche. Proprio in quel momento Angela fa un Matrix a testa in giù. Jackie sbatte le palpebre. «Secondo voi alla NASA lo considerano a rischio elevato?»

Proprio come gli atleti professionisti, gli astronauti non possono svolgere attività rischiose quando sono programmati per un volo nello spazio. Potrebbe farli togliere dai turni.

Jules e Jackie iniziano a discutere se la NASA considererebbe la pole dance un'attività ad alto rischio.

A metà canzone gli uomini di fianco a noi iniziano a fischiare, non felici del fatto che Angela si sia tolta solo la camicetta.

«Piantatela, stronzi.» Rose indica il palco. «Sto guardando uno spettacolo.»

«Lo chiami spettacolo?» Uno degli uomini fa un cenno con la mano, rovesciando sul palco il drink che ha in mano. «E dove sarebbero le tette?»

«Wow.» Jackie spalanca la bocca. «Penso che abbiamo trovato l'anello mancante.»

Sono abbastanza sicura che pensasse di averlo detto a voce bassa, ma la Jackie ubriaca non ha il controllo del volume. Lui sbatte il bicchiere sul palco, rovesciando dell'altro drink sul pavimento lucido. «Che cosa hai detto, ragazza?»

Fa un passo verso di noi, ma i miei occhi sono fissi sul liquido che sta correndo verso il palo. Angela è in alto, in una posa della colomba, ma si rovescia per scendere in un volteggio a mani libere.

«Angela!» le grido, agitando le mani, ma con la musica non mi sente né mi vede, concentrata come è.

Rose salta in piedi davanti all'uomo ubriaco, mettendosi tra lui e Jackie.

Preoccupata per Angela, mi isso sul palco, proprio nel momento in cui il suo tacco tocca il pavimento umido.

La scarpa scivola e lei cade all'indietro disegnando un arco con la testa, che si avvicina pericolosamente a terra. Balzo verso di lei e riesco a metterle le braccia intorno e a roteare con lei frenandole la caduta. Angela atterra sulla mia pancia, togliendomi tutto il fiato che ho nei polmoni. Rimaniamo a terra scioccate e ansimanti mentre fissiamo le luci lampeggianti.

Al di sopra della musica, con il volume ancora altissimo, sento la voce di Rose che urla, insieme alla voce più profonda dell'uomo. Mi alzo a fatica sui gomiti e vedo le mie amiche troppo vicine al folto gruppo di uomini arrabbiati e ubriachi. Sulla destra un buttafuori solitario si muove pesantemente in mezzo alla folla mentre a sinistra il nostro cameriere scioccato, che regge un vassoio pieno di bicchieri, sposta lo sguardo tra il palco, il buttafuori e la rissa. Il resto del pubblico rimane a guardare.

Dopo l'adrenalina pura del salvataggio di una spogliarellista, ora sono abbastanza sobria da preoccuparmi che qualcuno chiami la polizia.

«Che diamine succede?» Angela si mette in piedi e zoppicando va ad attaccarsi al palo.

«Attenta.» Mi metto in piedi anche io. «È bagnato.»

Guarda il pavimento e poi il bicchiere quasi vuoto sul bordo del palco. «Chi è stato l'idiota?»

«Questo qui.» Rose punta il dito sul petto dell'uomo ubriaco.

L'uomo gonfia il petto che però gli rimane tristemente mingherlino. Sembra una caricatura. «A chi hai dato dell'idiota?»

«A te,» risponde Jackie con naturalezza, mentre lo scruta accigliata da dietro Jules e Rose. «Non si era capito?»

In una scena al rallentatore vedo l'uomo che solleva una mano, gli occhi di Jackie che si spalancano, il braccio di Jules che si solleva per bloccare il colpo, il tutto mentre la gamba di Rose si alza all'indietro come per dare un calcio a un pallone.

Nella mia testa c'è silenzio mentre corro e salto giù dal palco, con le mani tese verso l'uomo e il suo braccio sollevato. Gli afferro le spalle e mi butto su di lui, avvinghiandomi come fosse un palo da pole dance.

Nel caos che segue la mia mossa assolutamente tempestiva, le ballerine urlano, qualcuno si spezza un'unghia sul naso di qualcun altro, un vassoio di bicchieri si schianta al suolo, il buttafuori finalmente riesce ad arrivare, e in lontananza – ma neanche troppo – si sentono le sirene della polizia. Il tutto sulle note di *It's getting Hot in Here*, di Nelly.

L'ultima cosa che vedo prima di essere accecata dai brillantini è Rose che dà un calcio sulle palle al tizio, mandando a terra sia lui che me.

IAN

LA SVEGLIA STA SUONANDO. Perché mi suona la sveglia?

Con gli occhi incollati sbircio il telefono sul comodino, che si è illuminato. L'una e quarantasei di mattina.

Ho sbagliato a puntarla?

Si spegne e riparte.

Un attimo. Merda. Non è la sveglia.

Costringendomi a muovere i muscoli indolenziti riesco ad afferrare il telefono dal comodino. Quando lo porto all'orecchio ho i bicipiti che si contraggono e mi pento delle cinquanta vasche in più che ho fatto nella piscina dell'hotel, dopo che i miei muscoli avevano già iniziato a tremare. «Pronto?»

«Ian. Sono Holt. Abbiamo un problema.»

Emergendo a fatica dalle coperte, mi siedo sul letto e accendo la luce, che mi costringe a chiudere di nuovo gli occhi. «Che tipo di problema?»

«Un'ora fa la scorta ha perso di vista le ragazze. Per un po' avevano pensato che fossero andate al bagno insieme, o qualcosa del genere.»

Mi si stringe lo stomaco. «Fammi indovinare. Non erano al bagno.»

«Esatto.»

Mi passo una mano sul viso. «Cristo.»

«Ho individuato il telefono di Rose.»

Non chiedo neanche come ha fatto. «Dov'è?»

«Da Heartbreakers.»

«Lo strip club?»

«Già, lo so. Probabilmente un'idea di Rose.» Holt sembra esasperato, e io sono in panico. «La scorta sta andando là. Sono sicuro che vada tutto bene, ma mi avevi chiesto di informarti se c'erano novità.»

«No, sì.» Mi strofino la faccia. «Ti ringrazio.» Riattacchiamo e sto alcuni minuti a fissare il vuoto, prefigurando uno scenario ottimista e uno pessimista.

Sbatto gli occhi per uscire dalla mia trance e mi schiaffeggio il viso, cercando di svegliarmi. Mitch ha detto che l'incontro è alle otto, quindi ho ancora un po' di tempo per dormire.

Ma un'ora dopo, quando Holt mi chiama di nuovo, sono ancora sveglio.

«Dimmi che le avete trovate ubriache mentre fanno le stupide, ma che stanno bene.»

«Beh...»

Cazzo. «Cosa?» Accendo di nuovo la lampada.

«C'è stata una rissa tra le ragazze, alcune spogliarelliste e un gruppo di tizi ubriachi.»

Mi blocco, per cercare di capire bene. «Stanno tutte bene?»

«A parte Rose, che si lamenta di avere bisogno di un pronto soccorso manicure, e Jackie che dice che Jules l'ha spinta via per evitare che si facesse male prima del matrimonio, ma che così le ha impedito di difenderle, le ragazze sembrano stare bene.»

«Okay, okay.» Annuisco tra me e me. «Quindi va tutto bene e stanno tornando a casa.» Il mio tono di speranza sembra quasi una preghiera.

«Beh...»

«Cristo, Holt, sputa il rospo.»

«Trish è in custodia.»

«Cosa?» Salto fuori dal letto e afferro i vestiti più vicini a me.

«Come da procedura, nonostante le spogliarelliste abbiano

detto che le ragazze le stavano solo difendendo, la polizia ha controllato i documenti di tutti.»

«Cazzo.» Mi infilo i jeans incespicando. Non mi preoccupo nemmeno di cambiarmi la maglietta che avevo a letto.

«Quindi immagino che tu sapessi che su Trish c'era un mandato di arresto?»

«Sì, lo sapevo.» Butto tutto dentro il borsone: il costume bagnato, il mio abito buono, lo spazzolino da denti. «Dove è ora Trish?»

«Al Dipartimento di Polizia in città, in custodia, a quanto pare in attesa dell'estradizione per la Georgia.»

Cazzo. Merda. Cazzo.

«L'avvocato di Rose sta andando là.» Holt soffoca una risatina. «L'ha già tirata fuori da una serie di casini, sono sicuro che riuscirà a dare una mano a Trish.» Fa una pausa mentre io mi infilo le sneaker. «Anche se a dire il vero Rose non ha mai commesso nessun reato.»

Con un sospiro, rinuncio a cercare di proteggere il segreto di Trish. «Non c'è stato nessun reato. È stata accusata ingiustamente.»

Lui acquisisce l'informazione. «Qualsiasi cosa tu sappia, dovresti dirla agli avvocati.»

Mi metto la sacca sulla spalla e afferro la borsa del portatile con l'altra mano, poi aggiorno Holt mentre mi precipito verso gli ascensori.

«Diamine. Un bel casino,» commenta Holt quando ho terminato. «Anche se si spiegano molte cose.»

«Già, Trish non è riservata nemmeno la metà di ciò che pensa di essere.» Quando arrivo nella lobby, alla reception c'è un unico addetto. «Tra un minuto ti mando due numeri. Uno è di Gary Ranos, il detective privato, e l'altro è dell'avvocato ed ex-fidanzato Chad Mitchell. Assicurati che l'avvocato di Rose chiami entrambi.» Esco di corsa sul marciapiede e sono contento di vedere un po' di taxi.

«Tranquillo.»

Il cielo notturno, ancora scuro nonostante le luci della città, è attraversato dal faro rosso di un aereo. Chiudo la chiamata e spalanco la porta del taxi prima ancora che sia del tutto fermo.

«Dove andiamo?» chiede l'autista.

«Aeroporto Hartsfield-Jackson.»

Ho un volo che mi aspetta.

VENTICINQUE
SUPPORTO AMBIENTALE

Trish

Le celle di prigione sono fredde.

Strofinarmi le mani sulle braccia non basta a farmi passare la pelle d'oca che ho su tutto il corpo.

Gli zatteroni con la punta aperta non aiutano.

Sento in lontananza qualcosa di pesante che sbatte contro il metallo e la pelle d'oca aumenta. Forse non è il freddo. Tremo. Forse è paura.

Nonostante sia una criminale ricercata, non ho mai preso nemmeno una multa per divieto di sosta. La prigione è sempre stata qualcosa da cui mi sono tenuta alla larga, e non ho mai nemmeno pensato di entrarci.

Fa paura. E sono abbastanza intelligente da sapere che questa è solo una cella di custodia nel dipartimento di polizia locale. I criminali non stanno qui a lungo.

Nel corridoio risuona lo squillo della ricetrasmittente di un poliziotto. Rinuncio a scaldarmi e appoggio la schiena alla parete di cemento grezzo, che mi cattura i capelli sciolti. È incredibile il volume che si può ridare ai capelli lanciandosi dal palco di una spogliarellista su un uomo violento e ubriaco con una mossa di pole dance.

È solo una delle tante cose che ho sbagliato questa sera. Beh, non tanto proteggere le mie amiche dai ceffoni di un troglodita, ma anche solo avere suggerito di andare da Heartbreakers.

Non avrei dovuto abbassare la guardia. Avrei dovuto dare a Rose i miei shottini come faccio sempre. Avrei dovuto tenermi lontana dai riflettori.

Mi piego in avanti con i gomiti appoggiati alle cosce e la testa tra le mani, strizzando gli occhi quando qualche ciuffo di capelli rimane attaccato alla parete di cemento, e sospiro. La mia intera vita è una grande quantità di *avrei dovuto*.

Tra poco tutti sapranno del mandato di arresto, dell'anello, del mio passato. Sono sicura che penseranno che non rimanere coinvolti nelle mie tragedie è stato come schivare un proiettile.

Il mio unico conforto è che non devo vedere la loro delusione. Che sono qui da sola in questa minuscola cella.

«Dov'è T.S.?»

Alzo la testa di scatto sentendo una voce insolente e familiare. Non è possibile.

Mi alzo e mi appoggio alle sbarre così da vedere lungo il corridoio. Spalanco la bocca.

Una poliziotta la sta accompagnando lungo il corridoio.

«Rose?»

Lei mi guarda sorridendo. «Come butta, amica?» Alza entrambe le mani e mi saluta. Sento il tintinnio delle sue manette.

«Cosa...» Mi si spezza la voce e non credo ai miei occhi.

La poliziotta, il cui fastidio sembra pari al mio freddo, raggiunge la mia cella accompagnando Rose. «Hai delle amiche interessanti.»

Tutto quello che riesco a fare è starmene lì imbambolata, chiedendomi se esiste una cosa tipo allucinazioni da prigione.

Rose dà alla poliziotta una botta con la spalla. «E dai, Lydia, sai che se non fosse per me ti staresti annoiando.»

Lydia fa una smorfia con la bocca, ma mentre apre la porta della cella si acciglia. Mi guarda. «Fatti indietro.»

Mi sposto.

La griglia di metallo si apre quel tanto che basta perché Rose riesca a entrare, poi viene sbattuta e richiusa.

«Mani.»

Rose obbedisce, si gira e infila le mani tra le sbarre in modo che Lydia le possa sfilare le manette.

Con le mani libere, Rose sorride e si strofina i polsi. «Grazie, ragazza.»

Lydia scuote la testa e si volta per andarsene, ma intuisco un accenno di sorriso.

«Che hai fatto?» chiedo a Rose, ma risponde la poliziotta.

«Atti osceni in pubblico,» mi dice da sopra la spalla mentre se ne va. «La tua amica è davvero una gran rompipalle.»

Canticchiando e strascicando leggermente gli stivali, Rose si avvicina alla panca. «Sto iniziando a pensare che nessuno mi apprezzi.»

La porta in fondo al corridoio sbatte e io ho un sussulto.

«Una volta ho sentito che un bravo amico è sempre pronto a prestarti i soldi per la cauzione.» Rose si appoggia contro la parete di cemento con le mani dietro la testa. «Ma un *vero* amico finisce dentro insieme a te.» Abbassa una mano per batterla sul posto vuoto vicino a lei. «Una frase che starebbe bene su un biglietto di Natale.»

Senza dire nulla, mi siedo vicino a lei.

«Comunque sia, questa banalità da biglietto natalizio è uno spettacolo decisamente più istruttivo di quella lettera pietosa che hai scritto tu.» Inarca un sopracciglio biondo verso di me, e io mi faccio piccola piccola.

«Capisco.» Mi guardo le scarpe. «Le avete trovate, eh?»

Rose si mette di nuovo le mani dietro la testa guardando il soffitto macchiato di umidità. «Non è che non sapessimo già che nascondevi qualcosa.»

«Beh, il fatto che scrivo storie d'amore.»

Lei fa una risatina. «Tu quelle le ami. Sei sempre lì che ne parli bene. Quello che ti preoccupava non era che lo scoprissimo. Tu eri preoccupata che scoprissimo il tuo alter ego. Il tuo passato scandaloso.» Il sarcasmo con cui pronuncia l'ultima frase pesa più delle sbarre della cella.

Ha ragione sul fatto che non voglio che nessuno sappia. Per una serie di motivi. Ora che lo sanno, sto vivendo una moltitudine di emozioni. Anche se guardando la mia amica che si rilassa appoggiata al muro di una cella di prigione, come se fosse a un picnic, l'emozione principale che sento è il turbamento.

Mi guardo le mani, appoggiate sulle gambe. «Non sei... non sei arrabbiata?»

«Certo che sono arrabbiata. Non riesco a credere che quegli stronzi da Heartbreakers se la siano cavata solo con una ramanzina e il divieto di farsi vedere di nuovo da quelle parti. Se non fosse stato per le tue abilità da spogliarellista Ninja, una di noi si sarebbe beccata un bell'occhio nero per il matrimonio di Jackie.»

«Era solo uno Spinning Mount,» borbotto.

«Qualsiasi cosa fosse, è stato fantastico.» Ride, senza togliere gli occhi dal soffitto. «Ho chiesto ad Angela una copia delle registrazioni di sicurezza. Voglio vederlo a rallentatore.»

Il mio turbamento non diminuisce. «Voglio dire: non sei arrabbiata *con me*?» Mi porto una mano al petto. «Che non ti ho detto che sono una criminale ricercata?»

Rose mi guarda. «Sono arrabbiata con me stessa perché non

me ne sono accorta.» Mi fa una faccia spazientita. «Perché ora che so, voglio dire... è *così* ovvio.»

«Davvero?»

Annuisce, poi abbassa le mani per mettersi in piedi, strizzando gli occhi quando la parete le tira i capelli. «E poi, le tue tragedie risparmiale per quando scrivi. Tu non sei una *criminale.* Secondo la tua lettera sei stata accusata ingiustamente, no?»

«Beh, sì, ma legalmente sono...»

Fa un gesto con la mano, interrompendomi. «Cazzate legali. Tu sei innocente e lo dimostreremo.» Si stringe nelle spalle. «E se non ci riusciamo, dispongo dei migliori avvocati sul mercato. Escogiteremo qualcosa.»

Si picchietta un dito sul mento mentre mi guarda storto. «Ma, giusto per sapere, cosa ne pensi delle visite coniugali?»

VENTISEI
UN GESTO IMPORTANTE

Ian

«Alza il culo e fai un po' di telefonate.»

Un agente dell'aeroporto mi guarda sbalordito. In questo momento non ci sono molte persone all'aeroporto e la mia voce riecheggia nella zona controlli vuota. Sono riuscito a trovare un posto su un volo diretto a Los Angeles con un uno scalo a Houston. Ma parte tra dieci minuti.

«Cosa?» Mitchell ha una voce che sembra abbia mangiato della ghiaia.

Passo di fianco a una giovane coppia con degli zaini enormi sulle spalle e mi avvio a grandi passi verso i gate. «Trish è stata arrestata e per ogni minuto che passa in quella cella aggiungerò una cifra ai danni che ti chiederò.»

«Come è stata arrestata?»

Un bizzarro collage di spogliarelliste e bulli che si picchiano in un vortice di brillantini mi attraversa la mente prima che ci possa fare qualcosa. «Non ha importanza. Tu datti una mossa.»

«Kincaid.» Fa un sospiro. «Sono le due e mezza di mattina. A quest'ora non c'è nessuno di sveglio.»

«Allora svegliali tu.» Oltrepasso un tizio in tuta da ginnastica con un paio di cuffie grandi quasi quanto la sua testa e continuo a correre verso il gate. «Hai appena azzerato la tua parcella.»

«Ehi, aspetta...»

Riattacco, correndo verso il *gate*, dove un solo dipendente della compagnia sta aspettando per chiudere. «Appena in tempo, eh?»

Gli faccio un sorrisetto e sollevo il telefono per mostrargli il biglietto elettronico.

Percorro di corsa il corridoio e mi fermo davanti alla porta dell'aereo. Il cuore che batte e il sudore freddo sulla fronte non hanno niente a che fare con lo sforzo fisico.

L'assistente di volo, che sta servendo le bevande ai passeggeri della prima classe appena oltre la porta, mi sorride. «Prego. Decolleremo tra un attimo.»

I miei piedi non si muovono. Il respiro mi si fa più veloce.

«Signore?»

Stringo i denti ed entro nel velivolo facendo un passo impacciato stile Frankenstein. Poi un altro. Poi un altro.

Sono riuscito ad avere un biglietto di prima classe, quindi non devo inoltrarmi di molto. Ma lo stesso, camminare di profilo lungo il corridoio centrale non fa altro che mandare a mille il mio panico crescente.

Mi fermo per estrarre il computer dalla borsa pensando che lavorare mi aiuterà a distogliere la mente dallo spazio così ristretto, poi infilo la sacca nello spazio al di sopra del sedile. Facendo un respiro profondo, finalmente mi siedo e il sedile decisamente enorme mi sembra della misura di un bambino.

Mi vibra la mano. Faccio un respiro profondo e rilasso le dita che stringono il telefono, poi rispondo.

«Dimmi che stai usando i tuoi milioni per fare uscire Trish di galera.» La voce di Jules risuona in tutta la cabina.

Io mi abbandono alla frustrazione, che prende il sopravvento sul panico. «Ah, *ora* sì che ti ricordi come usare il telefono!»

«Smetti di comportarti da bambino, Kincaid. Abbiamo problemi ben più grandi.»

«Già, problemi che potrei avere risolto senza che Trish venisse arrestata, se tu non mi avessi tolto da quel cazzo di lista.»

Il sorriso dell'assistente di volo si smorza quando sente il mio tono di voce mentre passa per assicurarsi che tutti i sedili e i tavolini siano nella posizione corretta. «Signore, è ora di spegnere il telefono o di metterlo in modalità aereo per il decollo.»

«Sei in *aereo*?» Il volume di Jules mi fa allontanare il telefono dall'orecchio.

«Sì, e tra due ore e venticinque minuti atterro. Ci parliamo dopo.» Riattacco, avvertendo un perverso senso di orgoglio per essere riuscito ad avere l'ultima parola.

Fino a quando non chiudono la porta della cabina.

Cazzo. Guardo avanti e indietro lungo l'aereo e mi passo le mani sulle cosce. Nessun altro sembra essere preoccupato. L'uomo dall'altra parte del corridoio rispetto a me si mette gli auricolari.

Un'altra assistente di volo prende l'interfono e ricorda ai presenti di non usare strumenti elettronici fino a dopo il decollo.

E io che volevo lavorare.

Faccio dei respiri lunghi, lenti e profondi per tutto il resto delle informazioni di sicurezza e per tutta la fase dell'allineamento e del decollo, facendo finta di non sentire le pareti ricurve dell'aereo che mi si chiudono addosso come una lattina di birra che viene stritolata.

Ho una gamba che saltella a velocità folle.

«Nervoso per il volo?» L'uomo dall'altra parte del corridoio si toglie uno degli auricolari.

«Io, ehm...» Mi schiarisco la voce e mi raddrizzo sul sedile «Più o meno.»

Annuisce, con fare rassicurante. «Non c'è da vergognarsi. Capitava anche a me, una volta.»

Osservando come sia calmo questo uomo più anziano di me, faccio fatica a credergli. «Davvero?»

«Già. Sono perfino entrato nell'esercito pensando che in qualche modo mi avrebbe aiutato.» Soffoca una risatina, passandosi una mano tra i capelli sale pepe tagliati a spazzola. «Lo zio Sam mi ha comunque fatto saltare da un aereo durante l'allenamento.» Trema come se il solo ricordo gli facesse venire i brividi. «Mi sono vomitato addosso durante il decollo.»

Al pensiero mi si arriccia il naso e spero che non succeda anche a me. «Dopo quante volte sei riuscito a saltare?»

«È bastata una sola volta.» Mi lancia un'occhiata sardonica. «È l'esercito, ragazzo. Non erano lì per tenermi la mano. Mi hanno buttato giù da milleduecentocinquanta piedi.» Batte le mani. «Missione compiuta.»

Cristo. Non so se ascoltarlo mi fa bene o male. «Beh, adesso stai volando quindi deve avere funzionato. Hai affrontato le paure, e tutta quella roba lì.» Persino io riesco a percepire la nota triste ma piena di speranza nella mia voce.

«È una montagna di cazzate hippy. L'unico risultato è che ha asciugato il vomito dalla mia uniforme.» Scorre il pollice sul telefono. Da ciò che riesco a vedere, sembra che stia passando una lista di audiolibri. «Non è che sia stato particolarmente utile, dato che una volta a terra ho vomitato di nuovo.»

Deglutisco. «Senza offesa, ma se voleva essere un discorso di incoraggiamento, non mi sembra il massimo.»

Lui ride. «Già, non sono esattamente un tenerone.» Si stringe nelle spalle. «Almeno, a sentire la mia prima moglie.»

Qualcuno mi passa vicino andando al bagno. Guardo una donna che apre la minuscola cabina e si chiude dentro.

Mi sento senza fiato.

«E quindi come sei arrivato a sentirti a tuo agio in volo?» La mia voce raggiunge un'ottava più alta del solito.

«Mente che governa il corpo.» Mi punta addosso il telefono. «Sottomettere le proprie paure.»

Io mi strofino di nuovo le mani sui pantaloni e cerco di fare un respiro che mi calmi. «E come si fa?»

Le assistenti di volo iniziano il servizio bibite con il grande carrello di metallo che blocca il corridoio e che impedisce l'accesso alla porta. Il campo visivo mi si riempie di puntini neri.

«Devi trovare il tuo luogo felice.»

Sono così terrorizzato che vorrei ridere. Ma quando riesco a metterlo a fuoco e a vedere la sua espressione seria, nonché i muscoli che guizzano sotto la polo di cotone e i pantaloni color cachi, non ne ho il coraggio. «Come in *Happy Gilmore*?»

«E che cos'è?»

Scuoto il capo per cercare di mandare via i puntini neri. «Niente.»

Mi guarda con gli occhi socchiusi, poi si picchietta sulla tempia con un dito. «Il posto felice è dove abitui la tua mente ad andare. Come nella meditazione.»

«Ti hanno insegnato la meditazione nell'esercito?»

Lui soffoca una risata. «Cazzo no. Me l'ha insegnato la mia seconda moglie.»

«Capisco.»

«L'esercito mi ha buttato giù da un aereo qualche altra volta chiamandola terapia di esposizione, e quando ho smesso di vomitare hanno decretato il successo.» Fa una risatina. «Ma in verità avevo solo imparato a non mangiare nelle ventiquattro ore prima di un lancio.»

«L'ho fatto anche io.» Trish che mi passa le mani sul didietro dei pantaloni. Che si inginocchia a terra. Mi agito sul sedile. «Terapia di esposizione.»

«Già. Ci vuole un po'. Pertanto, mentre attendi che funzioni, rifugiati nel tuo posto felice. Visualizzati da qualche altra parte, *non* in un aereo. In un posto accogliente.»

Un sorriso spontaneo mi illumina il viso quando penso a quanto Trish si sia impegnata a farmi fare i compiti per casa per la mia terapia di esposizione.

«Già.» Capelli a Spazzola mi guarda e annuisce. «Qualsiasi cosa sia quella a cui stai pensando adesso, continua a pensarci. Falla diventare il tuo posto felice.»

Gli rispondo annuendo, poi chiudo gli occhi. Trish. Trish è il mio posto felice.

Trish in bikini vicino alla piscina. La sua pelle bagnata che riluce nel sole. I suoi piedi con lo smalto rosa che si contraggono per l'orgasmo.

Mi tiro le ginocchia dei jeans cercando di alleviare la tensione a livello del cavallo.

«Immagino che questo sia uno dei modi per farlo.»

Risvegliato dalla mia fantasia, apro gli occhi. Il militare mi fa un sorrisetto, indicando il mio inguine con il capo.

Io arrossisco come un adolescente beccato dei genitori mentre si fa una sega.

«Fai pure.» Fa un cenno per togliermi dal mio imbarazzo. «Sono nell'esercito. Non è niente che io non abbia già visto in caserma.»

L'assistente di volo sceglie proprio quel momento per passare con il carrello tra di noi. Io afferro il giornale di bordo dal sedile davanti a me e me lo appoggio in grembo.

«Qualcosa per voi signori?» chiede l'uomo, sorridendo di nuovo.

«Qualcosa di energico per il ragazzo. Offro io,» dice Capelli a Spazzola ridendo. «Anzi, ripensandoci, è meglio se lo annacqui un po': di energie ne ha già abbastanza.»

Mi sembra che mi esplodano le orecchie.

Ma accetto il drink. E torno al mio posto felice.

«Signore e signori, vi invitiamo a prepararvi per l'atterraggio controllando che gli schienali e i tavolini davanti a voi siano in posizione eretta e i vostri device elettronici siano spenti.»

Sono bagnato fradicio. Totalmente intriso di sudore.

E ho una erezione terribile.

Ma ce l'ho fatta.

Senza vomitarmi addosso.

Tutto considerato, la considero una vittoria.

«Ben fatto, ragazzo.» Capelli a Spazzola mi sorride. «Sapevo che ce l'avresti fatta.»

Distogliendo lo sguardo dal finestrino, dove le macchine e le persone stanno diventando sempre più grandi man mano che l'aereo scende, ricambio il sorriso. «Grazie, io...» Vedo lo schermo del suo telefono.

Lui segue il mio sguardo. «Ah, sì.» Fa una risatina. «La mia terza moglie. Mi vuole più romantico.» Soffoca una risata. «Non mi sono mai considerato un vero marpione, e ci sono dei giochini che sto ancora imparando.» Mi tende il telefono e tocca l'immagine dell'audiolibro che sta ascoltando. «Hai mai sentito parlare di Audrey Cole? È vero che in copertina ci sono degli uomini nudi, ma in realtà le storie sono abbastanza carine.»

«La conosco.»

«Ah sì?» Si illumina e la sua espressione costante da duro lo abbandona per un po'. «Qual è il tuo libro preferito?»

«Ah, no. Voglio dire che io conosco *lei*. Audrey Cole.»

Lui spalanca la bocca e l'espressione scioccata sul suo viso così serio è comica. «Ma fammi un piacere.»

«No, davvero. La conosco.» Mi metto a sedere dritto, ringraziando il cielo che la mia erezione si sia un po' calmata. Ci sono volute solo due ore. «In effetti, è proprio da lei che sto andando.»

«Ma dai.» Guarda da una parte dall'altra dell'aereo poi si avvicina a me e come se stesse per rivelarmi dei segreti nazionali. «C'è qualche possibilità che tu mi possa far fare un autografo su uno dei suoi libri?» Mi fissa, ammiccando con le sopracciglia. «Mi farebbe acquistare un sacco di punti con la mia signora.»

Dilato le narici mentre cerco di nascondere il mio divertimento. Essendo il figlio di un senatore non è la prima volta che la gente mi chiede cose come questa. Ma un militare che vuole usare i miei contatti con una scrittrice di storie d'amore per fare il figo agli occhi di sua moglie? Questa è una novità. «Certo, amico. Te ne procuro uno.» Cerco di mantenere un'espressione neutra.

«Forte.» Quando l'aereo tocca il suolo della pista lui si drizza a sedere. «Forse così la smetterà di farmi andare a sessioni di yoga di coppia.»

L'espressione compiaciuta che ha sul volto quando mi dà il suo contatto è nulla se paragonata a come mi sento io quando finalmente esco dall'aereo. Sono fuori. Sono qui. Ce l'ho fatta.

Mi sono avvicinato a Trish.

Estraggo il telefono, lo accendo e chiamo Holt. «Dammi buone notizie.»

Trish

. . .

«Buone notizie, signorina LaRue.» Le chiavi e le manette della poliziotta Lydia tintinnano penzolando dalla cintura dell'uniforme quando appare davanti alla mia cella. «È ora di andare.»

Rose se ne è andata un po' di tempo fa. Il poliziotto che è venuto a prenderla ha detto qualcosa sul fatto di non riuscire a trattenerla più a lungo. Prima di andarsene Rose mi ha promesso che accenderà il fuoco sotto il culo del suo avvocato e mi ha lasciato la sua camicetta, fregandosene completamente di uscire di galera indossando solo il reggiseno.

Per fortuna non è stata arrestata di nuovo per atti osceni.

Da quando se ne è andata sono seduta sulla panca con le gambe rannicchiate sotto di me e avvolta dentro la camicetta leggera come fosse una copertina. Senza telefono o orologio non ho idea di quanto tempo sia passato. Ma mi sembrerebbe abbastanza poco per organizzare un'estradizione.

Non so se è il freddo o la paura, ma quando mi alzo in piedi mi sento intorpidita, tremo e ho la pelle d'oca. «Okay.»

La poliziotta mi lancia un'occhiata interrogativa mentre inserisce la chiave nella porta. «È un'espressione strana, detta da qualcuno che se ne sta andando dalla prigione.» La griglia si spalanca rumorosamente.

Esco, sollevando le braccia perché mi ammanetti. «Sto solo spostandomi da qui a un carcere in Georgia.»

Invece di sganciare le manette dalla cintura e richiudermele ai polsi come avrei pensato che facesse, l'ufficiale Lydia mi stringe una spalla con una mano e mi conduce lungo il corridoio. «Rose ha menzionato il fatto che sei una scrittrice, ma penso che nessuno potrebbe essere più drammatico di così, bambolina.» Sembra disgustata, ma sta sorridendo sotto i baffi.

Inciampo leggermente, con le gambe rigide per essere stata seduta così a lungo. «In che senso?»

Mi aiuta a ritrovare l'equilibrio e mi guida fino alla fine del corridoio. «Niente estradizione.» Apre la porta dove un signore che ho già visto, vestito elegante, è in piedi vicino a Rose, che ora indossa una maglietta del Dipartimento di Polizia. «Il mandato nei tuoi confronti è stato revocato. Sei libera di andare.»

Mi fermo, non capendo esattamente le sue parole. «Io sono... libera?»

«T.S.!» Rose si mette a saltare, con i brillantini che catturano la luce del mattino. «Sei pronta ad andare?»

Io continuo a non muovermi.

«T.S.?» Rose mi afferra un braccio e mi tira dentro la stanza. «Sei sotto shock? Sembra che tu non capisca che possiamo andarcene.»

Confusa, spaventata e infreddolita, non riesco a fare a meno di reagire con uno scatto: «Allora potresti essere così gentile da spiegarmi come è possibile?»

Rose sbatte gli occhi. «Ah, sì, certo.» Lancia uno sguardo all'avvocato. «Solo un minuto, le dispiace?»

Lui fa un sospiro impaziente. «Okay finisco di compilare i documenti mentre voi ragazze parlate.» Si dirige verso la poliziotta Lydia che ora sta dietro un banco con un piccolo plico di carte davanti a sé.

Improvvisamente mi ricordo dove l'ho visto. È il tizio che è arrivato quando Rose è stata arrestata da Boondoggles alcune settimane fa.

«Il tuo avvocato mi ha tirato fuori? E le accuse nei miei confronti?»

Rose annuisce, accompagnandomi a un posto dove posso sedermi. «Certo, i miei avvocati hanno gestito la documentazione, ma chi ti ha tirato fuori è stato Ian.»

Mi siedo. Per fortuna dietro di me c'è una sedia. «Ian?»

Rose si siede vicino a me. «Sì. Si è perfino occupato dell'accusa nei tuoi confronti. Ha fatto revocare il mandato.»

«Ma... Quando...» Mi premo le mani sugli occhi, sperando di risvegliare il mio cervello. «Come è possibile?»

Lei si stringe nelle spalle. «Non so bene. Tutto quello che so è che quando sei stata arrestata lui era in Georgia e poi ha preso il primo volo per tornare.»

«Volo?» La mia voce suona strana.

«Sì, e ora si sta incazzando con qualche altro avvocato chiamato Mitchell, perché ci mette un sacco di tempo e gli sta dicendo quanti zeri aggiungerà alla causa.» Inclina il capo, facendo cadere altri brillantini sulla maglietta nera. «Anche se questa parte non la capisco nemmeno *io*.»

Pensavo di avere freddo prima, ma quello non era niente, a confronto del ghiaccio che adesso mi sta artigliando le vene.

«Amica.» Rose mi viene vicina studiando la mia espressione. «Non sembri stare molto bene, T.S. E so che sei stata in galera tutta la notte.» Rose mi mette un braccio attorno e mi stringe. «E nemmeno Ian. Non l'ho mai visto meno Capitan America di ora.» Si stringe di nuovo nelle spalle. «Ma immagino sia l'effetto di un volo senza poter chiudere occhio.»

«Dov'è?» io e Rose ci voltiamo per vedere un trasandato Capitan America entrare come una furia, guardando male l'avvocato di Rose. «Perché ci vuole così tanto?»

Mentre osservo i suoi capelli biondi scompigliati in tutte le direzioni, la barba più lunga di quanto l'abbia mai vista e la maglietta grigia tutta stropicciata e macchiata di sudore, le emozioni che ho tenuto a bada dal momento dell'arresto, anzi, da quando ho iniziato a scappare dalla legge secoli fa, riaffiorano la superficie. «Ian?» Mi alzo in piedi.

Lui gira di scatto la testa verso di me.

«Ian?» ripeto, non riuscendo a trovare altre parole.

Senza dire nulla, corre verso di me e mi afferra stretta.

Puzza. È un odore fantastico.

«Sono arrivato più in fretta possibile.» Si tira indietro e

solleva le mani per avvolgermi il viso mentre i suoi occhi cercano i miei. «Stai bene?»

«Io...» La mia voce si spezza, e cado a pezzi anche io.

Ian mi stringe di nuovo mentre sono scossa da singhiozzi lunghi e profondi. Fino a quando non mi affloscio, e lui mi prende in braccio.

Tra un sospiro e l'altro sento Rose dirgli che mi riporti al ranch. Sento che lui rifiuta, in modo decisamente poco educato. Mentre Ian esce dall'edificio seguito dall'avvocato che si lamenta a voce alta di tutta la burocrazia, appoggio mollemente il corpo al suo. Percepisco sulla mia pelle la luce del mattino e sento la voce di Holt che dice a Ian che ci accompagna lui in macchina, e intanto continuo a piangere.

Anche se i singhiozzi violenti diminuiscono, per tutto il viaggio non alzo lo sguardo né parlo. Ian continua a tenermi stretta tra le braccia sul sedile posteriore del pick-up di Holt. Mi porta in casa. Al piano di sopra.

Continua a stringermi mentre accende l'acqua della doccia e il caldo sulla pelle è bellissimo mentre Ian lava tutti e due. Piango di nuovo.

Mi abbraccia.

Quando siamo finalmente a letto, ripuliti dal viaggio e dalla cella di prigione e accoccolati sotto strati di coperte, il mio cuore ritrova il suo ritmo regolare, gli arti mi si distendono e i muscoli si rilassano.

Sono a casa.

VENTISETTE
CULMINE

Trish

Bang bang bang. Din-don din-don.

Ian si muove sotto le coperte e mi stringe più forte. Borbotta qualcosa a proposito dei vicini rumorosi.

Bang bang bang. Din-don din-don.

«'Fanculo, Veronica.» Mi bacia la sommità della testa e tira fuori il braccio da sotto il mio corpo. Io faccio un gemito.

«Scusami piccola.» Mi bacia ancora una volta. «Le dico di andare al diavolo e torno da te.»

Maledicendo Veronica tra me e me, sto per riprendere sonno quando un forte grido mi fa sussultare.

Un forte grido di uomo. Non è Ian.

Alzandomi faticosamente dal letto tolgo il piumino e me lo avvolgo intorno, con il profumo e il calore di Ian ancora dentro. Il mio sguardo cade su un foglio sopra il mobile.

La mia lettera.

Una delle ragazze deve avergli dato la lettera che ho scritto. Quella dove gli ho detto addio. Mi fa fisicamente male al cuore quando penso a Ian che la legge dopo tutto quello che ha fatto. Che affronta il mio passato quando non sono riuscita a farlo io. Che mi ama quando io non sono riuscita ad amare me stessa. Il tutto, mentre cerca di superare le sue paure.

E poi gli arriva questa lettera che gli dice che, nonostante tutto questo, lo lascio.

Un altro grido dal piano di sotto. In punta di piedi percorro il corridoio che porta al pianerottolo.

«Non capisco perché sei così agitato.» Ian sembra annoiato.

«Non capisci, vero?» La voce arrabbiata del Senatore Kincaid mi costringe a bloccarmi.

Sbircio dietro l'angolo e quando vedo il padre di Ian che percorre l'ingresso su e giù, a grandi passi, tutto il calore rimasto nella coperta se ne va.

Ian si appoggia alla ringhiera, incrociando i piedi. «C'è qualche motivo per cui io dovrei esserti grato?»

Il senatore solleva di scatto il capo. «Visto il modo in cui hai usato il *mio* nome in Georgia e in Texas negli ultimi giorni per togliere dei guai quel rifiuto umano che vive in roulotte, direi proprio di sì.»

«Bene.» Ian si raddrizza in tutta la sua altezza. «Visto che la possibilità di usare il tuo nome in questi ultimi due giorni è l'unica cosa utile che mi hai mai dato come padre, io non sono affatto d'accordo.»

«Incredibile.» Il senatore Kincaid si avvicina a suo figlio stringendo gli occhi. «Sono stato svegliato da due giornalisti che mi chiedevano che rapporto avevo con una criminale. A una settimana dalle elezioni.»

«Ah.» Ian annuisce, ma non sembra affatto turbato dall'agitazione di suo padre. «Sei di nuovo focalizzato su te stesso.»

Il senatore Kincaid continua a guardarlo. «Te lo dico io cosa succede ora. Ora parlo io, e dirò che questa ragazza io non l'ho mai incontrata. Che sono tutte bufale organizzate dal mio rivale come ultima spiaggia per cercare di battermi.»

L'espressione annoiata di Ian non cambia.

«E poi *tu*,» punta un dito a Ian, «verrai al seggio con me e tua madre, a braccetto di quella cazzo di Brenda McGowan, e sarai tutto sorrisi, da bravo figlio obbediente.»

Con un movimento calmo e pacato, con il dorso della mano Ian sposta il dito di suo padre. «Ah sì?»

«Sì, proprio così.» La sua rabbia è feroce, ma non punta più il dito contro Ian.

«Perché se non lo fai, la prossima telefonata che faccio, sarà al vicedirettore della NASA, e ci faremo una bella chiacchierata sulla tua prossima promozione.»

Ian inarca il sopracciglio sinistro, facendo sorridere il senatore.

«Ora cominciamo a rimetterci in ordine, eh?» L'uomo anziano raddrizza le spalle e sembra piuttosto soddisfatto di sé stesso. «E, dato che ci siamo, quella criminale tu non la vedi mai più.»

Mi manca il fiato e il cuore mi batte più forte delle ali di un colibrì. Se accettasse non potrei biasimarlo. Faccio un respiro profondo, cercando di calmarmi i nervi e mi preparo al peggio. Ho già causato abbastanza guai a Ian, quindi...

«Già, è un bel no.» La voce di Ian è ferma e le sue parole asciutte e taglienti.

Ricaccio indietro la nuova ondata di lacrime che sta per arrivare.

«Come, prego?» La voce del senatore si abbassa. «Vuoi mettermi alla prova, ragazzo?» Estrae il telefono dalla tasca della giacca. «Faccio quella chiamata. In questo preciso momento, se necessario.»

Ian si stringe nelle spalle. «Fai pure.»

Silenzio. A questa risposta imprevista il senatore aggrotta la fronte.

«Perché poi li chiamo *io* i giornalisti che ti stanno dando la caccia, così posso raccontare loro della tua lunga tresca amorosa con la tua manager elettorale.» Ian schiocca la lingua. «Mi chiedo cosa penserebbero i tuoi elettori del fatto che tu ti scopi la tua amante nella casa pagata con i soldi della mamma, il tutto impostando la tua campagna elettorale sui valori della famiglia.»

La mano che tiene il telefono trema. «Non oseresti mai.» Il padre di Ian scuote la testa, come a enfatizzare la sua incredulità. «Non faresti questo a tua madre.»

Ian si raddrizza allontanandosi dalla ringhiera, con le mani in tasca. «È vero, io amo la mamma.» Inclina la testa di lato. «Ma diciamocelo, sono anni che tu e la mamma avete smesso di fare i genitori. E io sono stufo di essere preso per i fondelli per i tuoi scopi.»

«Io...»

«E sì, io amo anche il mio lavoro.» Si stringe nelle spalle. «Però è solo un lavoro. Sono un uomo intelligente. E grazie alla famiglia della mamma, sono ricco. Non ho bisogno di lavorare alla NASA.» Passa davanti a suo padre e va ad aprire la porta. «Non ho bisogno di te.»

Dal pianerottolo del secondo piano sento nettamente il respiro affannoso del senatore e per un attimo penso che potrebbe andare in iperventilazione. «Bene,» riesce a dire a denti stretti, senza muoversi verso la porta. «Spero almeno che sarai abbastanza saggio da non vedere più quella donna, giusto? Nemmeno tu puoi essere così stupido.»

Ian si avvicina con fare minaccioso a suo padre, il quale ha un sussulto. «Se fosse per me, io *quella donna* la vedrei ogni giorno per il resto della mia vita.» Fa una pausa e un passo indietro, chinando le spalle in modo evidente. «Purtroppo, non dipende da me.»

Il senatore Kincaid, intimidito fino a un attimo fa, percepisce l'atteggiamento abbattuto del figlio e ride. «Ti ha piantato, vero? Dopo tutto quello che hai fatto?» Ride di più.

Io stringo forte i pugni dentro al piumino che ho sulle spalle. La rabbia per il padre di Ian che si compiace del dolore del figlio mi scorre nelle vene. La rabbia per me stessa, perché sono la causa di quel dolore mi toglie il respiro.

Mi sposto sul primo gradino. «A dire il vero...» entrambi gli uomini sollevano di scatto lo sguardo. «I miei piani sono cambiati.» Inizio a sudare. Per anni ho evitato di essere al centro della scena. Ho evitato il confronto. Non sono abituata ad avere l'attenzione su di me.

Ma per Ian, posso fare qualsiasi cosa.

«Eh?» Nonostante il suo atteggiamento rimanga rilassato, non mi sfugge il tono di speranza nella sua voce.

«Ah sì?» Il senatore mi guarda con un sogghigno. «Cioè, ti svegli in una bella casa che può ospitare al suo interno circa cinquanta delle tue roulotte e pensi che potrebbe essere interessante rimanere qui?»

Immediatamente, Ian invade lo spazio di suo padre. «Questo...»

«No, sul serio.» Scendo alcuni gradini, trascinandomi la coperta come se fosse una specie di manto regale. Probabilmente sono ridicola con la mia acconciatura da galera, nemmeno un filo di trucco e con la maglietta e un paio di boxer di Ian arrotolati in vita. Ma al momento questo è il mio outfit da *Via col vento* e sono decisa a tenermelo. «Mi sono semplicemente resa conto che per quanto fantastico sia suo figlio, per quanto esperto, e intelligente e... sì, per quanto ricco sia, io me lo merito tutto.» Abbasso lo sguardo mordendomi il labbro, preoccupata di essermi spinta troppo. «Cioè, se lui, ehm, mi vuole...»

Con tre passi Ian mi raggiunge sulla scala, mi fissa negli occhi e mi sorride a trentadue denti. «Puoi scommetterci il tuo bel culetto che ti voglio.» Mi infila le mani sotto il manto di coperta e mi attira verso di sé.

Io sollevo le labbra verso le sue.

Ha la barba che punge, i nostri aliti non sono dei migliori e abbiamo un pubblico ostile. Tuttavia, è il bacio perfetto. Meglio di qualsiasi cosa io abbia mai scritto.

È pieno di accettazione, e speranza, e amore. Tanto amore.

È tutto.

La porta di casa sbatte e noi ci stacchiamo di colpo.

Immagino che il senatore non abbia la stessa mia percezione di quel bacio. Non potrebbe fregarmene di meno.

Sollevandomi in punta di piedi sfioro di nuovo le labbra di Ian con le mie. «Ti amo.»

«Anche io ti amo.» Infila la punta delle dita sotto l'elastico sul retro dei boxer, abbassandoli fino a quando non mi scendono sul pavimento. «E tu non te ne vai?» C'è un lampo di incertezza nel suo sguardo mentre mi afferra il sedere.

«No.» Lo bacio di nuovo. «Io non vado.»

Annuisce, anche se l'incertezza non sparisce del tutto.

«Non mi credi?»

Lui esibisce il suo sorriso da Capitan America e mi solleva tra le braccia. «Forse mi devi convincere tu.»

Rido, poi lascio cadere la coperta per stringerlo con gambe e braccia. «D'accordo, dolcezza.» Gli mordicchio e gli bacio il collo. «Ce la posso fare.»

E lo faccio.

VENTOTTO
FELICI E CONTENTI

Trish

«Io, Jackie Darling Lee, prendo te, Flynn West, come mio legittimo sposo.» Nonostante la sua voce sia ferma, le mani di Jackie temano leggermente, strette tra quelle di Flynn mentre stanno sotto un pergolato di fronde, tempestato di rose bianche e rosse.

Il Capo Astronauta Luke Brisbee sta officiando la cerimonia. Ha preso gli ordini appena in tempo. La sua ragazza, la guru delle PR della NASA, Emily Durham, lo guarda con orgoglio dalle sedie bianche ben allineate.

Jules si pavoneggia come una mamma orgogliosa, distogliendo di tanto in tanto lo sguardo dalla coppia per osservare tutto lo splendore che ha orchestrato in quanto damigella d'onore. Anche se, mentre usava la wedding planner come suo vice, assomigliava più a un generale in guerra.

Holt è stoico come sempre, il suo volto il più solenne tra i presenti. Anche se la sua espressione è stata decisamente più interessante quando ha visto Jules nel suo abito.

Lo sguardo di Rose è incollato alle mani unite di Jackie e Flynn. Ha gli occhi lucidi e un accenno di sorriso.

Inclinando il capo per cercare di vedere meglio Rose da dove mi trovo dietro di lei, aggrotto la fronte. Sembra quasi triste. Ma mentre la studio, il suo sorriso quasi impercettibile è sostituito dal solito enorme ghigno di autocompiacimento.

Mmm.

«Lo voglio.» La dichiarazione di Flynn risuona tra la piccola assemblea di amici e familiari. O meglio, la famiglia fatta di amici. Perché questo è esattamente ciò di cui siamo circondati. Colleghi, fratelli, cameriere... Tutti collegati da interessi, amicizia e amore.

A pochi passi di distanza, sulla fila davanti, Ian è seduto vicino al padre di Jackie. E come me, Ian non sta guardando la sposa. Guarda me.

Anche se è novembre, il brivido che mi percorre non ha nulla a che fare con il clima.

A causa dei tempi stretti, DAMONzilla ci ha fatto dormire tutte al ranch. Jules ha perfino provato a cacciare Holt da casa sua, dicendo che era "roba da femmine". Sorprendendoci tutte, Holt si è rifiutato.

Dato che l'ultima volta che noi quattro abbiamo fatto "roba da femmine" (cioè due giorni fa) è arrivata la polizia, Jules non aveva molte speranze.

Il compromesso è stato che Holt è rimasto al ranch, però ha dormito nella mia roulotte ancora parcheggiata nel giardino.

La serata tra ragazze ha anche impedito a me e Ian di continuare da dove ci eravamo interrotti dopo che suo padre se ne era andato sbattendo la porta. Avevamo appena fatto pochi round di sesso per rimetterci in pari, quando Jules è venuta a bussare alla porta, convocando una riunione di tutte le damigelle.

«Vi dichiaro marito e moglie.»

Una quantità di emozioni si scatenano dentro di me mentre

osservo Flynn che attira a sé Jackie, baciandola a lungo e con passione. Gioia, felicità, gratitudine, desiderio.

Quando Flynn lascia respirare Jackie, che è più rossa delle suole delle Louboutin dei miei sogni, sposto l'attenzione su Ian.

Lui mi sta ancora fissando.

È un cliché, lo so, ma i matrimoni scatenano davvero gli ormoni di una donna.

E quando quella donna ha un uomo sexy e una roulotte vuota, rimane una sola cosa da fare.

«Non possiamo.» Ian mi spinge contro gli armadietti della roulotte. «Non qui.»

«Certo che possiamo. E perché non qui?» Mi sposto indietro per controllare se nei suoi occhi c'è traccia di panico. Nessuna. Sono solo scuri di desiderio.

«Perché...» mi bacia una, due volte. «Chiunque passi vicino alla roulotte saprà esattamente che cosa stiamo facendo.»

Io ricambio i baci, ridacchiando quando la sua mano si abbassa lungo la mia schiena per andare a stringermi il sedere. «Non fare il santarellino, Capitan America.»

Il respiro caldo di Ian mi solletica l'orecchio prima che inizi a scendere lungo il collo, ricoprendolo di baci. «Tu libera una ragazza dall'accusa di un reato, e lei ti diventa subito un'esibizionista.»

Le mie mani gli passano sul tendone da circo che sta erigendo dentro i pantaloni dello smoking. «Mi ricorderò questo commento la prossima volta che cercherai di sedurmi a bordo piscina.»

Lui geme, baciandomi con più passione e facendomi fare un passo indietro giusto quanto serve per sfilarmi gli slip.

Dalla sera della festa di addio al celibato, è la prima volta che torno nella mia roulotte. La mia unica costante per così tanti anni, ora sembra lontanissima. La casa di Ian la sento molto più casa. La nostra casa.

Ma comunque questo è un posto fantastico per una tresca.

Ian si sfila a fatica la giacca stretta, esibendo un paio di bretelle nere. «Non farai tardi per il ricevimento?»

Mi mordo il labbro, e la vista di lui che si sfila le bretelle dalle spalle fa cose incredibili alla mia libidine già alle stelle. «Non c'è problema.» Lo tiro verso di me afferrandogli il davanti della camicia. Un bottone salta via e rimbalza sul pavimento. «Andrà tutto bene.»

Forse Ian stava scherzando quando mi ha dato dell'esibizionista, ma è vero che da quando hanno revocato il mandato, mi sento più leggera. Più libera. Più sexy.

Ian geme quando gli infilo le mani nei pantaloni, afferrandogli l'uccello. «Già. Assolutamente bene.»

Lo pompo un paio di volte prima di togliere la mano per allentargli la cintura.

Siamo avvolti da teli di chiffon.

«E tu dove sei, in mezzo a tutta questa roba?» La sua frustrazione mi fa ridere di nuovo.

Non appena gli slaccio la cintura, le sue mani sono di nuovo sui miei fianchi, e mi solleva fino al bancone della cucina. Un sentimento di déjà vu mi prende, mentre ricordo quella sera dopo il bar, quando mi sono concessa a lui per la prima volta. Però, invece di sentirmi ferita e rifiutata, mi sento divertita e apprezzo tutta la strada che abbiamo fatto in così poco tempo.

Ian cade in ginocchio e scava tra gli strati del mio vestito fino a quando mi scova e si mette a leccarmi e stuzzicarmi. Inizio a preoccuparmi per lo stato del mio vestito.

«Ora, Ian. Ora.»

Ci scappa qualche altra risata mentre lui cerca di liberarsi delle mie gonne. Ma quando finalmente entra dentro di me con un affondo lento e profondo, la risata si trasforma in sensazioni pure. Sentirmelo dentro, sentire il peso delle sue mani su di me, i suoi fianchi tra le mie cosce.

Una volta che inizia a spingere, io sono troppo presa per preoccuparmi della roulotte che oscilla, o di quello che possono dire gli ospiti.

Che sappiano. Che sappiano quanto amo questo uomo. Quanto lui ama me.

Vengo investita dal godimento e inarco la schiena urlando per il piacere, prima che le labbra di Ian coprano le mie. Spinge una volta, poi ancora, poi si ferma, e il suo gemito mi riverbera nel petto.

Lentamente torniamo alla realtà. Bicchieri che tintinnano, risate in lontananza, la musica della banda che ci arriva dalle porte del fienile.

La vita non può essere migliore di così.

«'Fanculo.»

Spaventata, il mio corpo rilassato si tende. «Cosa?» Gli stringo le spalle con le mani. «Tutto bene? È lo spazio ristretto?» Faccio per togliermi e spingerlo fuori, ma lui mi tiene ferma.

«No, no. Sto bene.» La fronte gli si distende e fa una pausa, come se stesse pensando. «Anzi, stare qui dentro non mi ha dato nessun problema.»

«Ah, bene. Positivo.» Inclino il capo. «E allora che c'è?»

Fa una smorfia. «Mi sono dimenticato il preservativo.»

«Ah.» Mi sento più bagnata.

«Già, ah.» Abbassa la testa e appoggia la fronte sulla mia. Nonostante il problema, non riesco a fare meno di sorridere. Sono abbastanza sicura che Ian Kincaid, Boy Scout Capitan America, non abbia mai fatto questo errore prima di ora.

«Allora immagino che mi dovrai sposare.»

Ian fa un salto così rapido che inciampa all'indietro, con l'uccello fuori. «Ehi, cosa?»

Abbasso lo sguardo, mordendomi il labbro per non ridere. «E prendere quel cane di cui parlavamo al parco dello street food.» Scendo dal bancone, dirigendomi con attenzione verso il minuscolo bagno, per ripulirmi.

Manovrando il vestito ingombrante nello spazio così piccolo, dico a voce alta: «Qui c'è Rebecca, possiamo chiedere a lei quali cani sono disponibili al canile.»

Nessuna risposta. Finisco, mi lavo le mani ed esco. Ian è esattamente dove l'avevo lasciato, solo che si è risistemato l'uccello dentro lo smoking.

«Mi hai... mi hai appena chiesto di sposarti mentre stavo dentro di te?» Si passa una mano tra i capelli. «E poi mi hai detto che ci prendiamo un cane?»

Qualsiasi altra donna potrebbe pentirsi della sua impulsività, o rimuginare sui sentimenti del suo ragazzo. Ma io sono sicura dei sentimenti di Ian e così sicura di quello che abbiamo, che non posso fare a meno di ridere. «È un no?»

Con un solo passo, Ian mi raggiunge e mi stringe così forte che mi toglie tutto il fiato dai polmoni. «Cazzo, no che non è un no.» Si tira indietro, stampandomi un bacio sulla bocca prima che io riesca a respirare. «È un aspetta-un-cazzo-di-minuto-che-te-lo-devo-chiedere-io.»

«Ah, capisco. Ti ho pestato i piedi da macho?»

Lui leva gli occhi al cielo. «Essendo una scrittrice, dovresti sapere che certe cose vanno fatte seguendo un ordine ben preciso.»

«Ah sì?»

«Sì.» Solleva un dito. «Prima si esce insieme.»

Penso allo street food. «Più o meno l'abbiamo fatto.»

«Poi si va a convivere.» Un altro dito.

«Lo stiamo facendo.» Anche se, a pensarci bene, non ne avevamo mai parlato in questi termini.

Tira fuori un altro dito. «Poi *io* ti chiedo di sposarmi.»

«Non capisco perché non lo fai,» borbotto.

«Poi ci prendiamo un cane, poi facciamo un bambino.» Sembra mi stia chiedendo un cinque.

«Considerando la mancanza di un condom, ci sono buone possibilità che dobbiamo riscrivere la storia.»

Mi guarda la pancia, come se ci vedesse il nostro bambino. Il suo sorriso è grande e splendente. «Sì?»

«Sì. E poi, essendo una scrittrice, so che la regola è una sola.»

«Che sarebbe?»

«Vissero felici e contenti.»

Ci fissiamo, crogiolandoci nel momento, troppo felici per essere imbarazzati per la nostra sdolcinatezza. Ho le mani sui suoi fianchi, lui mi tiene il viso, ci guardiamo negli occhi, avvicinandoci lentamente.

E, un attimo prima che le nostre labbra si tocchino, qualcuno bussa alla porta.

«Tira fuori di lì il tuo culo da porcona, T.S.» La voce di Rose rimbomba nella notte. «Julie Cazzo Starr, damigella d'onore, dice che adesso che Jackie e Flynn hanno finito con le foto, dobbiamo fare il giro degli invitati, dentro il fienile.» Borbotta qualcosa sul fatto che tutti spariscono per andare a scopare, tranne lei. «Muoviti.» Bussa l'ultima volta prima di allontanarsi dalla roulotte.

Con un sospiro Ian mi abbraccia e mi bacia la testa. «Dobbiamo aggiungere un punto al nostro piano.»

«Quale, dolcezza?»

«Trovare un uomo per Rose.»

Faccio una risata sonora, perché perfino la mia fervida immaginazione non riesce a pensare al tipo di uomo che potrebbe gestire Rose West. «E se iniziassimo a mettere spunte sugli altri punti, prima?»

«Tipo cosa? Matrimonio?»

Gli lecco il collo. «Bambino.»

Il corpo gli si irrigidisce per un attimo, prima che si tuffi nuovamente nell'azione. Sono di nuovo tra le sue braccia, anche se invece che sul bancone della cucina, con due passi verso sinistra mi appoggia sul letto. «L'idea mi piace.»

Sorridendo, tra un bacio e l'altro gli parlo con la bocca appoggiata al suo collo. «E il ricevimento?»

La sua cintura sbatte di nuovo sul pavimento. «Andrà tutto bene.»

EPILOGO

NON FINISCE QUI

Ian

«Come è la vita da viziati in prima classe?» Bodie si avvicina al sedile libero vicino al mio.

Il posto di Trish.

«Benissimo, grazie.» Ed è vero. Finora questo viaggio sembra decisamente migliore di quello da Atlanta a Houston.

Forse perché questo aereo è una bestia, lungo e largo quasi il doppio del piccolo velivolo che ho preso pochi giorni fa.

Ma molto probabilmente è perché lo Xanax che la dottoressa Brown mi ha prescritto ha iniziato a fare effetto mentre ero in attesa al gate.

L'inquietudine alle gambe e i sudori nervosi sono spariti. È una sensazione bizzarra, perché nonostante non sia una dose tale da farmi dimenticare che sono in uno spazio angusto, è sufficiente a rendermi stranamente imperturbato da ciò che mi circonda.

«Già, ci scommetto.» Bodie si infila nel sedile allungabile che assomiglia più a una brandina che a un sedile di aereo, per lasciare passare le ultime persone che si stanno imbarcando. «Pensavo che la tua recente promozione non ti avrebbe cambiato. Invece alla prima opportunità che hai, ti separi subito dalla massa.» Indica dietro di lui, dove sta seduto il resto del contingente NASA diretto in Germania.

«Sì, sì.» Levo gli occhi al cielo. «Comunque io sto ancora aspettando.»

Soffoca una risatina. «Lo so bene. E lo sanno anche gli altri. Ben ti sta.» Mi guarda di traverso. «Pensavo solo che avresti voluto sederti con noi, poveri mortali, tutto qui.» Fa un sorrisetto. «Hai presente, fare squadra e roba del genere.»

In quanto dipendenti del governo, le nostre spese di viaggio sono pagate dallo zio Sam. Il che significa le soluzioni più economiche. A meno che non si paghi la differenza di tasca propria. Che è ciò che ho fatto io. «Non me la farai passare liscia, vero?»

«No.» Sembra molto compiaciuto.

«Mi sarei seduto con voi.» Non è vero. «Ma pensavo che sarebbe venuta Trish.» Indico con il capo il posto dove si è seduto lui.

«Già, una bella sfiga che non le sia arrivato il passaporto in tempo.» Abbassa lo schienale del sedile e solleva le braccia dietro la testa. «Direi che quando arriviamo ti puoi consolare con una bella bionda in abiti tirolesi, però dal modo in cui tu e Trish vi guardavate al matrimonio, direi che questa trasferta sarà esclusivamente di lavoro.»

Il mio sorriso gli dice che ha ragione.

Si muove sul sedile, aggrottando la fronte. «E, a proposito di matrimonio...»

Il disagio nella sua voce, in netto contrasto con il suo atteggiamento di solito molto rilassato, mi preoccupa. «Sì?»

Fissa il ventilatore sopra di noi. «Ho conosciuto una.» Non mi sembra particolarmente felice.

Wow. Non ho mai visto Bodie così serio. Perfino durante

l'operazione di rimessa in moto della Stazione Spaziale con i cavi, ha sempre mantenuto il suo sorriso.

«Al matrimonio?» Ripenso alla breve lista degli invitati. Tutte le ragazze erano con il marito o il fidanzato. La wedding planner? No, scuoto il capo tra me e me. In passato l'ho sentita parlare del marito e dei figli con Jules. Rivedo tutti i volti. Una delle cameriere?

«Già, mi ha, tipo, distrutto a letto.»

Lo studio per un istante. «Sei andato a letto con lei al matrimonio di Jackie?»

Lui mi guarda sollevando un sopracciglio. «Senti cosa dice quello che per poco non ha rovesciato la roulotte di Trish ad appena due passi dal ricevimento.»

Se non fosse per il farmaco che mi tiene calmo, immagino che sarei rosso come un peperone.

«Ah, sì, beh...»

Ride. «Comunque sia,» torna a guardare il soffitto e si acciglia di nuovo. «Poi è sparita.»

La mia preoccupazione lascia il posto a una risata. «Il grande Vance Bodaway è stato sedotto e abbandonato?» Rido di più. «Ma è terribile!»

La sua espressione seria cede e sorride. «Stai zitto.»

Rilassandomi sul mio sedile, continuo a ridacchiare. «Beh, ti ha abbandonato in una stalla, o qualcosa del genere?»

«Stalla? Cristo, no. Mi ha portato in camera sua.»

«Camera sua?» Quando inizio a capire spalanco la bocca. «Aspetta, vuoi dire...»

«Questo posto è occupato, dolcezza?»

Nel corridoio c'è una ragazza bruna, con un bagaglio in mano. Le unghie perfettamente curate sono in tinta con il rossetto rosa sulla bocca sorridente.

«Trish?» La fisso, incapace di capire cosa sta succedendo.

Bodie, con un sorrisetto stronzo sulle labbra solleva lo schienale del sedile e si alza in piedi. «Immagino che questo significhi che devo tornare al mio posto con il resto della massa.»

Trish si acciglia. «Oh, mi dispiace, avevate già cambiato di posto?» Si solleva in punta di piedi nelle sue scarpe altissime e guarda alle spalle di Bodie. «Potrei prendere il tuo...»

«No!» Mi alzo e vado a sbattere la testa sulla cappelliera sopra di me. «Cazzo.» Mi strofino la testa, lanciando uno sguardo incendiario a Bodie, che sta ridendo alle mie spalle. «Bodie stava proprio per andarsene, vero?»

Lui fa un sorrisetto. «Dieci-Quattro, amico.» Si piega e stampa un bacio sulla guancia di Trish. «Sono contento che ce l'abbia fatta.» Trish arrossisce. «Dovremmo berci una di quelle birre tedesche dentro lo stivale, quando avremo un attimo di pausa dalla formazione.»

Io gli afferrò la spalla «Muoviti, Bodaway, o lo stivale te lo trovi su per il culo.»

Sollevando le mani, Bodie ride di nuovo ma per fortuna se ne va verso il fondo dell'aereo. Non smetto di fissarlo fino a quando la tenda che separa la prima classe dalla classe turistica non viene richiusa.

«Non sei felice di vedermi, dolcezza?»

Mi volto verso Trish, che si sta mordicchiando il labbro.

«Chiaro che sì.» Le prendo la borsa e la tiro verso di me per un abbraccio goffo in questo spazio così piccolo. «Ma che cosa ci fai qui? Come fai a essere qui?»

«Siete pregati di accomodarvi, siamo pronti per il decollo.» Un assistente di volo si avvicina a Trish indicandole il sedile.

Io arretro fino al finestrino facendole posto perché si sieda.

Quando siamo entrambi seduti, Trish si sfila le scarpe. «Eri così impegnato a correre di qua e di là e a fare telefonate per chiedere in giro quanto tempo ci sarebbe voluto per farmi il passaporto, che non ti sei mai preoccupato di sapere se ce l'avevo già.» Mi prende la borsa dalle gambe e la appoggia sulle sue, estraendo il libricino blu del passaporto dalla tasca anteriore. «E ce l'avevo.» Lo ripone dentro e piazza la borsa nello spazio davanti a noi. «Non l'ho mai usato perché, hai presente, avviso di garanzia e tutto il resto.» Si stringe nelle spalle. «Per fortuna ha ancora sei mesi di validità.»

Aveva già il passaporto. Sono in un idiota totale. «Perché non me l'hai detto?»

«Beh, uno: perché volevo che tu decidessi di volare da solo.» Mi si avvicina e mi stringe una mano. «Volevo che sapessi che ce la potevi fare, volevo che credessi in te stesso.» Raccoglie le gambe sotto di sé e sembra minuscola nel sedile di pelle. «E due: pensavo che avresti apprezzato la sorpresa.» Mi guarda sbattendo le ciglia. «Avevo ragione?»

Io annuisco, cercando ancora di riprendermi. Trish viene in Germania con me.

Mentre uno degli assistenti di volo inizia la tiritera delle istruzioni di sicurezza, Trish giochicchia con tutti i pulsanti e gli aggeggi del posto in prima classe, canticchiando felice quando trova la porta scorrevole che ci separa dal resto dell'aereo. La chiude e poi solleva il bracciolo che divide i sedili.

Ho il cuore che batte forte, ma non a causa dello spazio ancora più piccolo che ha creato. Anzi, mi accorgo a malapena del fatto che l'aereo sta correndo lungo la pista di decollo.

Una volta che siamo in volo, Trish si allunga in avanti, afferra una delle coperte e la stende su di entrambi. «Sai, avrei voluto prendere un altro volo e farti la sorpresa in Germania, ma poi Rose ha fatto una saggia osservazione.»

Rose. Mi ricordo vagamente che dovrei chiedere qualcosa a Trish su Rose, ma il pensiero svanisce subito quando mi appoggia una mano sulla coscia sotto la coperta.

Mi schiarisco la voce. «E che osservazione era?»

Mi toglie la mano dalla coscia e aziona il pulsante che abbassa gli schienali. «Non avremmo potuto unirci al club.»

Una volta che i sedili sono totalmente reclinati, praticamente formando un piccolo letto a due piazze, si accoccola vicino al mio fianco e torna a manovrare la mano sotto la coperta.

«Club?» L'aereo non è l'unica cosa che prende quota.

La sua mano me lo stringe da sopra i pantaloni. «Il club del sesso ad alta quota.» Il suo fiato mi solletica l'orecchio. «Mai sentito?»

«Forse mi è capitato di sentire questa espressione.» Ho la voce strozzata.

Mi strofina il naso sul collo. «Vuoi farne parte?»

Il mio cervello finalmente capisce che cosa sta succedendo e manda il segnale alle mie mani perché inizino a muoversi. Mi sposto su un fianco, la tiro ancora più vicina a me e infilo una coscia tra le sue.

«Oh, sì. Non ho mai desiderato qualcosa più di questo.»

Ma è una bugia. Perché mentre una mano si muove sotto la sua camicia e gioca con il pizzo che le ricopre il capezzolo, e l'altra scivola sotto la parte posteriore dei leggings e le afferra il culo, so che la cosa che desideravo più di ogni altra ce l'ho già.

Lei.

SPACE BALLS- LIBRO QUATTRO

STORIA DI ROSE

Trish Garret è una brava ragazza che forse è ricercata dalla legge, o forse no.

In passato una decisione sbagliata l'ha costretta a una vita in fuga, a mantenere un basso profilo lavorando come cameriera in piccole bettole qua e là. Ma durante la sua ultima sosta a Houston è riuscita a crearsi un fantastico gruppo di amiche che aveva sempre desiderato e non aveva mai avuto.

Quando un detective privato appare alla sua roulotte per farle delle domande, Trish lo prende come un segno del fatto che sia ora di levare le tende e di darsela a gambe. Ma il matrimonio della sua migliore amica è imminente, e Trish non vuole andarsene prima della cerimonia. Facendosi coraggio, chiede aiuto all'uomo a cui non è riuscita a nascondere i propri sentimenti.

Il controllore di volo della NASA Ian Kincaid ha passato la vita a dubitare delle persone vicino a lui, grazie alle strategie politiche di suo padre, un senatore del Texas. Ma quando in un bar sente la voce di una morettina che lo saluta con un accento del sud più dolce del miele, Ian inizia a mettere in atto le sue, di strategie.

Dopo mesi di false partenze, Ian pensa che per lui e la ragazza dei suoi sogni non ci sia storia, fino a quando lei gli chiede di aiutarla.

Ian accetta di nascondere Trish e la sua roulotte a casa sua, per poterla proteggere dagli sguardi dei curiosi e degli investigatori privati. A patto però che lei faccia finta di essere la sua ragazza quando suo padre si farà avanti, deciso a spingerlo in un matrimonio di convenienza, a sfondo politico.

Tra avvisi di garanzia, serate di propaganda politica, casalinghe ficcanaso e damigelle ubriache, ce la faranno Trish e Ian a coronare il loro sogno?

O i loro passati li lanceranno fuori orbita?

L'AUTORE

Sara è originaria della East Coast ma ha seguito in Texas il marito, un ingegnere della Nasa. Ora vive a Houston con il suo brillante marito, due figli adorabili e Jack, il suo bambino peloso.

Ha conseguito un master in Scrittura creativa all'università di Bath Spa, in Inghilterra, e ha pubblicato come giornalista e editorialista.

Insegna Composizione, Letteratura inglese e Materie umanistiche. Ha creato un corso, il suo preferito, sulla narrativa romantica.

Pensa che il mondo abbia proprio bisogno di ridere e amare di più.

e-mail: sara@saralhudson.com

www.saralhudson.com